아름다운 흉기

美しき凶器

아름다운 흉기

히가시노 게이고 장편소설

민경욱 옮김

RHK
알에이치코리아

차례

1 장 —— 한밤의 살인사건 ———— 7

2 장 —— 사라진 목격자 ———— 39

3 장 —— 타란툴라의 복수 ———— 99

4 장 —— 조작된 금메달 ———— 147

5 장 —— 도쿄의 고독한 추격자—— 201

6 장 —— 악마의 실험 ———— 269

7 장 —— 함정 ———— 307

8 장 —— 희생자들 ———— 347

옮긴이의 말   380

주요 등장인물 ─────────────────────────

• **타란툴라** 센도 고레노리가 키운 캐나다 출신의 육상 7종 경기 선수

• **센도 고레노리** 56세, 스포츠 닥터

• **히우라 유스케** 프리랜서 스포츠 작가, 전직 국가대표 허들 육상선수

• **사쿠라 쇼코** 유명 TV 리포터, 전직 국가대표 체조선수

• **니와 준야** 가쓰라화학공업 육상부 코치, 전직 국가대표 단거리 육상선수

• **안조 다쿠마** 유명 헬스클럽 이사, 전 역도 일본 챔피언

• **사요코** 히우라 유스케의 부인

• **에미코** 안조 다쿠마의 부인

• **시토** 서른을 갓 넘은 야마나시 현경 소속 순사부장

• **야마시나** 야마나시 현경 소속 경부, 시토의 상사

• **가나이** 야마나시 현경 소속 형사, 시토의 동료

• **구사카** 가나가와 현경 소속 경부

• **네기시** 본청 소속 경부보

1장

한밤의 살인사건

❖ ❖ ❖

갈색 손가락이 바를 잡았다.

바는 양 어깨 폭에 맞춰 조절되어 있다. 여자는 등을 꼿꼿이 펴고 의자에 앉은 채 심호흡을 세 번 했다. 그리고 세 번째 호흡이 끝나기 직전 온몸의 근육을 한순간 긴장시켰다. 그녀의 목구멍에서 짐승 같은 소리가 흘러나왔다.

다음 순간, 그녀는 두 팔을 높이 들어 올렸다. 한껏 부푼 근육이 검게 빛난다. 여자의 얼굴은 고통으로 일그러진 것 같기도 했고, 일종의 쾌감을 맛보는 것처럼 보이기도 했다.

바를 제자리에 놓고 다시 한 번 같은 동작을 반복한다. 낮은 숨소리. 리드미컬하게 수축과 이완을 반복하는 근육에 땀이 밴다.

열 번째를 넘기면서부터 그 리듬이 차츰 흐트러졌다. 하지만 여자는 끝내 같은 동작을 열두 번 반복했다.

"좋았어!"

옆에 있던 남자가 컴퓨터 모니터를 보면서 말했다. 그 컴퓨터는 그녀가 방금 들어 올린 바를 받치고 있는 기계와 연결되어 있다.

"파워를 더 올리겠다. 스피드도. 내일부터는 무게도 더 올릴 거야."

그녀는 칭찬을 받자 정말 기쁜 듯 활짝 웃었다.

어두컴컴한 방이었다. 아니, 방이라고 하기에는 맞지 않을 수도 있다. 넓이는 100평도 더 됐다. 그 안에 다양한 종류의 트레이닝 머신이 늘어서 있었다.

"좋아. 다음!"

남자의 말에 따라 여자는 자리에서 일어섰다. 그녀는 대퇴부를 단련하는 레그 프레스로 다가갔다. 의자에 앉아 두 다리를 앞으로 들어 올린 다음 발바닥에 가해지는 무게를 밀어 올리는 것이다.

여자가 기계에 앉는 것을 지켜보던 남자는 컴퓨터를 조작했다.

공기압에 따라 무게를 조절하는 방식으로 여자의 두 다리가 먼저 크게 구부러졌다.

하지만 이 정도 무게는 여자에게 그리 대단한 것 같지는 않았다. 입을 반쯤 벌린 채 근육에 힘을 가하자 아무런 저항도 없이 긴 다리를 쭉 편다. 다리를 다시 제자리로 구부렸다가 또 한 번 민다.

그녀는 이번에도 열두 번을 되풀이했다.

여자는 계속해서 다른 트레이닝 머신을 차례차례 해나간다. 몸을 격렬하게 움직이자 땀이 샘솟는다. 에어컨이 켜져 있지만 실내는 후덥지근하다.

그녀는 모든 머신에서 훈련을 끝내고 남자 쪽으로 다가왔다. 그리고 가슴을 펴고 두 손을 높이 올리더니 물구나무서기를 했다.

그러고는 몸을 뒤로 젖힌 다음 다리를 머리 앞으로 내렸다. 두 다리가 바닥에 닿자 이번에는 천천히 상체를 일으킨다. 연체동물처럼 유연하고 기계인형처럼 정확한 움직임이었다.

"훌륭해!"

남자는 컴퓨터 화면에서 여자에게로 시선을 옮겼다.

"모두 예상보다 잘했어. 퍼펙트!"

여자는 몸을 뒤로 조금 젖힌 후 그 반동을 이용해 부드럽게 손발을 구부려 공중돌기를 했다. 소리도 나지 않고 슬로모션처럼 매끄럽다. 갈색 육체가 두 번쯤 공중을 돌았을까, 여자는 어느새 남자 바로 앞에 서 있었다.

여자가 꿇어앉자 반대로 남자가 일어섰다. 그런데도 두 사람의 얼굴 위치에 큰 차이는 없었다. 남자는 그녀의 목에 팔을 둘렀다.

그녀도 남자의 등에 긴 팔을 둘렀다.

"곧 우리의 고생이 결실을 맺는다."

남자는 여자의 귓가에 대고 속삭였다.

"어둠 속 생활도 이제 곧 끝이야. 너는 빛으로 나간다. 그렇게 세상을 바꾼다. 장애물이 있을 수도 있겠지만 그런 건 문제가 되지 않아. 내가 어떻게든 해볼 거다. 그것만이 나를 위해 모든 것을 바친 네 애정에 답하는 거니까."

여자는 눈을 감았다. 남자가 그녀에게 키스하려고 할 때 어디선가 전자음이 울렸다. 그는 멈칫했고 여자는 눈을 떴다.

"손님이 온 모양이군. 이런 시간에."

남자는 방향을 바꿔 원래 자리로 돌아왔다. 테이블 위의 기계를 조작하자 조금 전까지 트레이닝 머신의 데이터를 비추던 컴퓨터 모니터가 카메라 수신기로 바뀌었다. 화면에는 정원이 보였다. 남자가 다시 기계를 조작하자 카메라가 움직이며 사람의 모습을 잡아냈다. 한 사람이 아니었다.

"일당들인가?"

남자는 입술을 비틀었다. 그에게는 그다지 뜻밖의 대상이 아니었다.

"손님인데 맞으러 나가야지. 주인이 얼굴을 안 내미는 것도 예의가 아니니까."

남자는 테이블 위에 있던 열쇠를 들고 문으로 걸어 나갔다. 그때까지도 그녀는 매트 위에서 무릎을 꿇은 채 그대로 있었다.

"곧 돌아올게."

남자는 문을 열고 밖으로 나갔다. 금속으로 만든 견고한 문이었다. 그는 소리가 나지 않게 조심스럽게 문을 닫고 열쇠로 잠갔다.

누군가 보고 있는 것 같다……

유스케는 정원을 가로지르는 순간 본능적으로 느꼈다. 그 남자다. CCTV 정도는 설치해놨을지도 모른다. 건물로 다가가 재빨리 주위를 살폈지만 카메라 같은 것은 보이지 않았다.

"왜 그래?"

잔뜩 숨죽인 목소리로 쇼코가 물었다. 유스케는 고개를 저었다.

"아니, 아무것도 아니야."

지금 여기에 감시 카메라 같은 게 있다 해도 어쩔 수 없다. 이제는 되돌릴 수 없다.

"그럼, 시작하자. 각오는 됐겠지."

준야가 말을 걸었다. 유스케와 쇼코가 고개를 끄덕이는 것을 보고 그는 남은 한 사람의 어깨를 두드렸다.

"자, 그럼. 다쿠마, 잘 부탁해."

다쿠마는 말없이 그 큰 몸집을 벽에 붙이고 쭈그려 앉았다. 준야가 그의 어깨 위에 올라서자 다쿠마가 두 손을 벽에 대고 일어섰다. 이 정도의 무게는 아무것도 아닌 듯 그의 몸은 조금도 흔들리지 않았다.

"좋아. 어서 타."

다쿠마의 어깨 위에서 준야가 말했다. 그 말에 유스케는 다쿠마와 등을 맞대고 서서 팔을 앞으로 내밀어 깍지를 꼈다.

"좋아. 쇼코!"

쇼코는 몇 걸음 뒤로 물러나 가벼운 스텝으로 유스케를 향해 달려왔다. 그의 바로 앞 1~2미터 지점에서 쇼코가 사라진 듯싶더니 어느새 그녀의 발은 유스케의 손 위에 있었다. 유스케는 그 순간을 놓치지 않고 그녀의 몸을 힘껏 위로 던졌다. 공중에 붕 뜬 쇼코는 앞으로 한 바퀴 회전한 후 준야의 어깨에 올라탔다.

"해냈어!"

쇼코가 선 자리 바로 앞에 발코니가 있었다. 그녀가 원숭이처럼 잽싸게 기어오르는 것을 확인한 후 유스케는 밧줄을 던졌다.

"역시 세계선수권대회에서 입상할 만하네."

준야가 다쿠마의 어깨에서 내려오며 말했다.

"여자체조 종목에 '절도'라는 게 있으면 금메달감이지."

"아직 성공한 건 아니야."

그렇게 말하고 유스케는 밧줄에 매달렸다. 발디딤을 몇 개 만들어둔 덕에 오르는 게 그다지 어렵지 않았다.

"역시 잠겨 있어."

쇼코가 알루미늄 창틀 유리문을 가리키며 말했다.

"그야 그렇겠지."

유스케는 웨스트 백에서 장비를 꺼냈다. 우선 잠금장치 바로 옆에 유리 절단기로 직경 20센티미터 정도의 원을 그리고, 그 위에 비닐테이프를 붙인 후 플라스틱 해머로 두드렸다. 그러자 원 안쪽만 깨져 나가고 파편은 비닐테이프에 붙어 바닥에는 거의 떨어지지 않았다. 다행히 실내에 카펫이 깔려 있어서 작은 파편이 떨어진 정도로는 그다지 큰 소리가 나지 않았다.

유스케는 조심스럽게 비닐테이프를 떼어내고 구멍으로 손을 넣어 잠금장치를 풀었다. 유리문을 열고 커튼을 젖히면서 안으로 들어갔다.

"현관문을 열어. 아래 두 사람도 들어올 수 있게."

따라 들어온 쇼코가 현관문을 열러 나갔다.

유스케는 손전등 스위치를 켜고 실내를 비췄다. 방대한 문서를 수납한 철제 책장과 캐비닛이 늘어서 있다. 건물 외관과는 대조적으로 인테리어를 위한 가구는 하나도 없는, 온전히 자료 보관만을 목적으로 한 방이었다.

이 안에서 과연 찾을 수 있을까…….

유스케는 반쯤 절망적인 심정이 되었다. 짚더미 속에서 바늘 찾기나 마찬가지다. 게다가 짚더미는 여기에만 있는 게 아닐지도 모른다.

"이봐, 어때?"

뒤쪽에서 소리가 들려 정신을 차렸다. 돌아보니 준야가 걱정스럽게 내려다보고 있었다. 그 옆에는 쇼코가, 그 뒤에는 다쿠마가 서 있다.

"이걸 봐."

유스케는 손전등으로 앞을 비췄다.

"이 안에서 찾을 수 있을까? 그것도 오늘 밤 안으로."

세 사람 모두 그의 말뜻을 이해한 듯했다. 한동안 아무도 말을 못 한 채 그대로 서 있기만 했다.

"하지만 할 수밖에 없어."

얼마 후 다쿠마가 처음으로 입을 열었다.

"찾지 못하면 우린 끝나."

낮고 억양 없는 말투였다. 그것이 오히려 잔뜩 감정을 실은 말보다 설득력이 있었다.

"맞아. 할 수밖에 없어. 다른 방법이 없어."

준야가 말했다.

"찾자."

쇼코가 제일 먼저 바로 앞에 있는 캐비닛에 다가갔다. 수십 개의 서랍이 달린 서류함이었다. 그녀가 맨 위 서랍을 열자 동시에 남자들도 움직이기 시작했다.

다쿠마와 준야가 책장 쪽으로 걸어가자 유스케는 책상을 조사하기로 했다. 이것 역시 고급 목재를 사용한 게 아니라 기능을 우선시한 철제 책상이었다. 위에는 컴퓨터와 그에 관련된 주변 기기가 놓여 있었다.

모두의 얘기처럼 찾는 수밖에 없다. 그렇게 생각하고 정면 서랍을 여는 순간 갑자기 주위가 밝아졌다.

"제군들, 도둑놀이는 끝났네."

유스케가 깜짝 놀라 소리가 난 쪽을 봤다. 입구 쪽에 키가 아주 작은 남자가 서 있었다. 머리에는 머리카락이 하나도 없지만 코밑에는 흰 수염을 기르고 있었다. 야윈 얼굴에는 무수한 주름이 새겨져 있고 그 속에 가는 눈이 묻혀 있었다.

"자, 내 소중한 자료에서 떨어져주겠나. 자네들한테는 종잇조각에 불과할지 모르겠지만 내게는 소중한 기념비들이니까 말이야."

남자는 가운 주머니에서 권총을 꺼냈다. 이 남자라면 그저 위협하는 것이 아니라 정말로 쏠 수도 있다는 것을 네 사람은 잘 알았다. 제일 먼저 준야가 손을 올리고 책장에서 떨어졌다. 이어서 다쿠마도 같은 행동을 했고 쇼코와 유스케도 따랐다.

"그래, 포기도 중요하지. 순순히 패배를 인정하는 것도 자네들 스포츠맨에게는 중요한 덕목이니까."

"우리를 어떻게 할 생각이지?"

준야가 물었다.

키 작은 남자는 한쪽 뺨을 일그러뜨리며 웃었다. 그에 따라 얼굴 주름도 달라졌다.

"그래, 어떡할까? 경찰에 연락하는 방법도 있지만 그건 너무 재미없지. 내 입장에서도 저능한 경찰관에게 시시콜콜 질문을 받고 싶진 않으니까. 그렇다면 자네들이 소속된 연맹에 알리는 건 어떨까? 그들이 자랑스러워하는 왕년의 유명 선수들이 도둑 흉내를 냈다는 사실을 알면 어떤 얼굴을 할까. 니와 군과 히우라 군, 자네들 육상연맹 어른들은 연세도 지긋하시니 지병인 심장병을 일으킬지도 모르겠군."

"그런 일을 하면 어떻게 되는지 알고 있습니까?"

유스케가 말했다.

"우리가 왜 이 저택에 숨어 들어왔는지 사실대로 말하면 당신도 곤란해질 텐데."

"글쎄, 과연 자네들이 사실을 말할까."

키 작은 남자가 미소를 지은 채 말했다.

"자네들이 그 육체로 얻어온 것은 자네들 인생 자체야. 그렇게 쉽게 버릴 수 없을 것 같은데."

"우리가 말하지 않아도 진상이 밝혀지는 것은 시간문제야. 이미 각 기관이 움직이기 시작했다는 소문도 있어."

"자네는 얼마 전 자살한 오가사와라 군에 대해 말하는 것 같군."

남자는 쇼코 쪽을 보며 얼굴을 약간 찡그렸다.

"그자는 약한 남자였어. 육체도 그랬지만 정신도 너무 약했어. 내 계산 착오였지."

"그는 정상이었어!"

"약한 남자였어. 하지만 어쨌든 자살은 뜻밖이었지. 자네들도 마찬가지야. 여기까지 숨어들다니."

"당신이 데이터를 선선히 내줬으면 좋았지."

준야가 한 걸음 다가서자 남자는 그 행동을 제지하듯 권총을 겨눴다.

"아까도 얘기했지. 여기에 있는 건 모두 내 기념비야. 그걸 건넬 리가 있나."

"조사단이 와서 강제 조사를 하면 어쩔 셈이지?"

유스케의 말에 남자는 두세 번 고개를 끄덕였다.

"그렇지. 자네들은 바로 그 점을 두려워하고 있지."

"당신은 두렵지 않다는 말이야?"

"내가?"

남자는 권총을 겨눈 채 벽에 기댔다.

"나는 달라. 지금은 더 다르지."

"뭐가 다르지?"

"이제 슬슬 내 공적을 발표할 때가 된 것 같은데. 나를 이단 시하는 녀석들을 깨우쳐주기 위해서 말이야."

"그런 일을 하고도 아무 일 없이 지나갈 거라 생각하나?"

"다소 비난받을 순 있겠지. 그러나 그뿐이야. 나는 잃을 게 하나도 없어. 자네들처럼 메달이나 명예를 손에 쥔 것도 아 니니까."

"그렇군."

준야가 얼굴을 찌푸리며 남자를 노려봤다.

"당신은 처음부터 그럴 속셈이었어. 때를 봐서 모든 걸 터 뜨릴 작정이었던 거야. 그걸 위해 우리를 이용했어."

"이용하다니 듣기 거북하군. 자네들도 괜찮은 꿈을 꾼 거 아닌가? 이봐, 안조 군, 함부로 움직이지 말게. 자네가 다가 오면 권총을 가지고 있어도 불안하니까 말이야."

키 작은 남자는 다쿠마를 견제했다. 어느새 다쿠마는 상당 히 앞으로 나와 있었다. 틈을 봐서 몸을 날리려 한 듯했다.

"자, 얘기는 이걸로 끝이네. 방을 나가주시지."

그는 권총을 옆으로 흔들며 턱으로 문 쪽을 가리켰다. 제일 먼저 쇼코가 나가고 다쿠마가 그 뒤를 따랐다. 그리고 유스케, 준야가 방을 나왔다.

문 앞은 1층 홀이 내려다보이는 복도로 되어 있었다. 천장에는 거대한 샹들리에가 늘어져 있었고 바로 오른쪽에 계단이 있었다.

"두 손을 머리 뒤로 올리고 천천히 내려가게."

명령에 따라 네 사람은 계단을 내려갔다. 남자도 제일 마지막에 따라왔다. 유스케는 홀 전체를 둘러봤다. 골동품을 모으는 취미라도 있는지 가재도구들은 모두 클래식한 분위기를 냈다. 2미터 가까이 되는 추시계에, 중앙에는 벽난로도 있었다. 또 벽에는 값나가는 그림 몇 점이 걸려 있었다. 조금 전에 본 서재와는 사뭇 분위기가 달랐다.

"좋아. 거기서 멈춰."

남자는 그렇게 말하고 역시 꽤 오래되어 보이는 책상으로 다가가 장식이 달린 서랍을 열었다. 그가 거기서 꺼낸 것은 비닐테이프였다.

"사쿠라 군, 이걸로 자네 친구들 손목을 묶어주게. 느슨하게 말고 단단히."

테이프를 쇼코에게 굴렸다. 그녀는 한동안 주저했지만 이윽고 포기한 듯 테이프를 주워들었다.

"두 손을 등 뒤로 돌리고 손목을 고정시키게. 그리고 안조 군은 두 다리도 묶게. 이런 일은 하고 싶지 않지만 육중한 탱크의 움직임을 막아두지 않으면 불안하니까."

쇼코는 남자의 지시에 따라 동료들의 손목을 테이프로 묶었다.

조금이라도 자유로울 수 있게 느슨하게 묶고 있다는 것을 유스케도 알 수 있었지만 테이프가 여러 번 감기니까 팔을 전혀 움직일 수 없었다.

남자는 그 모습을 감시하면서 무선전화를 꺼냈다.

"이런 밤중에 어디에 전화를 거나?"

준야가 무뚝뚝하게 말했다. 남자는 눈썹을 추켜세웠다.

"한밤중이니까 오히려 긴박감이 있어 좋지. 각 연맹의 대단한 분들도 설마 농담이라고 생각하지는 않을 테고. 우선 헬스연맹에 전화해볼까? 안조 군, 자네 말이야."

전화번호를 기억하고 있는지 남자는 아무것도 보지 않고 버튼을 누르기 시작했다. 바로 그때, 손과 발이 다 묶여 서 있는 것조차 힘든 상태인 다쿠마가 속삭였다.

"모두 한 발 물러서."

유스케는 깜짝 놀라 그를 봤다. 다쿠마는 낯빛 하나 바꾸지 않고 반복했다.

"물러서."

유스케는 하라는 대로 했다. 준야와 쇼코도 마찬가지였다. 전화 버튼을 누르던 남자가 기척을 눈치채고 그들을 봤다.

"뭘 하는 거지?"

그렇게 말한 순간이었다. 다쿠마의 커다란 덩치가 한 바퀴 돌아 갑자기 사라졌다. 쭈그려 앉은 그는 등 뒤로 돌린 손으로 카펫 끝을 잡고 단번에 잡아당겼다. 카펫 위에 있던 책상이 쓰러지며 한쪽으로 밀려났다. 남자도 균형을 잃고 뒤로 쓰러졌다.

이 기회를 놓칠 수 없었다. 유스케는 남자가 일어서기 전에 온몸을 던졌다. 남자는 다시 쓰러졌다. 거의 동시에 준야도 행동을 개시했다. 그는 남자의 손에서 권총이 떨어지는 것을 보자마자 재빨리 발로 쳐냈다. 그리고 남자에게 발길질을 하려고 했다. 하지만 그 순간 준야는 얼굴을 찡그리고 주저앉았다.

"준야!"

유스케가 소리쳤지만 그다음에는 자신의 등에 격렬한 통증이 찾아왔다. 온몸에 힘이 빠져나가는 것 같은 예리한 통증이 느껴지면서 몸이 저려왔다. 남자는 재빨리 일어났다.

"모두 움직이지 마!"

남자가 소리쳤다. 손에 검고 작은 도구를 들고 있었다. 유스케도 본 적이 있는 스턴 건이다. 전기 충격으로 상대를 제압하는 도구인데, 주머니에 숨겨두었던 모양이다.

"방심은 금물이지. 어쨌든 자네들은 보통 사람이 아니니까. 역시 안조 군의 발을 묶어둔 게 옳았어."

다쿠마는 카펫을 잡아당기면서 일어나지 못한 채 분하다는 듯 남자를 노려보고 있었다.

남자는 입가를 닦는 듯하다가 책상 위에서 새 모양 청동 문진을 들어 일어나려는 준야의 머리를 내리쳤다. 준야는 신음 소리를 내며 다시 쓰러졌다. 이어서 유스케의 어깨에도 일격이 가해졌다.

너무나 심한 통증에 소리도 내지 못했다.

하지만 그때 날카로운 소리가 났다.

"무기를 버려!"

쇼코가 권총을 들고 서 있었다. 남자는 순간 긴장한 것처럼 보였으나 곧 빙긋이 웃었다.

"그건 장난감이 아니야. 자, 내게 돌려주지."

"안 들려? 무기를 버려!"

쇼코는 신경질적으로 소리쳤다.

남자가 버린 것은 문진뿐이었다. 오른손에는 스턴 건을 들고 왼손을 내민 채 그녀에게 다가갔다.

"권총 같은 거 쏜 적 없지? 그런 자세로는 총알이 어디로 날아갈지 모르지. 잘못했다간 자네 동료들을 맞힐지도 몰라."

"가까이 오지 마! 더 다가오면 쏠 거야!"

유스케가 보기에도 총을 든 손이 심하게 떨리고 있었다. 아무래도 방아쇠를 당길 수 있을 것 같지는 않았다. 그것을 간파했는지 남자는 더 가까이 다가갔다.

"자, 착하지. 얌전하게 건네."

남자의 손이 권총 바로 앞까지 다가갔다. 쇼코는 쏘지 못했다.

온몸이 굳어버린 것이다.

"주지 마!"

다쿠마가 소리 질렀다.

남자가 증오에 가득 찬 눈빛으로 그를 보는 순간, 유스케가 일어서 상대의 다리를 향해 미끄러지며 태클에 들어갔다. 남자는 바닥에 쓰러지며 스턴 건을 떨어뜨렸다. 그것을 주우려 하자 유스케가 얼굴을 걷어찼다. 발끝이 남자의 턱에 명중하며 남자가 나자빠졌다. 입에서 피가 흘렀다.

"제길!"

남자는 엄청난 기세로 쇼코에게 육박했다.

"오지 마!"

"총을 내놔!"

남자가 쇼코에게서 억지로 총을 빼앗으려 했을 때 격렬한 총성이 울렸다.

그의 몸이 춤을 추듯 한 바퀴 돌아 바닥에 쓰러졌다. 어깨에서 피가 흘러나왔다. 탄환이 어깨에 박힌 것이다. 쇼코는 지금까지보다 훨씬 더 격렬하게 떨기 시작했다.

남자는 어깨를 짚고 일어나 증오를 드러내며 다시 그녀에게 달려들었다. 쇼코는 눈을 감고 다시 방아쇠를 당겼다. 총구에서 불꽃이 튕기며 이번에는 남자의 몸이 뒤로 날아갔다.

탄환은 가슴에 명중했다.

남자는 가는 경련을 되풀이하다 마침내 움직이지 않았다. 몇 초 동안 침묵이 흘렀다. 거친 숨소리가 들릴 뿐이었다. 그것이 누구 숨소리인지 유스케는 알 수 없었다. 자신의 것일지도 몰랐다.

"아…… 아아……."

자신이 한 일을 깨달은 쇼코는 권총을 떨어뜨리고 그 자리에 주저앉았다. 얼굴은 석고상처럼 새하얬다.

"쇼코, 테이프를 풀어줘."

다쿠마가 나지막하게 말했다.

"쇼코, 빨리!"

그녀는 덜덜 떨면서 고개를 움직여 태엽 인형처럼 딱딱하게 일어났다. 무릎이 부들부들 떨려 걷는 것조차 힘들어 보였다.

손이 제대로 움직이지 않는지 다쿠마의 테이프를 뜯는 데 시간이 꽤 걸렸다. 테이프를 겨우 뜯어내자 쇼코는 정신을 놓아버린 듯 자리에 앉은 채 움직이지 못했다. 그래서 유스케와 준야의 테이프는 다쿠마가 풀었다.

준야는 그제야 정신을 차렸다.

"무슨 일이 있었어?"

아무도 질문에 대답하지 않았지만 쓰러져 있는 남자와 쇼코의 모습을 보고 그도 모든 것을 알아차린 듯 더 이상 묻지 않았다.

"일단……."

유스케가 말을 꺼냈다.

"해야 할 일을 먼저 하자. 사체는 그다음에 생각하고."

"나도 그게 좋을 것 같아."

다쿠마도 동의했다.

"일단 여기에 온 목적을 해결해야 해."

"좋아! 그럼, 2층으로 돌아갈까."

준야가 먼저 계단을 올라갔다. 얻어맞은 데가 아직도 아픈지 뒷머리를 누르면서 고개를 연신 돌린다. 그를 따라 다쿠마도 2층으로 올라갔다.

유스케가 쇼코를 돌아보니 바닥에 앉은 채 아직도 정신을 놓고 있었다.

"가자!"

유스케가 그녀에게 손을 내밀었다. 그녀는 그의 손을 물끄러미 보다가 잠시 후 손을 잡고 열병환자처럼 비틀대며 일어섰다.

"내가, 사람을 죽였어……."

"생각하지 마. 어쩔 수 없는 일이었어."

쇼코의 손을 끌고 유스케도 계단을 올랐다.

그로부터 약 두 시간이 지나도록 네 사람은 계속 서류를 뒤졌다. 하지만 무엇을 찾는지, 그들 자신도 분명히 말할 수 없었다. 그들이 원하는 건 형태가 있는 것이 아니라 정보였기 때문이다. 그것이 서류 파일로 남아 있을지, 플로피디스크로 보존되어 있을지 그들도 몰랐다.

"잠깐 쉬자. 머리가 아파."

바닥에 주저앉아 서랍을 하나씩 조사하던 준야가 일어나 어깨 근육을 풀려는 듯 고개를 돌렸다.

"응? 다쿠마, 좀 쉬자."

"시간이 없어."

다쿠마는 파일 페이지를 넘기면서 부루퉁하게 대답했다. 그 앞에 놓인 책장에는 수십 권에 달하는 파일이 담겨 있었다.

준야는 한숨을 쉬며 유스케를 봤다.

"그쪽은 어때? 뭔가 관련 있는 걸 찾았어?"

유스케는 서재 책상 근처를 조사하고 있었다. 의자에 앉아 힘없이 고개를 저었다.

"아무것도 없어. 플로피디스크 내용도 체크했는데 관계없는 것들뿐이야."

"어쩌지……."

준야는 선 채 팔짱을 끼고 천장을 올려다봤다. 침묵 속에서 다쿠마가 파일을 넘기는 소리만 들렸다.

"두 시간에 걸쳐 겨우 전체의 4분의 1 정도만 봤어. 나머지를 전부 조사한다고 치면 틀림없이 날이 새겠지. 날이 밝으면 누가 올지도 모르고."

"먼저 사체를 숨길까?"

유스케가 제안했다.

"그러면 천천히 찾을 수 있어. 이틀 정도 있으면 어떻게든 되지 않을까."

"그렇게 일이 잘 풀릴지는 모르는 일이야. 녀석이 행방불명됐다고 소동이 날 수도 있고."

"……그럴 수도."

유스케는 입을 다물 수밖에 없었다. 원하는 것을 찾는 것 외에는 이 상황에서 벗어날 방법은 없는 듯했다. 그러나 방대한 양의 자료를 보고 있자니 그것 또한 불가능한 일처럼 여겨졌다.

"미안해. 내가 그런 일을 저질러서……."

쇼코가 침울한 목소리로 말했다. 그녀도 다쿠마를 도와 파일을 조사하고 있었다. 역시 집중이 잘 안 되는지 처리하는 속도는 다쿠마보다 훨씬 느렸다.

"신경 쓰지 마." 유스케가 말했다.

"녀석이 죽어줬기 때문에 이렇게 있을 수 있는 거야. 쇼코 탓이 아니야."

"유스케 말이 맞아."

다쿠마도 파일에서 눈을 떼지 않고 말했다. 그 탓에 조금 마음이 편해졌는지 쇼코가 나지막이 말했다.

"고마워."

그러고는 다시 무거운 침묵이 이어졌다.

"좋아!"

느닷없는 준야의 목소리에 나머지 세 사람이 고개를 들었다.

"무슨 좋은 생각이라도 난 거야?"

유스케가 물었다.

"이렇게 된 이상, 운에 맡기자."

"그게 무슨 소리야?"

유스케가 묻자 준야는 두 손을 좌우로 크게 벌렸다.

"이 저택 전체를 태워버리자. 그러면 자료도 전부 이 세상에서 사라지는 거잖아."

"방화를 하자는 거야?"

유스케가 저도 모르게 눈을 부릅떴다.

"방화라고 쉬운 일은 아니겠지. 완벽하게 태워야 하니까. 내 생각으론 이 근처 별장 창고에 등유 한두 병쯤은 있을 거야. 그걸 이용해 불을 붙이면 사체도 태울 수 있어."

"그게 좋겠어."

다쿠마는 준야의 제안이 마음에 들었는지 파일을 내던졌다.

"완전히 태워버리면 살해된 건지 아닌지도 모를 거야."

"다쿠마, 유감스럽지만 그건 기대하지 마. 아무리 까맣게 타버려도 현대 법의학이면 사인 정도는 간단히 알아낼 거야. 하지만 나쁘진 않겠어. 강도처럼 보이는 방법도 있으니까. 도망칠 때 돈이 될 만한 물건을 챙기는 거야."

"잘될까?"

유스케는 자신들이 벌일 행동을 머릿속으로 그리며 불안한 심정을 드러냈다.

"잘될지 안 될지 길게 생각할 틈이 없어. 아니면 다른 좋은 방법 있어?"

이런 질문을 받고 보니 딱히 할 말이 없었다. 유스케는 고개를 흔들었다.

"아니."

"쇼코는 어때?"

그녀는 멍하니 준야를 바라봤다.

"알아서 해."

"좋아. 결정했다!"

준야는 손뼉을 쳤다.

"자! 움직이자!"

그의 생각대로 지하 창고에는 등유 5리터가 보관되어 있었다.

다쿠마와 유스케가 그것을 집 안에 골고루 뿌렸다. 사체를 서재로 옮기고 더 많은 등유를 뿌렸다.

"냄새가 엄청나네."

쇼코가 벽에 걸린 액자에서 그림을 떼어내면서 말한다. 슬쩍 둘러본 결과 그림이 제일 비싸 보였기 때문이다. 게다가 다른 골동품과 달리 부피가 많이 나가지도 않았다. 준야는 저택 안을 샅샅이 뒤져 현금을 쓸어 모았지만 고작 수십만 엔 정도였다.

근처 숲에 숨겨둔 파제로를 문 앞까지 가져와 그림과 현금을 운반했다. 철 지난 별장지라 다행히 사람들 눈에 띌 염려는 없었다.

게다가 이 동네는 별장과 별장 사이의 거리가 상당히 멀었다. 바로 옆 건물도 수십 미터나 떨어져 있었고 그 사이에 나무가 심어져 있었다. 유스케는 화재가 나면 옆에 있는 숲에 옮겨 붙지 않을까 걱정했는데 그럴 일은 없겠다고 마음을 놓

왔다. 쇼코와 다쿠마가 파제로 뒷자리에 올라탔다. 운전은
유스케의 몫이었다.

"그럼, 불을 붙이고 올게."

준야가 오일 라이터를 들고 말했다.

"잠깐, 내가 갈게."

쇼코가 차에서 내렸다.

"위험한 일이야. 내가 할게."

"위험하니까 내가 해야지."

"그렇지 않아. 내가 하게 해줘. 일이 이렇게 되어 모두에게
폐를 끼치게 됐으니까. 부탁해."

준야는 곤란한 표정으로 유스케를 봤다. 그러자 다쿠마가
말했다.

"하게 해도 괜찮을 것 같은데."

이 한마디에 준야도 마음을 정한 듯 그녀에게 라이터를 건
넸다.

"조심해."

"알아."

쇼코는 시험 삼아 라이터를 한번 켜본 후 저택 안으로 들어
갔다. 유스케는 핸들에 손을 올려놓고 여차하면 곧바로 출발
할 수 있게 준비하고 있었다. 침을 삼키려 했지만 입 안이 바
짝 말라 있었다.

꽤 긴 시간이 흐른 것 같았다. 조수석에 앉은 준야가 "너무 늦네"라며 조용히 말했다. 그 순간이었다. 저택의 창이 갑자기 환해졌다. 펑, 하는 소리와 함께 그 빛이 전체로 퍼졌다. 그리고 곧바로 창틈으로 연기가 피어올랐다.

"쇼코!"

유스케는 저도 모르게 소리를 질렀다. 그때 현관으로 그녀가 뛰어나왔다. 다쿠마가 차 뒷문을 열었다. 그녀가 타자마자 유스케는 액셀러레이터를 밟았다.

"했어!"

쇼코는 그렇게 말하고 라이터를 준야에게 돌려줬다. 그녀의 얼굴은 창백했다.

유스케는 차의 속력을 높였다. 밤중이고 산길이지만 액셀러레이터를 밟는 다리에 힘을 줬다. 타오르기 시작한 저택이 룸미러에 비치는 것을 힐끗힐끗 보면서 열심히 핸들을 돌렸다.

그녀는 브라운관을 통해 남자의 사체가 타는 것을 물끄러미 지켜봤다.

화염은 바닥에서 벽, 그리고 천장으로, 마치 생물이 번식하듯 퍼져나갔다. 이윽고 남자의 사체도 그 안에 휩싸였다. 화면에는 새하얀 불꽃이 일렁일 뿐이었다. 그래도 그녀는 눈을 떼지 못했다.

카메라와 연결되어 있는 코드가 타서 화상이 끊어질 때까지 계속 지켜봤다.

그녀는 브라운관 화상이 끊어지자 스위치를 조작해 비디오테이프를 되감았다. 네 명의 침입자가 사라지기 전까지로 돌린다.

감시 카메라는 네 군데 설치되어 있다. 현관과 저택 뒤쪽에 하나씩, 저택 안에는 1층 홀과 서재에 있다. 모두 다 교묘하게 숨겨져 있었기 때문에 침입자들은 끝까지 알아차리지 못한 듯했다.

그녀는 한 사람씩 얼굴이 가장 잘 보이는 영상을 찾아내 출력했다. 사진 네 장이 프린터를 통해 나왔다.

침입자는 남자 셋, 여자 하나였다. 그녀는 오랫동안 각각의 얼굴을 바라봤다. 남자 셋은 모르는 얼굴이었지만 여자는 본 기억이 있다. 그렇다고 해도 아주 오래전이었다. 그녀 자신은 아이였고, 상대 여자도 어린아이처럼 자그마한 체구였는데 나이는 그녀보다 열 살 정도 위였다.

새삼 네 명의 얼굴을 다시 바라봤다.

이 자들이 그를 죽였다…… 죽이고, 불태웠다.

그녀는 다시 스위치를 바꿔 디스플레이를 컴퓨터에 연결시켰다. 그리고 서랍에서 꺼낸 플로피디스크를 디스크드라이브에 끼웠다. 이 플로피디스크에는 그녀의 '동료' 명단이 들어 있다고 남자가 말했었다. 그녀는 키보드를 두드려 명단 내용을 검색했다.

화면에 프로필 사진과 간단한 이력이 나타났다.

몇 분 뒤, 그녀는 네 명에 관한 데이터를 찾아내는 데 성공했다.

그 명단에 일본인은 다섯밖에 없었다. 게다가 그중 한 사람은 최근에 세상을 떠났다. 'AKIRA OGASAWARA'라는 남자였다.

그녀는 침입자 네 명의 데이터를 출력했다.

안조 다쿠마(安生拓馬, TAKUMA ANJO)

니와 준야(丹羽潤也, JUNYA NIWA)

히우라 유스케(日浦有介, YUSUKE HIURA)

사쿠라 쇼코(佐倉翔子, SYOKO SAKURA)

모두 최근까지 스포츠계에서 활약한 실적을 가지고 있고 현재도 그 실적을 바탕으로 각자의 세계에서 활동하고 있었다.

그녀는 출력한 종이를 접어 레오타드 밑에 집어넣었다. 그러고 나서 플로피디스크를 꺼내 그것이 증오할 만한 대상이라도 되듯 두 손으로 움켜쥐어 부숴버렸다.

그녀는 입구에 있는 문에 다가가 힘껏 당기기도 하고 밀기도 해봤다. 그러나 금속문은 꿈쩍도 하지 않았다. 그녀가 초인적인 힘을 다해도 열리지 않도록 설계했기 때문에 당연한 일이었다.

얼마 후 그녀는 방구석에 놓인 작은 침대로 돌아와 담요를 뒤집어쓰고 누웠다. 영원히 나가지 못할지도 모른다는 두려움이 그녀를 짓누르지는 않았다. 이 방에 갇혀 있는 것이 지금까지 그녀의 일상이었기 때문이다. 기다리면 언젠가는 문이 열린다. 그렇게 믿었다. 그가 죽은 지금도 그 점에는 변함이 없었다.

2 장

사라진 목격자

❖ ❖ ❖

 야마나카 호의 별장지대에서 화염이 치솟은 것은 9월 10일
새벽이었다.

 근처에서 여관을 운영하는 남자가 신고했는데 처음 발견했
을 당시 불길이 너무 거세서 근처에 서 있을 수도 없었다고
했다. 곧장 소방관이 출동해 진화에 나섰지만 완전히 불길을
잡을 때까지는 꽤 시간이 걸렸다. 길이 좁아 소방차가 들어
가기 어려웠던 이유도 있었지만 불이 번지는 속도도 예상보
다 빨랐다. 그래도 주변 숲으로 옮겨 붙지 않고 피해를 최소
한으로 줄인 것은 소방관들의 공적이라고 관계자들은 평가
했다.

 거의 다 타버린 집터에서 성인으로 보이는 사체가 발견됐
다. 성별은 불명. 그 사체는 부검을 위해 신속하게 넘겨졌다.

 저택 뒤에 콘크리트 담으로 둘러쳐진 창고 같은 건물이 있
었는데, 환기구만 있고 창문은 전혀 없었으며 금속으로 만든
문이 하나 있었다. 한 소방관이 문을 열려 했지만 꿈쩍도 하
지 않았다. 안에 사람이 있을 것 같지 않다고 판단해 그 건물

은 그대로 방치됐다.

다음 날, 부검 결과가 발표됐다.

사체에서 탄환 두 발이 발견됐다. 기도에는 연기가 전혀 들어가지 않았고 뜨거운 열기를 흡입해 생기는 기도 점막의 변화도 없는 것으로 밝혀졌다. 게다가 혈중 일산화탄소 헤모글로빈도 없었다.

이 사람은 화재가 일어나기 전에 사망한 것이다.

야마나시 현경은 돌연 부산해졌다. 부검 결과로 화재사건이 갑자기 살인사건으로 다뤄지면서 관할 경찰서에 수사본부가 설치되었다.

제일 먼저 이뤄진 사체의 신원조사는 그다지 많은 시간이 걸리지 않았다. 저택 주인의 행방이 밝혀지지 않았기 때문에 우선 주인을 대상으로 조사를 시행한 것이다. 1년 전쯤 그를 치료했던 의사를 찾아내 의료기록과 사체의 치아가 완전히 일치하는지도 확인했다.

남자의 이름은 센도 고레노리였다. 나이는 56세, 본적지는 나가노 현 마쓰모토 시. 불타버린 집에 살기 시작한 것은 2년 전 여름부터였다. 주위가 별장지라 이웃 주민과의 교류는 전혀 없었다.

직업이 뭔지조차 알지 못했다.

그런데 사체가 입고 있던 다 타버린 옷 속에서 열쇠 하나가 발견됐다. 일반 주거용이라고 하기에는 너무 크고 묵직한 열쇠였다.

수사본부에 설치된 회의실에서 현경 본부의 야마시나 경부(警部, 한국 경찰의 경감, 경찰서 분서장이나 과장·과장대리직·본부 계장 직책을 맡는다)가 모두를 둘러보며 이게 무슨 열쇠일 것 같으냐고 물었다.

"집 현관 열쇠 아닐까요?"

관할 형사과의 고참 형사가 말했다. 하지만 야마시나는 열쇠를 보면서 뾰족한 턱을 좌우로 흔들었다.

"외출할 때라면 모를까 집 안에 있으면서 현관 열쇠를 가지고 다닐까?"

이번에는 옆에 있던 형사 몇이 고개를 끄덕였다.

"혹시."

얼마 후 한 사람이 손을 들었다. 현경 본부에서 온 시토 순사부장(巡査部長, 한국 경찰의 경장, 경찰서 반장 직책을 맡는다)이었다. 이제 서른을 갓 넘긴 그는 야마시나 반(班) 중에서는 젊은 축에 속했다.

"혹시 뒤쪽 창고 열쇠가 아닐까요?"

시토가 말했다. 야마시나도 그 말에 수긍했다.

"그럴지도 모르겠군. 그 창고도 조사해야겠다고 생각했는데. 좋아! 이게 창고 열쇠인지 확인해주게."

야마시나는 열 때문에 다소 산화된 열쇠를 시토에게 건넸다. 시토가 회의실을 나서는데 낯익은 경관 하나가 복도를 지나가고 있었다. 사건 현장 부근 파출소에 근무하는 젊은 순사(巡査. 한국 경찰의 순경)였다. 순사는 용건이 있어서 경찰서에 왔다가 이제 파출소로 돌아가려던 참이었다. 시토는 그를 불러 세웠다.

"자네한테 좀 부탁할까?"

시토는 받았던 열쇠를 건네주면서 불에 탄 저택 뒤에 있는 창고 열쇠인지를 확인해달라고 했다. 젊은 순사는 흔쾌히 승낙했다.

"알겠습니다. 결과는 전화로 연락드리겠습니다."

"그렇게 해주면 고맙겠네."

시토는 열쇠를 맡기고 다시 회의실로 돌아왔다. 사망한 센도 고레노리라는 남자에 대해 조사해야 할 게 태산 같았다.

요시무라 유키오는 이곳 파출소에 부임한 지 아직 반년도 지나지 않았다. 형사를 꿈꾸며 경찰관이 됐고 희망부서도 그렇게 적었는데 적성이 안 맞아서인지, 성적이 부족했는지 그의 희망은 받아들여지지 않았다. 그리고 그가 가장 하고 싶지 않은 파출소 근무가 주어졌다.

그래도 그는 아직 희망을 버리지 않았다. 몇 년만 참으면 배치전환이 있다. 그때에는 꼭 희망이 이루어질 거라 생각했다. 형사만 된다면 다소 변두리로 배치된다 해도 상관없었다.

그만큼 동경했던 일이라 이번 살인사건에 발을 들여놓았다는 것만으로도 날아갈 것 같았다. 열쇠가 구멍에 맞는지만 확인하면 되는 간단한 일이지만 유실물 서류를 만들거나 취객을 돌보는 일에 비하면 훨씬 경찰다운 일처럼 느껴졌다.

요시무라는 일단 파출소로 돌아왔지만 선배에게 열쇠에 대해 말하지 않고 혼자 현장에 나갔다. 괜히 얘기했다가 형사 기분을 맛볼 수 있는 일을 빼앗기면 어쩌나 싶었다.

현장까지는 비탈길이 이어져서 그는 자전거를 밀며 걸었다. 화재가 난 뒤 사람들로 북적였던 현장에는 이제 아무도 없었다.

그는 주머니에서 천천히 열쇠를 꺼내 창고처럼 보이는 건물로 다가갔다. 그 건물은 볼수록 기묘했다. 곳간이라고 하기에는 너무 크고 창고라고 하기에는 입구가 너무 작았다. 무엇보다 이런 별장 지대에는 어울리지 않았다.

문은 금속으로 만들어져 있었다. 큰 손잡이가 붙어 있고 그 밑에 열쇠구멍이 있었다. 요시무라는 열쇠를 그 안에 넣어봤다. 형태는 정확히 들어맞았다. 그것만으로도 가슴이 뛰었다. 오른쪽으로 돌려보니 살짝 걸리는 느낌이 들긴 했지만 힘들이지 않고 돌아갔다.

"맞았다!"

그는 자기도 모르게 탄성을 지르고 손잡이를 돌려 문을 잡아당 겼다. 문은 의외로 가볍게 열렸다. 하지만 안으로 발을 들여놓자마자 그는 곧 실망했다. 그 앞에 또 다른 문이 있었기 때문이다.

그 문도 잠겨 있었다.

'할 수 없네, 연락해야 하나……'

그렇게 생각하고 밖으로 나오려다 불현듯 생각을 바꿔 다시 문을 바라봤다. 조금 전 맞춰본 열쇠를 꺼냈다. 혹시 같은 열쇠일지 모른다는 생각이 들었던 것이다.

요시무라는 열쇠를 넣었다. 여기도 잘 맞았다. 그대로 돌려보니 예상대로 금속이 밀려나는 느낌이 손끝을 타고 전해졌다. 그는 문을 열었다. 안은 캄캄했다. 손으로 벽을 더듬으며 스위치를 찾았지만 없었다. 혹시 있었다고 해도 화재로 전기가 끊어졌을 게 분명했다.

이윽고 어둠에 익숙해지자 실내가 희미하게나마 보였다. 체조용 매트와 바벨, 트레이닝 머신 같은 것들이 놓여 있었다. 아, 이런 거였구나, 그는 비로소 깨달았다. 여기는 체육관이었던 것이다. 부자들 중에는 오디오 룸이나 지하 방공호를 만드는 사람이 있다고 들었다. 체육관을 지은 사람이 있다고 해도 이상할 건 없었다.

요시무라는 실내를 돌아다녔다. 아무래도 지나치다 싶을 정도로 대단한 설비들이라는 생각이 들었다. 복근 단련기구나 바벨은 그렇다고 해도 마치 산업기기를 연상시키는 복잡한 트레이닝 머신들을 갖춰놓다니, 정말 대단했다.

'도대체 어떤 사람이 이런 방을 이용할까.'

시토에게 연락하기 위해 출입구로 향하던 바로 그 순간, 스르륵 작은 소리가 났다. 옷감이 스치는 소리였다. 요시무라는 놀라 걸음을 멈췄다.

'쥐가 있나?'

그는 생각했다.

별장에 음식을 두는 사람이 많아서 이 주변에는 쥐가 자주 나타났다. 요시무라는 소리가 난 쪽으로 갔다. 거기에는 작은 침대가 놓여 있었다. 잠깐 낮잠을 자려고 마련한 듯했다.

그는 주머니에 라이터가 있다는 것을 떠올리고 라이터를 꺼내 불을 붙였다. 침대 위에는 담요 두 장이 아무렇게나 둘둘 말려 있었다.

누가 잤나 싶어 침대에 손을 대봤다. 드라마에서 이렇게 하며 사람이 조금 전까지 있었는지 조사하는 장면을 봤었다.

그 흉내를 내봤지만 그것만으로는 사람의 체온이 느껴지는지는 판단할 수 없었다.

그때 요시무라의 머리 위로 뭔가가 떨어졌다. 콘크리트 가루였다. 그는 라이터 불을 들어 천장을 올려다봤다.

그 순간 그의 눈이 휘둥그레졌고 비명을 지르려는 듯 입이 벌어졌다. 하지만 소리는 나오지 않았다. 공포와 놀람이 너무 커서 그저 턱만 덜덜 떨렸던 것이다.

천장에는 거대한 거미가 붙어 있었다. 아니, 거미처럼 보였을 뿐 그것은 틀림없이 사람의 모습이었다.

검은 그림자는 요시무라에게 덤벼들었다. 권총을 꺼낼 틈도 없었다. 정신을 차리고 보니 두 팔과 몸이 상대의 다리에 끼어 있었다.

게다가 상대의 손가락이 그의 목을 파고들었다. 그는 충격과 무게로 뒤로 쓰러졌다. 필사적으로 몸부림을 쳤지만 적의 다리는 그의 신체에 감긴 채 떨어지지 않았고 그의 목을 가차 없이 졸랐다.

정말 대단한 힘이었다.

요시무라는 의식을 잃기 직전 상대를 봤다. 어둠 속이라 적의 얼굴은 잘 보이지 않았다. 그저 자신을 바라보는 두 눈만이 또렷했다. 하얀 유리 한가운데에 색을 칠한 것 같은, 어떤 감정도 드러나지 않는 눈이었다.

순간 여자가 아닐까 생각했다. 그러나 그에게는 그것을 확인할 시간조차 남아 있지 않았다.

요시무라 순사의 사체는 그날 저녁에 발견됐다. 발견자는 같은 파출소에 근무하는 선배 순사였다. 수사본부로부터 열쇠의 합치 여부를 묻는 전화가 와서 요시무라를 찾으러 화재 현장에 가봤는데 문제의 건물 안에 그가 쓰러져 있었던 것이다. 수사본부에 있던 수사관은 물론 탐문에 나섰던 사람들도 현장에 모여 가토 수사 1과장, 야마시나 경부의 지시 아래 현장검증을 시작했다. 당연히 이상한 조짐을 눈치챈 신문기자들도 달려와 현장은 이틀 연속 시끌벅적했다.

"여긴 어떤 건물이지?"

야마시나가 실내를 돌아보며 중얼댔다. 외관은 창고처럼 보였는데 안은 최신 체육관 같은 느낌이었다.

"개인이 취미로 소유하기에는 너무 큰 것 같네요."

부하의 감상에 야마시나도 끄덕였다.

어느 정도 검시가 끝나자 요시무라의 사체를 옮겼다. 부검을 하기 위해 보내는 것인데 누가 봐도 목이 졸렸다는 게 분명해 보였다. 야마시나 옆에서 시토가 장갑을 벗고 들것을 향해 합장했다.

"제가 죽인 것 같아요. 그에게 부탁하지 않았다면 저렇게 안 됐을 텐데."

"그 대신 자네가 죽었겠지."

야마시나가 아무 감정 없이 말했다.

"그리고 요시무라도 실수했어. 열쇠가 맞는다는 걸 확인했으면 곧바로 우리한테 연락했어야지. 혼자 안에 들어간 건 너무 안일한 행동이었어."

"이런 건물에 사람이 있을 거라고는 아무도 생각하지 않았을 겁니다. 실수라고는 할 수 없죠."

"그러나 실수했어. 그래서 살해된 거고. 어쨌든 자네가 신경 쓸 일은 아니야."

그렇게 말하며 야마시나는 옆에 있던 아령을 들어 올리려 했다.

한 손으로 드는 아령이었는데 한쪽만 조금 들썩였을 뿐 바닥에서 전혀 떨어지지 않았다.

"그만둬야겠군. 허리 다치겠어. 그건 그렇고 몇 킬로그램이나 될까?"

야마시나는 이마에 밴 진땀을 수건으로 닦으며 말했다.

옆에 있던 다른 형사도 시도해봤지만 역시 들어 올리지 못했다.

"센도가 사용한 것 같진 않은데요. 그 남자 체격으로 보면 이걸 들진 못했을 거예요."

"여기에 있던 사람이라면 들 수 있단 말이겠지."

이 건물에 누군가가 숨어 있었던 것은 거의 틀림없었다. 통조림과 인스턴트식품을 먹은 흔적이 있는 데다 구석에 설치된 샤워실과 화장실도 완전히 마른 상태가 아니었다.

"야마시나 선배, 여기 좀."

입구 부근을 조사하던 수사관이 불렀다.

"이 방 열쇠 말입니다. 좀 이상합니다. 밖에서 잠그면 안에서는 열 수가 없어요."

"오호."

야마시나는 손잡이 부근을 살펴봤다.

"바깥쪽 문도 그런가?"

"아니요, 저건 안에서도 열 수 있습니다."

"흠…… 어떻게 생각하나?"

야마시나는 턱을 문지른 후, 시토에게 물었다. 하지만 그 나름대로 어느 정도 추론을 하고 있는 표정이었다.

"여기에 누군가가 갇혀 있었다는 건가요?"

시토의 의견이 자신과 일치한 듯 야마시나는 고개를 두 번 크게 끄덕였다.

"그런 얘기가 되겠지. 그리고 그 녀석이 도망쳤다."

"어떤 사람일까요?"

"우선 센도에 관한 정보를 모으는 게 우선이다. 아니, 그전에 요시무라를 죽인 범인이 수사망에 걸려들면 다행이지."

야마시나가 입술을 깨물었다.

수사망이라면 야마나카 호수 주변에 내려진 긴급 검문을 말한다. 평소보다 훨씬 많은 수의 수사관이 국도변이나 각 요소에 배치됐다. 그리고 오늘 밤부터 수사본부가 더 확대되고 서장이 직접 진두지휘에 나섰다.

요시무라 순사가 살해된 사건은 그만큼 수사진에 충격을 주었다. 그저 경찰의 위신이라는 추상적인 이유 때문만은 아니었다.

사체가 발견되면서 더 급박한 사정이 밝혀졌다.

요시무라는 권총을 빼앗겼던 것이다.

저녁을 먹은 후 두 시간이나 워드프로세서 앞에 앉아 있었지만 한 번도 키보드를 두드리지 못했다.

전혀 집중이 되지 않았기 때문이다. 역시 한동안은 무리인

가. 유스케는 체념했다. 의자에 앉아 크게 기지개를 폈다. 마침 그때 노크 소리가 들렸다.

"차 안 마실래요?"

사요코였다. 사요코는 유스케가 일하는 동안에는 결코 방에 들어오지 않았다.

"마침 그럴 생각이었어."

그는 워드프로세서를 끄고 의자에서 일어났다.

거실 테이블에는 홍차와 치즈케이크가 준비되어 있었다. 유스케는 소파에 앉아 찻잔으로 손을 뻗었다. 한 모금 마신 후 사요코를 봤다. 그녀는 좋아하는 케이크를 눈앞에 두고 잡지를 뒤적였다.

"뭘 읽고 있어?"

유스케의 질문에 그녀는 "이거!"라며 표지를 보여준다. 임산부용 월간지였다.

"벌써 그런 걸 읽어?"

"지금 안 읽으면 읽을 시간이 없어."

"그런가……."

유스케는 치즈케이크를 포크로 자르면서 사요코의 배를 봤다. 3개월이라는데 그가 보기에는 변화가 느껴지지 않았다. 결혼을 하면서 미타카에 있는 이 맨션을 샀다. 그 전까지는 기치조지에서 살았다. 이곳으로 오면서 교통이 불편해지긴 했지만 방이 세 개라는 점은 그것을 감수할 만큼 매력적인 조건이었다. 스포츠 작가로서 지위도 탄탄해졌고 당분간은 안정된 생활이 계속될 것 같았다.

지켜야만 해. 유스케는 생각했다. 무슨 일이 있더라도 이 생활을 지켜야만 한다. 행복해하는 사요코가 자신과의 결혼을 후회하는 일만은 결코 일어나선 안 된다. 어떤 일이 있더라도…….

"일은 어때? 잘돼가고 있어?"

사요코는 잡지를 덮고 물었다. 유스케는 현재 한 유명 야구 선수의 전기를 쓰고 있었다.

"아, 그런대로."

그는 그렇게 말하며 TV를 켰다. 일이 안 된다는 말은 할 수 없었다. TV에서는 뉴스를 하고 있었다. 그 사건이 그 후로 어떻게 됐는지 유스케도 궁금했다. 어젯밤에는 단순한 화재 사건으로 소개됐는데 오늘 낮 뉴스에서는 살인사건으로 다뤄졌다. 여기까지는 예상했던 일이다. 사체를 부검하면 센도가 총에 맞았다는 것은 금방 밝혀졌을 일이었다.

정치 뉴스가 이어진 뒤 '별장 화재터에서 경관 살해'라는 자막이 나왔다. 유스케는 처음에 그것을 보고서도 자신과 관련 있는 사건이라고는 생각하지 못했다. 그다음에 이어진 리포터의 말을 듣고서야 깨달았다.

"10일 새벽에 야마나카 호숫가 별장지에서 원인불명의 화재가 있었던 것은 어제 이 시간에 전해드렸습니다만, 오늘 발견된 사체가 화재 이전에 사살됐다는 사실이 야마나시 현경의 조사로 밝혀졌습니다. 또 오늘 낮, 현장 부근 건물에 들어갔던 경찰관이 누군가에게 목 졸려 살해되는 사건이 일어났습니다. 경찰관은 권총도 빼앗겼습니다. 야마나시 현경은 현재 총력을 기울여 수사 중이라고 합니다. 우에다 리포터가 전합니다."

화면이 바뀌며 남성 리포터가 나타났다. 리포터는 오늘 일어난 사건을 간추려 설명하기 시작했다. 초동수사의 부실, 경찰의 실수라는 말이 나왔다.

"여보, 왜 그래?"

유스케는 사요코가 말을 거는 바람에 정신을 차렸다. 치즈 케이크를 포크로 자른 상태에서 멍하니 TV에 빠져 있었던 것이다.

"왜 그래?"

그녀는 이상하다는 듯 다시 한 번 물었다.

"아니, 아무것도 아니야. 재미있는 사건 같아서."

케이크를 입 안에 넣었지만 맛을 전혀 느낄 수 없었다. 경찰관이 살해됐다? 도대체 어떻게 된 거지…….

"정말 그래. 하지만 저 동네 사람들은 재미있지만은 않을 걸. 권총을 가진 범인이 어슬렁거린다고 생각하면 편안히 잠들 수 없을 거야. 사건이 해결될 때까지 저 근처는 얼씬도 하지 말아야겠어."

"걱정 안 해도 돼. 그럴 계획은 없으니까. 잘 먹었어."

유스케는 케이크를 반쯤 남기고 자리에서 일어섰다.

"어? 벌써 다 먹은 거야?"

"응. 사요코가 내 것도 먹어."

유스케는 방으로 돌아와 전자수첩에서 니와 준야의 번호를 찾아 휴대폰 버튼을 눌렀다. 벨이 세 번 울리고 준야가 받았다. 유스케가 이름을 대자 그가 말했다.

"나도 막 전화하려던 참이야."

말투가 조금 딱딱하다.

"뉴스 봤지?"

"도대체 어떻게 된 거야? 누가 그런 거야?"

유스케는 전화기를 손으로 가리면서 재빨리 말했다.

"그 일로 의논하려고. 사실 쇼코가 연락해서 모두에게 얘기하고 싶은 게 있대."

"쇼코가? 짚이는 데가 있나?"

"그런 것 같아. 지금 올 수 있어?"

"어떻게든 가 봐야지."

"그럼 내 방으로 와. 되도록 사람들 눈에 띄지 않게."

"아, 알았어."

유스케는 전화를 끊은 후 재킷을 들고 방을 나왔다. 잠깐 나갔다 오겠다고 하자 사요코는 놀란 표정을 지었다.

"이런 시간에? 어딜 가는데?"

"준야한테. 물어볼 게 있어서. 늦을지도 모르니까 먼저 자. 문단속하는 거 잊지 말고."

유스케는 그래도 뭔가 할 말이 있는 것 같은 사요코를 남겨 두고 집을 나섰다. 택시를 탈까 생각했지만 다시 생각을 바꿔 주차장으로 향했다. 오늘 밤에는 술을 마실 것 같지 않았기 때문이다.

준야는 와세다 도로에서 조금 들어간 곳에 있는 고엔지의 원룸을 빌려 살았다. 학창 시절부터 이 근처에서 하숙을 했다는데 정이 들어선지 쉽게 떠나지를 못했다. 방문을 두드리자 준야가 문을 열었다. 얼굴이 약간 경직되어 있었다.

"들어와. 둘은 먼저 와 있어."

"빠르네."

유스케는 안으로 들어갔다. 다쿠마는 마루에 책상다리를 하고 있고, 쇼코는 구석에 놓인 침대에 앉아 있었다. 다쿠마가 양복을 입은 모습은 처음 보았다. 이게 헬스클럽의 젊은 이사 얼굴이로구나. 쇼코는 청바지에 폴로셔츠를 입은 평범한 차림이었다. 그녀는 어느 누구보다 사람들 눈을 피해야만 했다. 유스케는 그녀가 들고 있는 선글라스도 TV 출연으로 지나치게 알려진 얼굴을 숨기기 위한 소도구일 것이라고 가늠했다.

유스케는 간단히 인사를 마친 후 다쿠마 옆에 앉았다.

"자, 그럼 뭐라도 마실까? 뭐, 특별한 건 없어."

준야는 그렇게 말하며 모두를 둘러봤다.

"나는 필요 없어. 그보다 빨리 본론에 들어가자. 그것 때문에 온 거니까."

다쿠마가 낮게 말했다.

"나도 그래."

유스케도 이어 말했다. 쇼코도 말없이 고개만 끄덕였다.

"알았어. 그렇다면 빨리 본론에 들어가지. 모두, 저녁 뉴스 봤지? 아마 같은 의문을 가졌을 거야. 누구일까? 대체 누가 경찰을 죽였을까?"

"그걸 알고 싶어서 여길 온 거야."

다쿠마가 말했다.

"얘기해주겠어?"

"내가 얘기할 게 아니야. 전화로도 말했듯 쇼코가 설명할 거야."

거기까지 말하고 준야도 벽에 기대앉았다. 남자 셋이 쇼코를 둘러싼 형태가 됐다. 그녀는 한동안 고개를 숙이고 있다가 뭔가 결심한 듯 고개를 들고 크게 심호흡을 했다.

"그건 아마…… 센도의 비밀병기일 거야."

"비밀병기? 그게 뭔데?"

준야가 얼굴을 찡그렸다.

"센도에게 직접 들은 적 있어. 강력한 헵태슬론(heptathlon) 선수를 하나 키우고 있다고 했어."

"헵태슬론?"

다쿠마가 되묻자 유스케가 대답했다.

"육상 7종 경기를 말하는 거야. 첫날에 100미터 허들, 높이 뛰기, 포환던지기, 200미터 달리기, 이틀째에 멀리뛰기, 창던지기, 800미터 달리기를 하고 각 종목의 총점을 겨루는 여자 경기야."

"이봐, 농담하지 마. 그럼 그게 여자가 한 짓이라는 거야? 여자가 경찰 목을 졸라 죽였다고?"

준야는 익살스러운 표정으로 두 손을 들었다. 그러나 쇼코는 진지한 표정을 바꾸지 않았다.

"보통 여자가 아냐. 어릴 때부터 센도 밑에서 자랐어. 물론 평범하게 키우진 않았겠지. 너희들이 상상도 못 할 일이 그 아이에게 행해졌을 거야."

"그거라면 나도 들은 적 있어."

다쿠마가 말했다.

"센도가 어린 여자아이와 함께 산다는 얘기. 아직 캐나다에 있을 때."

"캐나다라……."

유스케는 나지막하게 중얼거리고 입을 다물었다. 그 이국 땅에 있을 때를 회상했던 것이다. 다른 세 사람도 마찬가지인 듯 한동안 각자 생각에 잠겼다.

"나, 그 아이 본 적 있어."

쇼코가 고개를 약간 기울이고 말했다.

"벌써 10년도 더 된 일인데 그 훈련센터에 센도가 여자아이를 데려온 적이 있어. 여덟 살이나 아홉 살쯤 되지 않았을까."

"훈련센터에? 그랬군."

준야가 새삼 크게 한숨을 내쉬었다. 훈련센터라는 말만으로도 네 사람의 마음에 어두운 그림자가 드리워졌다.

"어쨌든."

다쿠마가 입을 뗐다.

"센도 옆에 그런 여자가 있었고 그 여자는 센도가 비밀병기라고 부를 만큼 대단한 육체를 지녔을 게 틀림없어."

"그 건물 안에 있었다는 거지."

유스케는 저택 뒤에 있던 창고 같은 건물을 떠올렸다.

"거기서 무엇을 할까 궁금했는데 설마 그런 인간을 만들고 있을 줄이야."

센도의 저택에 잠입하는 계획을 세웠을 때 유스케는 며칠 동안 그곳을 미리 감시했었다. 그 결과 센도가 하루 중 절반 가까이를 그 건물 안에서 보낸다는 것을 알아냈다. 특히 밤에는 안에 들어가서 몇 시간씩 나오지 않을 때도 있었다. 그래서 그날 밤 잠입을 결정한 거였다.

"쇼코, 그 여자 이름은?"

준야가 물었지만 그녀는 고개를 저었다.

"몰라. 센도도 가르쳐주지 않았어. 하지만 그 선수가 나타나면 세상이 놀랄 거라고 열변을 토했어. 강하고 빠르다고……. 타란툴라 같은 소녀라고 했어."

"타란툴라라…… 독거미라고."

유스케가 중얼대자 "왠지 기분이 안 좋네"라며 다쿠마가 눈썹을 찡그렸다.

"문제는 단순히 기분이 나쁜 걸로 끝나지 않는다는 거야."

준야는 뚫어져라 유스케와 사람들을 봤다.

"그 독거미가 도망쳤다. 경찰관을 죽이고, 게다가 권총을 빼앗았어. 그렇다면 그 독거미는 다음에 어떻게 할 거라고 생각해?"

"우리를 죽이러 온다는 말이야?"

유스케는 눈을 크게 떴다.

"가능한 일이야."

"가능한 정도가 아니라 나는 그렇게밖에 생각할 수 없어. 그렇지 않다면 권총을 훔치지 않았겠지."

"그럼 그 타란툴라는 센도를 죽인 게 누군지 알고 있다는 거야?"

다쿠마의 질문에 유스케도 머리를 굴렸다. 그리고 "아!" 하고 소리를 질렀다.

"카메라야. 우리가 저택에 숨어들자마자 센도는 곧바로 알았어. 아마 감시 카메라가 있었을 거야. 혹시 그게 다른 장소, 예컨대 그 서재에도 설치되어 있었고 그것을 봤다면……."

"그 여자는 자기 주인이 살해되는 장면을 목격했다는 얘기야. 당연히 우리 얼굴도 기억하겠지."

준야는 눈만 움직이며 모두의 반응을 살폈다.

"그렇다면 그 여자가 노리는 건 나겠네. 내가 쐈으니까."

평정을 가장하려는 듯 쇼코는 살짝 미소 지으며 말했다. 하지만 뺨은 경직되어 있어서 여유로운 표정으로 보이진 않았다. 게다가 들고 있는 선글라스가 부서질 정도로 손가락에 힘이 들어갔다.

"아니, 꼭 그렇다고는 할 수 없어."

유스케가 말했다.

"모든 상황을 봤다면 센도의 원수가 너 하나가 아니라는 사실 정도는 그 여자도 알 거야. 노린다면 우리 전부겠지."

"나도 그렇게 생각해. 게다가 그 집은 우리 모두가 태웠으니 공범이지."

준야는 그렇게 말하고 쓴웃음을 지었다.

"그런 얘길 아무리 해봐야 쇼코에게 위로가 되진 않겠지. 하지만 혼자만 당할 거라고 생각하지 말고 마음 단단히 먹어."

"미안해. 내가 센도를 쏘지만 않았어도……."

"그 얘긴 그만해."

유스케는 쇼코가 너무 침울해하자 오른손을 흔들며 일부러 별것 아니라는 목소리를 냈다.

"그보다 그 여자는 어떻게 우리가 사는 곳을 알아내려고 할까?"

모두의 의견을 구하듯 다쿠마가 읊조렸다. 아무도 곧바로 생각이 나지 않는 듯 무거운 침묵이 흘렀다.

"혹시…… 그 방에 있었을지도 모르지."

유스케의 말에 세 사람이 시선을 모았다. 그는 계속 말했다.

"우리 데이터 말이야. 그 여자가 얼굴 사진으로 찾았다면……."

"쉽게 발견했겠지. 그렇긴 하지만 정보가 얼마나 있었을까. 설마 유스케가 최근에 이사했다는 것까지는 없겠지. 하지만 그것도 시간 문제야. 조사하면 곧 알겠지."

"만약 그 방에 데이터가 있었다면 그 여자보다 먼저 경찰이 우릴 찾아올지도 모르겠네."

쇼코가 다른 문제를 제기했다. 분명 그럴 여지가 있었기 때문에 준야도 다쿠마도 어두운 얼굴로 가만히 고개를 끄덕였다. 하지만 유스케가 말했다.

"경찰이 그 방에 들어가고도 시간이 상당히 지났어. 혹시 데이터가 남아 있었다면 지금쯤은 발견했을 테고 벌써 누군가가 연락을 취했겠지. 그러지 않았다는 건, 적어도 지금 그 방에는 데이터가 남아 있지 않다는 거 아닐까?"

"희망적인 의견이지."

준야가 말했다.

"하지만 그럴 가능성도 있어. 그녀가 데이터를 빼냈거나 소각시켰을지도."

"그러길 바라는 수밖에 없지."

준야는 무릎을 치고 벌떡 일어섰다.

"어쨌든 이걸로 사태는 파악됐어. 문제는 도망친 독거미가 우리 앞에 나타났을 때 어떻게 할 거냐는 거지."

그러자 잠시도 머뭇거리지 않고 다쿠마가 말했다.

"생각할 것도 없어. 방법은 하나밖에 없지 않나? 상대는 우리에 대해 모든 걸 알고 있어."

"다쿠마……."

유스케는 할 말을 찾지 못한 채 전직 역도 챔피언의 옆얼굴을 쳐다봤다.

"그리고 또 하나, 중요한 게 있어."

다쿠마가 말을 이었다.

"그 독거미가 경찰에 체포되면 우리는 끝이야. 알겠어? 우리로서는 그 녀석을 두려워하기보다 무사히 우리를 찾아와주기를 바라야 하는 입장이야."

✤ ✤ ✤

요시무라 순사의 빈소는 고후에 있는 고향집 근처의 절에 마련됐다.

시토는 고후 역 매점에서 산 검은 넥타이를 매고 문상을 갔다. 서장을 비롯해 주요 인물들은 내일 장례식에 참석한다는데 시토는 아무래도 그때까지 기다릴 수가 없는 처지였다. 한시라도 빨리 용서를 빌고 싶었다. 용서를 빌고 원수를 갚겠다고 맹세하고 싶었다.

아직 20대 중반으로 보이는 남자들이 조문객을 맞고 있었다. 그들만이 아니라 시토 앞뒤로 줄을 선 사람도 그 정도 또래들뿐이었다. 대화를 들어보니 고등학교나 대학교 친구들인 것 같았다. 시토는 새삼 요시무라가 얼마나 젊은지, 그리고 그가 빼앗긴 것이 얼마나 소중한 것인지를 절실히 깨달았다.

분향할 때 요시무라의 부모님이 보였다. 아직 쉰 전후의 젊은 나이였다. 두 사람 옆에 있는 사람이 여동생인가. 손수건을 눈에 댄 채 인형처럼 움직이지 않았다.

분향을 끝낸 후 초밥과 음료수가 준비된 방으로 안내됐다. 요시무라의 지인과 친구로 보이는 남자들이 자리를 잡고 나지막이 얘기를 나누고 있었다.

"역시 경찰관은 위험해."

젊은 남자가 속삭이는 소리가 들렸다.

"순직이라고 하지만 어쨌든 죽은 거잖아."

다른 남자가 대답했다.

시토는 맥주 한 모금을 겨우 넘기고는 그곳을 나왔다. 역에서 전철을 기다리는데 누군가 오는 기척이 나, 돌아보니 야마시나가 슬쩍 웃으며 서 있었다.

"반장님……, 내일 오시는 거 아니었어요?"

"나야 대단한 분들과 달리 낮에 수사본부를 비울 여유 같은 건 없다네."

그렇게 말하고 야마시나는 오른손에 들고 있던 풍선껌을 내밀었다. 야마시나는 얼마 전부터 금연 중인지라 시토는 그 앞에서 담배를 피우지 않았다.

"아니요, 됐습니다."

시토는 살짝 손을 흔들어 거절한 후 한숨을 내쉬었다.

"고인이 젊으니까 문상이나 장례식이 훨씬 힘드네요."

"너야말로 젊은 놈이, 애늙은이 같은 소리는."

"부모님은 몇이나 되셨을까요? 쉰은 넘겼을까요? 아니면 예순 언저리? 어느 쪽이든 아들이 사회인이 되어 겨우 한숨 돌렸을 텐데."

"그렇다고 더 슬픈 건 아니야. 부모에게는 갓난아이가 죽은 거나 중년이 된 아들이 죽은 거나 마찬가지지."

"후회하겠죠. 경찰관으로 만든 걸."

"시토!"

야마시나는 먼 곳을 응시한 채 말했다.

"그만 생각해."

"그건 힘들 것 같아요."

시토는 어깨를 으쓱이고 슬쩍 쓴웃음을 지었다.

"의사였다면서."

"예?"

"센도 말이야."

"아아……. 그렇습니다. 대대로 농사를 지었는데 아버지가 의사였기 때문에 그 영향으로 센도도 의사의 길을 택했답니다."

오늘, 시토는 센도의 출신지인 마쓰모토 시에 갔었다. 본적지에는 이미 다른 사람이 살고 있었는데 이웃 중에 센도 집 안을 기억하는 사람이 있었다. 그들 말로는 20년 전쯤까지는 그곳에서 병원을 했는데 원장 부부가 잇달아 세상을 떠나고 얼마 후 병원도 문을 닫았다고 했다.

"언제인지는 분명하지 않지만 이웃의 얘기로는 병원이 문을 닫기 몇 년 전부터 센도는 집을 나가 돌아오지 않았다고 합니다. 외국으로 갔다던데요."

"외국? 어디?"

"거기까지는 모르고 있었습니다."

시토가 고개를 가로젓는 순간 플랫폼에 전철이 들어왔다. 함께 전철에 탄 시토와 야마시나는 다행히 빈자리가 있어 나란히 앉아 얘기를 계속했다.

"뭐, 그런 거야 조사하면 금방 나오겠지. 그런데 그 별장지대를 탐문하던 수사관이 정화조 청소회사에서 이상한 얘길 들었다는군."

"뭡니까?"

"거기 사원은 3개월에 한 번씩 정화조 점검차 고객을 방문한다는데 올 여름 그 집에 갔을 때 기묘한 사람을 봤다는 거야."

"기묘한 사람이요? 그게 뭡니까?"

시토는 종잡을 수 없는 표현에 얼굴을 찡그렸다.

"일단 몸이 엄청 컸다는군. 곧 모습을 감췄기 때문에 확실하진 않지만 1미터 90센티미터쯤 되어 보였다네. 남자인지 여자인지는 모르겠다고 했어."

"그거야 남자겠죠."

시토는 상식적으로 대답했다.

"그 거인 같은 인간을 본 사람은 현재까지 없어. 그러나 다분히 그 건물에 감금되어 있던 사람과 동일인이 아닐까 하는데."

"그렇겠죠. 그만한 체구의 녀석이라면 경찰관을 목 졸라 죽이는 것도 어렵지 않겠죠."

시토는 양복 안쪽 주머니에 든 것을 눌렀다. 문상 갔다 받은 '답례품'이라고 적힌 조그만 박스였다.

"그 체육관 같은 방에서 단서가 될 만한 게 나왔나요?"

"지금까지 이렇다 할 건 없네. 컴퓨터와 비디오는 있었는데 플로피디스크와 테이프 같은 소프트웨어들이 전부 파괴되어 있었어. 아주 꼼꼼히."

"센도는 무엇 때문에 그런 건물을 지었을까요?"

"글쎄. 지금까지 조사한 바로는, 센도는 2년 전에 그 별장을 사들였어. 원래 주인의 말로는 집 뒤에 창고를 겸한 별장지기의 거처가 있었다더군. 그것을 지금처럼 개조한 것 같아. 트레이닝 기기들도 최근 2년 사이에 가져다놓은 거고."

"돈의 출처가 궁금하네요. 한 대도 꽤 비싸 보이던데."

"조사 중이야. 은행을 샅샅이 뒤지고 있지. 어쨌든 집이 타 버리는 바람에 통장 하나 찾지 못했으니까."

야마시나는 부아가 치민 듯 말했다.

"그렇다면 화재 현장에서 돈이 될 만한 게 하나도 안 나왔 다는 건가요?"

"그뿐만이 아냐. 액자 같은 것들이 나뒹굴고 있었는데 그림 이 들어 있던 흔적이 없어. 훔쳐간 게 아니냐는 수사관도 있 지."

"그렇다면 센도를 죽인 게 강도라는 건가요? 그리고 증거 인멸을 위해 집에 불을 질렀다⋯⋯."

"물론 그것도 생각할 수 있지만."

야마시나는 손가락으로 관자놀이를 눌렀다.

"이건 그렇게 간단한 사건이 아니야."

수사본부로 돌아오니 경찰서 전체가 들썩이고 있었다. 가 토 수사1과장이 야마시나를 보자마자 손짓을 했다. 시토도 다가갔다.

"지금 막 연락하려던 참이었네. 부근 별장 하나가 누군가에 의해 털렸다네."

"어딥니까?"

야마시나의 말투가 날카로워졌다.

"그 화재 현장에서 500미터쯤 떨어진 곳이네. 유리창을 깨고 침입했다는군. 지금 집주인에게 연락을 취하고 있어."

"곧 가보겠습니다."

야마시나가 몸을 돌리자 시토도 그 뒤를 따르려고 했다. 그런데 과장이 두 사람을 불러 세웠다.

"아! 잠깐 기다리게."

"감식반에서 새로운 정보가 와 있네. 가기 전에 봐두는 게 좋겠지. 요시무라 순사가 살해된 장소에 떨어져 있던 모발에 대한 결과네."

야마시나는 과장이 내민 서류를 훑어 내려갔다. 그의 눈이 커졌다.

"여자?"

"맞아. 여자야."

과장이 차분한 목소리로 말했다.

"채취된 모발은 세 종류였네. 남자 것이 두 종류, 여자 것이 한 종류였지. 그중 하나는 요시무라의 것이고 나머지 하나가 센도의 것으로 여겨지니까 그 기묘한 방에 감금되어 있던 인간은 여자라는 말이지."

"1미터 90센티미터나 되는 여자?"

시토는 말하면서 눈앞에 그 체격을 그려봤다.

❖❖❖

맥도날드 주차장에서 세 번째 햄버거를 씹고 있는데 근처
카 라디오에서 뉴스가 들려왔다.

9시 뉴스였다.

"어제, 야마나카 호수 화재 현장에서 경찰관이 살해되는 사
건이 일어났습니다. 오늘 밤, 살해된 요시무라 순사의 빈소
가 고후 시의 한 절에 마련되어 많은 조문객이 빈소를 다녀
갔습니다. 한편 범인의 행방은 여전히 묘연한 채, 현재 경찰
에서는 주변 지역의 탐문과 목격자 찾기에 나서고 있습니다.
다음은 어제 밝혀낸 골프장 비리 문제입니다……."

여자는 아나운서의 말을 80퍼센트쯤 이해했다. 일본어는
꽤 잘했다. 그러나 이 뉴스만으로는 경찰이 얼마나 가까이
있는지 판단할 수 없었다.

'조문'이라는 단어는 이해할 수 없었다. 문맥으로 보아 '장
례식'과 비슷한 것 같았다. 그게 뭐든 그녀에게는 관심 밖이
라 깊이 생각하지 않았다.

여자는 경찰관을 죽이고 '우리'를 빠져나온 뒤 조금 떨어진
빈 별장에 숨어들었다. 옷을 구하기 위해서였다. 도주할 때
검은색 레오타드에 트레이닝복을 입고 있었는데 그녀도 이런
차림으로 돌아다니면 위험하다는 것 정도는 잘 알고 있었다.

별장은 로그하우스 풍이었다. 주차장에 차가 없었고 사람이 있는 기척도 없었다. 그녀는 건물 뒤로 돌아가 창문을 깨고 안으로 들어갔다.

실내는 멋지게 꾸며져 있었다. 넓은 거실에는 목제 테이블과 의자가 놓여 있었다. 주방의 싱크대는 반짝반짝 윤이 났고 식기는 모두 찬장에 얌전히 놓여 있었다.

여자는 냉장고와 음식물 수납장은 보려고도 하지 않았다. 체육관에 갇혀 있는 동안 상비해둔 칼로리 메이트를 먹었기 때문에 배는 전혀 고프지 않았다. 게다가 센도가 놔둔 돈을 가져왔으니 만일의 경우에는 사먹을 수 있었다.

여자는 2층 침실로 올라가 옷장을 모두 열었다. 그러나 생활비품만 들어 있을 뿐 옷은 없었다.

이번에는 계단을 내려가 지하실로 갔다. 그곳은 창고였다. 구석에 놓인 사이클링 자전거가 그녀의 눈에 띄었다. 여자는 다가가 찬찬히 살펴봤다. 꽤 크기가 큰 산악자전거로 변속기어는 전후 3단과 7단이었다. 하지만 타이어는 그리 두껍지 않았다. 주인은 온로드, 오프로드를 가리지 않고 사용한 듯했다.

여자는 자전거를 손으로 들어본다. 무게는 12~13킬로그램 정도였다. 페달을 밟아보니 위치가 조금 낮았지만 프레임 사이즈는 잘 맞았다. 그녀는 자전거에서 내려 재빨리 페달

높이를 조절했다.

타이어에 공기를 넣고 있을 때 방구석에 놓인 바구니가 눈에 들어왔다. 그 안에는 삼색 컬러의 요트 파카를 비롯해 감색 레이싱 팬츠와 사이클 장갑, 스포츠 선글라스, 빨간색 캡이 아무렇게나 뒤섞여 있었다.

여자는 트레이닝복을 벗고 레오타드 위에 레이싱 팬츠와 요트 파카를 입었다. 옷 주인은 아마도 키가 큰 남자인 듯했는데 조금 작긴 했지만 그녀의 몸에 그럭저럭 잘 맞았다. 여기에 스포츠 선글라스를 끼고 모자를 썼다.

벽에 소형 배낭이 걸려 있기에 안을 뒤져보니 주변 도로지도가 들어 있었다. 하이킹이나 사이클링 코스 등도 자세히 그려져 있었다. 그녀는 파카 주머니에 지도를 넣고 배낭에는 조금 전 그녀가 벗은 트레이닝복을 쑤셔 넣어 어깨에 멨다. 그렇게 장비를 갖춘 다음 자전거를 짊어지고 계단을 올라갔다.

지도로 대강의 도로 순서를 머릿속에 그려 넣고 별장을 나왔다.

밖은 아직 밝았다. 그녀는 천천히 페달을 밟았다.

여자가 선택한 코스는 미쿠니 고개에서 묘진 고개를 거쳐 시즈오카의 오아마초로 빠져나오는 것이다. 무엇보다 한자를 잘 못 읽는 그녀에게는 고개와 마을 이름이 제대로 눈에 들어오지 않았다.

이 길을 선택한 것은 거기까지 가면 국도가 나오기 때문이었다.

그 국도에는 '도쿄'라고 적힌 표시가 있었다. 도쿄는 그녀가 읽을 수 있는 몇 안 되는 지명 중 하나였다. 그리고 저택에 숨어든 네 명의 주소에도 맨 처음에 '도쿄'라는 글자가 붙어 있었다.

야마나카 호수를 빠져나온 뒤에는 오르막길뿐이었는데 그녀의 대퇴부는 경사면 같은 것은 대수롭지 않다는 듯 근육의 이완과 수축을 반복했다. 이따금 자전거를 탄 젊은이가 앞쪽에 나타났지만 그녀는 별 어려움 없이 그들을 제쳤다.

"뭐야, 저거! 대단하네!"

사이클 2인조를 단번에 제쳤을 때 한쪽 남자가 탄식하는 소리가 들렸다. 미쿠니 고개를 넘으면 나머지는 거의 내리막길이었다.

길은 잘 포장되어 있었다. 산악자전거는 그녀 몸의 일부처럼 경쾌하게 달렸다. 오른쪽으로 후지산이 보였다.

국도를 달리는 중에 해가 저물었다. '246'이라는 번호가 붙은 길이었다. 교통량이 상당히 많아 자전거로는 달리기 힘들었다. 그래도 그녀가 도로 옆을 달리자 추월해가는 자동차 안에서 젊은 남자들이 요란한 환호성을 질러댔다.

해가 완전히 저물자 조금 한적한 마을에 들어섰다. 작은 역도 있었다. 역 옆에 있는 편의점에서 그녀는 간단한 먹을거리를 샀다. 일본에 온 후로 혼자 쇼핑을 하는 것은 이번이 처음이었다. 중년의 여점원은 그녀를 올려다보고 조금 놀란 표정을 지었다.

그날 밤은 근처에 있는 목재창고에 숨어들어 잠을 잤다. 9월인데 조금 쌀쌀한 밤이어서 그녀는 트레이닝복을 덮었다.

그리고 오늘 아침, 그녀는 다시 출발했다. 별장에서 입수한 지도에는 앞으로 찾아가야 할 행선지가 표시되어 있지 않았다. 그래도 '246'이라는 도로 번호를 놓치지 않고 동쪽을 향해 달리는 것이다.

하지만 출발하자마자 길을 잃었다. 마쓰다초 분기점에서 그대로 246번 도로를 달려야 했는데 오다하라 방향의 255번 도로로 들어와버린 것이다.

길을 잃었다는 것을 알아차린 건 태양의 위치 때문이었다. 자신이 동쪽을 향하고 있으면 오전 내내 태양이 정면에 있어야 하는데 항상 왼쪽에 있었다. 또 왼쪽에는 내내 해안선이 이어졌다.

도로 번호는 135번이었다. 만약 그녀가 도로지도를 가지고 있었다면, 그리고 한자를 제대로 읽을 수만 있었다면 자신이 있는 위치가 이즈 반도의 아랫부분 언저리이며 조금 더 가면 아타미라는 유명한 관광지에 도착한다는 것을 알았을 것이다.

도로변 포장마차에서 핫도그 두 개를 사먹은 후 그녀는 화장실에 다녀왔다. 지나치던 트럭 운전기사 같은 남자가 그녀를 올려다보며 놀라워했다.

그녀는 도로 옆에 서서 태양의 위치를 확인하고 곧바로 남쪽으로 가야 할지 생각해보았다. 그녀는 일본의 지리를 전혀 몰랐다.

아는 것은 동쪽으로 가면 도쿄가 나온다는 것뿐이었다.

"자, 그럼 슬슬 가볼까?"

그때 뒤에서 남자 목소리가 났다. 머리에 타월을 두른 중년 남자가 트럭에 타려고 했다. 그리고 다른 한 사람이 조수석 문을 열며 말했다.

"우선 아쓰기, 다음에는 도쿄지? 잘만 하면 의외로 빨리 도착할 지도 모르겠네."

트럭은 시동을 걸고 그녀 옆을 지나쳐 도로로 나섰다. 조금 전 그녀가 달려온 길을 거꾸로 가는 것이었다.

그녀는 스포츠 선글라스 너머로 트럭이 사라지자 사이클 장갑을 끼고 자전거를 탄 뒤 혼신의 힘을 다해 페달을 밟았다. 갑자기 도로에 뛰어든 자전거를 보고 뒤쪽에서 오던 밴이 황급히 경적을 울렸다.

그로부터 한 시간 남짓 그녀는 트럭에 바짝 달라붙어 달렸다.

평균속도는 시속 30에서 40킬로미터였다. 조금 뒤처지기도 했지만 트럭이 신호에 걸리는 바람에 곧 따라잡을 수 있었다.

더 이상 쫓아가지 못한 것은 그녀의 체력이 다 됐기 때문이 아니라 트럭이 유료도로로 들어가 버렸기 때문이다. 사이쇼 하이패스였다. 그녀는 다시금 이 부근에서 헤매기 시작했는데 돌아다니다 보니 해안을 따라 동쪽으로 달리는 차를 발견했다. 국도 1번이었다. 1이라는 도로 번호는 어쩐지 수도와 연결되어 있을 것 같았다.

그 후에도 그녀는 다시 한 번 길을 잃었다. 일단 해안을 따라갔는데 1번 도로에서 134번 도로로 들어가버린 것이다. 에노시마와 가마쿠라를 지나쳐 미우라 반도에 도달했다.

하지만 왠지 잘못 왔다는 예감이 들어 되돌아왔다. '도쿄'라는 표시를 찾아 달리면서 때때로 샛길로 들어가보기도 했지만 그럴수록 현재 위치에 혼란을 일으키는 결과만 가져왔다.

결국 그녀는 사가미가와까지 되돌아왔다. 그리고 여기서 드디어 표시를 발견했다. 모퉁이를 돌아 북쪽으로 가면 246번 도로를 탈 수 있다고 적혀 있었다. 246번 도로는 도쿄로 가는 길이다.

여자는 이렇게 129번 도로를 따라 올라가 드디어 번화한 거리에 도착했다. 오늘 하루 몇 킬로미터나 달렸을까, 그녀 스스로도 알지 못했다. 물론 그런 것은 아무래도 상관없었다.

여자는 지금까지 세 끼 식사를 모두 맥도날드 햄버거로 때웠다.

이제부터 어떻게 갈지가 문제였다. 어떻게 해서든 도쿄로 가야만 한다. 그리고 그 네 명의 거처를 알아내야만 한다.

그녀는 별장에서 가지고 나온 지도를 펼쳐봤다. 하지만 거기에는 지금 있는 지역까지는 표시되어 있지 않았다. 앞으로 어떻게 가면 도쿄에 도착할 수 있다는 힌트조차 없었다.

자전거를 탄 채 세세하지 않은 지도를 한없이 쳐다보고 있는데 앞쪽에서 소리가 났다.

"어디 가요?"

고개를 드니 갈색으로 머리카락을 염색한 젊은 남자가 사륜구동으로 보이는 빨간 자동차 창문으로 고개를 내밀며 웃고 있다.

그녀가 자전거에서 내려 다가가자 그는 눈을 크게 뜨고 조수석 쪽을 봤다.

"어이, 엄청 커."

속삭이듯 말하는 게 들렸다.

"예상이 맞았어. 역시 외국인이지."

조수석 남자가 대답했다. 그 사람은 짧은 머리를 모두 하늘로 세우고 있었다. 두 사람 모두 10대로 보였지만 그녀는 일본인의 나이를 가늠하기가 어려웠다.

여자는 스포츠 선글라스를 벗었다. 일본인이 아니라는 것을 드러내기 위해서였다. 운전석에 있던 갈색 머리 남자는 압도된 듯 몸을 조금 뒤로 뺐지만 조수석 남자는 눈을 빛냈다.

"괜찮아."

머리를 세운 이 남자는 운전석 남자에게 뭐라 속삭였다. 뚫어져라 시선을 그녀의 가슴께에 둔 채. 운전석 남자도 히죽 웃고는 말했다.

"일본어는 압니까?"

그녀는 고개를 살짝 끄덕였다. 두 남자는 안도한 듯했다.

"어디 가요?"

갈색 머리가 다시 물었다. 그녀는 파카 주머니에서 종이를 꺼냈다. 네 명의 데이터를 프린트한 종이다. 그중에 안조 다쿠마의 주소 부분을 가리키며 남자에게 보여줬다. 남자는 그것을 보고 물었다.

"두 가지가 적혀 있는데 어느 쪽에 가고 싶은 거요? 집? 아니면 헬스클럽?"

그녀는 대답할 수 없었다. 어디로 가야 상대가 있을지 모르기 때문이다. 그녀가 잠자코 있으니까 조수석 남자가 귀엣말을 했다.

"무슨 소린지 모르는 거 아냐?"

"그런가. 저기, 당신이 가고 싶은 데가 어디야? 혹시 두 군데 다 가고 싶은 거야?"

그녀는 그렇다고 대답했다. 두 군데 다 가면 확실하다.

"오케이! 그럼, 우리가 차로 데려다주지. 자전거는 뒤에 실어요."

운전석 남자가 붙임성 있게 말했다. 그녀로서는 뜻밖의 제안이었다. 길이나 물어볼까 생각했기 때문이다. 타겠다는 그녀의 의사를 확인한 듯 남자들은 차에서 내려 그녀의 자전거를 솜씨 좋게 트렁크에 넣었다. 갈색 머리는 키가 180센티미터쯤 되어 보였는데 머리를 세운 쪽은 그보다 10센티미터 정도 작았다. 그런데 트렁크 쪽에서 작은 남자가 말하는 소리가 들렸다.

"나, 한 번쯤은 이런 일 해보고 싶었어."

그 남자는 트렁크에서 돌아와 조수석 문을 열고 그녀에게 타라며 말했다.

"플리즈!"

그녀는 배낭을 벗어 근처 쓰레기통에 버리고 차에 탔다. 두 남자는 잠깐 기막힌 표정을 지었지만 그에 대해서는 아무 말도 하지 않았다.

"어디에서 왔어?"

얼마쯤 달린 후 갈색 머리가 물었다. 그녀는 앞을 본 채 뒤쪽을 가리켰다. 뒷좌석에 앉은 머리 세운 남자가 웃음을 터뜨렸다.

"저쪽이라는데."

"저쪽이 어디냐고. 지금 일본에서 사나?"

그녀는 끄덕였다.

"역시 그렇군. 그러니까 일본어를 알겠지. 그전에는 어디 살았지, 미국?"

사실은 아니지만 이 질문에도 그녀는 끄덕였다.

"그건 그렇고 키가 정말 크네. 나도 작은 편은 아닌데 완전히 두 손 들었어. 몸매가 장난 아닌걸."

갈색 머리가 슬쩍슬쩍 그녀의 몸을 훑어보며 말했다. 하지만 요트 파카를 입은 탓에 그들은 그 밑의 근육이 어떤지 까지는 파악하지 못했다.

"저기, 뭐라고 말 좀 해봐. 목소리가 듣고 싶은데."

머리를 세운 남자가 몸을 내밀며 말했다. 그녀는 고개를 약간 뒤로 돌려 영어로 입 닥치라고 말했다.

머리를 세운 남자는 표정을 굳히고 그대로 운전석 쪽으로 고개를 돌렸다.

"무슨 소리야?"

"나라고 알겠냐."

갈색 머리는 얼굴을 찡그렸다. 머리를 세운 남자는 다시 한 번 그녀에게 고개를 돌리고 애써 웃으며 말했다.

"허스키한 목소리가 좋네."

그녀의 앞에 있는 맵 홀더 안에 도로지도가 들어 있었다. 그녀는 그것을 이리저리 넘겨봤다. 어디를 봐야 할지 도통 몰랐다.

"그 앞 페이지야. 아, 거기."

뒷자리에서 머리 세운 남자가 손을 뻗어 지도 위를 손가락으로 가리켰다.

"지금, 이 도로를 달리고 있어. 네가 가고 싶어 하는 곳은 세타가야 구라는 곳이니까, 246번 도로를 달리다 중간에 요코하마에서 도쿄-나고야 고속도로를 타면 돼."

남자의 손가락이 지도 위의 길을 따라갔다. 그러더니 손톱으로 지도에 표시를 한다.

"그 집은 여기쯤이고 헬스클럽은 아마 이 부근일 거야."

자동차는 한참을 달리다 좌회전했다. 머리를 세운 남자가 갈색 머리에게 뭐라고 속삭이자, 갈색 머리가 알았다고 대답하는 게 들렸다.

"조금 막히는 것 같으니까 다른 길로 갈게."

머리를 세운 남자가 변명처럼 그녀에게 말했다.

확실히 이제까지 온 길과 달리 이 길은 교통량이 극히 적었다.

다른 차는 거의 지나가지 않았다. 불빛도 적은 데다 주위에는 민가나 상가가 아니라 창고 같은 것들만 늘어서 있었다. 갈색 머리는 핸들을 꺾어 더 좁은 길로 들어갔다. 이윽고 눈앞에 공터가 나타났다. 트럭이 몇 대 세워져 있었지만 인적은 없었다.

차는 거기서 멈췄다.

여자는 천천히 운전석 쪽으로 고개를 돌렸다. 원하는 곳이 아닌 게 분명했다. 그녀는 핸들을 가리켰다. 빨리 운전하라는 의미였다.

"걱정하지 않아도 그 헬스클럽까지 데려다줄게."

갈색 머리는 그렇게 말하고 시동을 껐다. 그러자 단번에 정적에 휩싸여 보닛에서 들리는 희미한 기계음과 멀리 떨어진 길을 달리는 자동차 소리까지 들렸다.

남자는 아첨이라도 하는 눈빛을 하고 있었다.

"그전에 좀 느긋하게 지내볼까? 그리 서두를 이유도 없잖아?"

남자는 그녀의 어깨에 손을 얹고 슬며시 다가왔다. 여자는 이때까지도 아직 남자가 뭘 하는지 몰랐다. 그저 상대의 얼굴을 바라볼 뿐이었다. 별다른 저항이 없자 그녀도 동의했다고 생각했는지 갈색 머리는 뒷자리의 머리를 세운 남자에게 말했다.

"이봐, 잠깐 나갔다 오지."

그러자 머리 세운 남자는 혀를 차면서도 히죽대며 문을 열었다.

"빨리 끝내."

"알았다니까."

갈색 머리는 머리 세운 남자가 나가기를 기다렸다가 몸을 더 밀착했다. 그리고 자신의 입술을 그녀의 입술에 대면서 요트 파카 밑으로 손을 넣었다.

순간 그녀의 방어본능이 작동했다.

입술이 닿기 직전 그녀는 상대의 입술을 힘껏 깨물었다. 갈색 머리는 전기 충격을 당한 것처럼 훌쩍 뒤로 물러섰다.

신음하면서 입을 막는데 손가락 사이로 피가 흘렀다.

"무슨 짓이야!"

남자가 왼손으로 그녀의 오른팔을 잡는 순간 그의 눈이 놀라움으로 크게 벌어졌다. 이제야 요트 파카 밑 근육의 실체를 깨달은 것이다.

그녀는 그 손목을 잡고 과감히 비틀었다. 키에 비해 가늘고 약한 팔이었다. 팔꿈치 관절이 둔탁한 소리를 내자 남자는 얼굴을 일그러뜨리며 비명을 질렀다.

그녀는 오른팔을 뻗어 남자의 목을 움켜쥐었다. 남자는 그 손을 떼어내려 했지만 그녀와 견줄 만한 힘은 아니었다. 엄지가 목구멍에 박히도록 좀 더 힘을 가하자 남자는 곧 흰자위를 드러냈다.

그때 문이 열렸다.

"어이, 어떻게 됐어……."

머리를 세운 남자가 말하는 순간, 여자도 남자에게서 손을 뗐다.

갈색 머리의 사체가 운전석에서 굴러 떨어졌다.

머리를 세운 남자는 1, 2초 동안 무슨 일이 일어났는지 이해할 수 없었던 듯했지만 곧 공포로 얼굴에 경련을 일으키며 도망치기 시작했다.

그녀는 조수석에서 내려 모자를 벗었다. 가는 웨이브 머리가 어깨 조금 아래까지 늘어졌다. 요트 파카를 벗고 그 주머니에 들어 있던 권총을 레오타드 가슴에 쑤셔 넣었다. 주위는 캄캄했지만 발소리로 남자가 도망가는 방향을 파악할 수 있었다. 여자는 소리가 나는 쪽으로 달리기 시작했다.

그녀는 검게 드리운 산그늘에서 소리가 나자 재빨리 뒤로 돌았다. 하지만 거기에는 들고양이 한 마리뿐이었다.

잠시 한숨을 돌리고 있는데 철조망 흔드는 소리가 났다. 서둘러 원래 장소로 돌아오자 20미터쯤 떨어진 곳에서 남자가 철조망을 넘고 있는 게 보였다. 남자는 철조망을 끼고 그 너머 길을 달리고 있었다. 그것을 보고 그녀도 달리기 시작했다.

철조망을 낀 경주였지만 전혀 상대가 되지 못했다. 남자는 숨을 헐떡였지만 다리는 거의 움직이지 못하는 지경이 됐다. 그녀는 태연히 그를 추월해 앞쪽을 봤다. 철조망 건너편에 폐타이어가 쌓여 있는 게 보였다.

그녀는 일단 멈췄다가 다시 빠르게 달려 나갔다. 큰 보폭으로 철조망을 향해 비스듬히 달리다가 부딪히기 바로 직전에 오른팔을 치켜들며 몸을 틀었다. 거대한 검은 육체가 몸을 뒤로 젖히면서 철조망을 훌쩍 넘었다. 그리고 다음 순간 그녀의 몸은 쌓여 있는 폐타이어 위로 떨어졌다.

비틀비틀 달리던 남자는 눈앞에 무엇이 나타났는지 모르는 듯했다. 그녀가 벌떡 일어나는 것을 보고 서둘러 몸을 돌리다 발이 걸려 쓰러졌다. 그녀는 왼손으로 그의 멱살을 잡고 들어올렸다.

"아악! 이거 놔!"

남자는 저항했다. 그러나 그 힘은 조금 전 남자와 마찬가지로 그리 강한 것은 아니었다. 그녀는 다른 손으로 품에서 권총을 꺼내 방아쇠 뒤에 끼어 있는 검은 안전 고무를 검지로 벗긴 후 총구를 남자의 등에 댔다.

"뭐하는 거야!"

그녀는 짜증내는 남자의 소리가 신호라도 되듯 손가락에 힘을 줬다. 총의 공이치기를 당기지 않아 저항이 약간 있었지만 개의치 않고 방아쇠를 단번에 당겼다.

총성과 함께 남자의 몸이 크게 튀어 올랐다. 그에 맞춰 방
아쇠에서 손을 떼자 남자는 인형처럼 땅바닥에 떨어졌다. 희
미한 소리를 내며 팔다리를 움직였지만 일어날 수 있을 정도
로 생명력이 남아 있지는 않았다.

그녀는 권총을 거두고 철조망을 기어올라 넘었다. 여전히
주위에 인적은 없었다. 이제까지 왔던 길을 되짚어 걸어갔다.

차로 돌아와 시계를 보려고 쓰러져 있는 갈색 머리의 팔을
들어 올렸다. 다이버용 방수시계는 저녁 9시 50분을 가리키
고 있었다.

그녀는 사체에 더 이상 눈길을 주지 않고 조수석 쪽으로 돌
아왔다. 요트 파카를 다시 입고 모자를 깊게 눌러쓴 다음, 맵
홀더에서 도로지도를 꺼내 남자들이 아까 펼쳤던 페이지만
찢어 주머니에 넣었다.

트렁크에서 자전거를 꺼내고 사이클 장갑을 다시 낀 여자
는 어둠을 향해 페달을 밟기 시작했다.

오후 9시, 누군가 침입한 것으로 보이는 별장에 대한 현장

검증이 끝났다.

침입자는 뒤쪽 창틀을 비롯해 거실 선반, 침실 옷장 등 온갖 곳에 지문을 남겼다. 그 지문을 서둘러 조사한 결과 센도의 체육관 창고에서 발견된 것과 일치하는 것으로 밝혀졌다. 그 사실은 요시무라 순사를 죽인 범인이 이곳에 숨어들었다는 얘기다.

연락이 닿은 별장 주인은 훔쳐갈 만한 건 하나도 없다고 했다.

그래도 굳이 돈이 될 만한 거라면 자전거라는 게 주인의 대답이었다. 대학생 아들이 산악자전거에 열중해 있어서 아직 새것인 자전거가 지하실에 있다는 것이다. 조사해보니 그 자전거가 사라졌다.

별장 거실 테이블 위에 지도가 펼쳐지고 야마시나의 지시 아래 인근 일대의 탐문이 이뤄졌다. 범인이 자전거로 도주하고 있다면 목격자가 있을 가능성이 높다. 지금까지 정보를 종합하면 범인은 1미터 80 또는 90센티미터나 되는 여자였다. 분명히 눈에 띌 수밖에 없다.

시간이 너무 늦어 평소라면 아침이 될 때까지 기다렸을 테지만 그렇게 여유를 부릴 상황이 아니었다. 내일은 일요일이라 민박이나 캠프장 손님들이 아침 일찍 출발하는 경우가 많기 때문이다.

탐문 지역이 분담되자 수사관들은 2인 1조가 되어 현장을 떠났다. 시토는 야마시나와 함께 별장에 남아 그들을 배웅했다. 그들이 들고 있는 손전등 불빛이 반딧불처럼 깜빡거렸다.

별장 주인이 곧 도착할 예정이어서 시토 일행은 남아 있었다. 다른 것은 도둑맞은 게 없는지 확인해야만 했다.

"범인은 자전거를 타고 도대체 어디로 갈 생각일까요?"

시토는 수사관들이 다 사라진 후에도 창밖을 멍하니 바라보며 말했다.

"글쎄."

야마시나는 옆 의자에 앉아 기지개를 폈다.

"언제까지 이 주변을 어슬렁거리고 다닐 수야 없겠지. 역이 있는 후지요시다, 고텐바쯤 갈 거라는 게 일반적이지 않겠나. 어제부터 오늘에 걸쳐 이 근처에서 자동차 도난 신고는 없었고 렌터카는 모두 조사했지만 단서는 나오지 않았어. 역시 전철로 도주하려는 거겠지."

"그게 단순한 도주일까요? 뭔가를 목표로 움직인다는 생각은 안 드세요?"

"무슨 뜻이지?"

"센도 살인과의 관련성 말입니다."

시토는 몸을 돌려 창틀에 기댔다.

"요시무라 군을 살해한 범인, 그를 X라고 하죠. X는 센도가 살해됐다는 사실을 알았다고 보는 게 좋겠지요."

"그렇지."

야마시나는 크게 끄덕였다.

"감식반의 말로는 저택의 상태를 그 방에서 볼 수 있었을 거라고 했어. 화재 현장에서는 그것을 뒷받침하는 소형 카메라 부품이 몇 개 발견됐고. 센도가 살해됐다는 것은 물론 범인 얼굴을 봤을 가능성도 있지."

"그렇습니다. 범인 X는 센도를 죽인 범인을 쫓고 있다고 생각하지 않으십니까?"

"무엇 때문에?"

"물론 복수를 위해서죠. 그러니까 요시무라 군의 권총을 뺏은 거고요."

야마시나는 시토의 의견에 신음 소리를 냈다. 그리고 굵은 눈썹을 추켜세우며 얼굴을 찡그린 후 대답했다.

"그럴 수 있지. 하지만 그러지 않길 바라는 마음이야. 가능한 한 인적이 없는 곳에서 우리 손에 얌전히 체포됐으면 하는데……."

"범인은 돈을 가지고 있을까요?"

관할 경찰서의 가나이라는 형사가 물었다. 시토와 비슷한 연배였다.

"조금은 지니고 있을 겁니다."

시토는 다소나마 확신을 가지고 말했다.

"만약 무일푼이었다면 먼저 먹을 것을 생각했겠죠. 하지만 범인은 이 별장에 숨어 들어온 후에도 주방에 있는 식품 수납장이나 냉장고에는 전혀 손을 대지 않았습니다. 식품 수납장에는 통조림이 여러 종류 들어 있었는데 만진 흔적이 없어요. 그 얘기는 배가 고파지면 뭔가를 사먹을 정도의 돈을 가지고 있다는 거겠죠."

"그렇군요. 그러면 범인이 여기에 숨어든 이유가 뭘까요? 역시 자전거를 훔치기 위해서일까요?"

"아니요. 숨어들기 전까지는 여기에 자전거가 있다는 것을 몰랐을 겁니다. 하지만 뭔가 필요해서 숨어든 것만은 확실합니다. 침실 옷장을 일일이 열어본 흔적이 있으니까요."

"그게 뭔지, 자네는 짚이는 데가 있나?"

옆에서 야마시나가 끼어들었다.

시토는 확신은 없다고 전제하면서 말했다.

"혹시 옷을 훔치기 위해서가 아닐까 생각했습니다."

야마시나와 가나이가 동시에 오호! 하는 표정을 지었다.

"입으려고?"

"그 기묘한 건물에 갇혀 있었으니 범인은 제대로 된 옷이 없을 가능성이 있습니다. 눈에 띄지 않는 옷을 훔치기 위해 이곳에 숨어들었다고 생각합니다."

"괜찮은 생각이군."

야마시나는 수긍했다.

"만약 그게 목적이었다면 범인은 목적을 달성하지 못했어. 별장 주인 말로는 여기에는 그런 걸 전혀 두지 않았다니까."

"그렇다면 범인은 그 눈에 띄는 옷차림으로 돌아다니고 있겠군요. 그럼 후지요시다나 고텐바 역원이 기억하고 있을지도 몰라요."

가나이가 투지를 불태웠다. 시토는 그리 쉽게 동의할 수 없었다.

"일단 주인이 오면 다시 확인해보죠. 이 별장에 정말 옷가지가 하나도 없었는지."

별장 주인은 밤 10시가 넘어서야 나타났다. 기업의 임원이라는 50대의 야마모토라는 남자는 대학생 아들과 함께 왔다.

"아이고, 아무것도 안 두길 잘했네요. 작년에 사서 이제부터 인테리어나 가재도구를 고르려고 했거든요."

야마모토는 돈이 될 만한 게 없었던 것을 변명하듯 말했다.

시토는 아들과 함께 지하실로 내려갔다. 자전거가 없어진 것을 직접 확인한 대학생 아들은 혀를 찼다.

"쳇, 가져가버렸네. 아직 새것인데."

"다른 건 없어진 게 없습니까?"

"예."

아들은 실내를 돌아봤다. 목공도구와 캠프용 장비가 어지럽게 흩어져 있다.

"배낭이 없네."

그는 툭 내뱉었다.

"예? 뭐가 없다고요?"

"배낭요. 여기에 걸어뒀거든요. 올 여름에 자전거를 타다 소나기를 만나 온통 젖는 바람에 옷이나 말리려고 여기 왔었어요. 아⋯⋯!"

그는 입을 벌린 채 두리번두리번 주위를 다시 둘러봤다.

"어라! 전부 없네."

"전부?"

"그때 젖었던 것들 전부요. 모자하고 선글라스하고."

"잠깐만요!"

시토는 수첩을 꺼냈다.

흰 바탕에 빨강과 파란 무늬가 있는 요트 파카, 감색 레이싱 팬츠, 빨간 챙이 달린 모자. 흰색 사이클 장갑, 빨간 배낭, 그리고 스포츠용 선글라스⋯⋯.

이상이 자전거와 함께 사라진 것들이다. 이로써 범인이 도주하면서 입은 복장을 유추할 수 있었다. 곧바로 탐문 중인 수사관들에게 이 정보를 전달했다.

그리고 밤 12시가 조금 지났을 때 수사본부에서 기다리던 시토 일행 앞으로 형사 둘이 중요한 증언을 가지고 돌아왔다.

어제 오후 4시경, 미쿠니 고개 주변에서 비슷한 사람을 봤다는 제보가 있다는 것이다. 목격자는 호숫가 민박에 묵었던 모 대학 테니스 동호회 사람들이었다. 그들은 어제 훈련을 끝내고 남녀 넷이 사이클링을 즐겼는데 엄청난 속도로 자신들을 앞질러 갔던 사람이 있었다는 것이다. 현장은 계속 오르막길이라 오랫동안 몸을 단련해온 그들조차 페달을 밟는 게 힘겨웠는데 그 사람은 전혀 피로한 기색 없이 시원스레 달려 나갔다고 했다.

그런데 네 사람의 기억을 종합해보니 그 사람의 복장이 범인의 것과 거의 일치했다는 것이다.

"게다가 네 명 모두 입을 모아 키가 무척 컸다고 했습니다. 분명히 1미터 80센티미터 이상이었다고."

머리를 짧게 깎은 형사는 자신이 거둔 수확에 흥분한 듯 열변을 토했다.

"틀림없는 것 같군요."

야마시나가 가토 수사1과장에게 동의를 구했다. 가토도 두세 번 고개를 끄덕이고 말했다.

"미쿠니 고개를 넘었다면 어디로 가는 거지?"

"묘진 고개를 거쳐 오야마초로 나오는 게 보통이죠. 스루가오야마 역에서 철도를 이용할 겁니다. 단자와 호수로 나오는 길도 있습니다만 그 길은 어디로 가든 돌아가는 게 됩니다."

야마시나가 칠판에 붙은 지도를 보면서 말했다.

"어쨌든 이 야마나시에서 빠져나갔다는 말인가."

가토는 바로 그 점이 가장 마음에 들지 않는지 입가를 일그러뜨리며 머리를 긁적였다.

"시즈오카 현경에 연락해야겠군."

"스루가 오야마 역을 비롯해 그 앞뒤 역을 조사해달라고 해야겠습니다. 혹시 전철을 탔다면 자전거는 버렸을 테니까요."

"그다음은 역원들의 기억에 의존해야 하나. 혹시 기억한다고 해도 행선지까지는 모를 텐데."

"저기, 잠깐만요."

시토가 손을 들었다.

"범인이 전철을 이용하지 않고 계속 자전거를 탈 수도 있지 않을까요?"

뜻밖의 말이었던지라 가토는 순간 그 의미를 모르겠다는 표정을 지었다. 그러고는 크게 웃었다.

"자전거만으로 도망칠 수 있다는 건가?"

"가능하다고 생각합니다. 범인은 상당한 체력의 소유자입니다. 다른 교통기관을 이용하는 것보다 효과적으로 이동할 수 있을지 모릅니다."

시토의 의견에도 일리가 있다고 생각했는지 가토의 얼굴에서 웃음이 사라졌다. 그리고 야마시나를 봤다.

"어떻게 생각하나?"

"가능성은 충분합니다."

야마시나가 대답했다.

"상당히 눈에 띄는 외모지만 자전거를 타면 부자연스럽진 않습니다. 사람들 눈을 피하기 위해서라도 대중교통 수단을 이용하지 않을 가능성도 있습니다."

"좋아!"

가토는 책상을 치며 일어났다.

"빨리 범인의 몽타주를 만들어서 시즈오카와 가나가와에 보내게."

"알겠습니다."

야마시나는 힘차게 대답했다. 그 목소리에 자극을 받은 듯 앉아 있던 수사관들의 얼굴에 긴장감이 감돌았다.

하지만 시토는 생각했다. 만약 범인이 정말로 자전거를 타고 도주했다면, 그리고 놀랄 만한 체력의 소유자라면, 지금쯤 우리 손이 닿지 않은 곳까지 가 있지 않을까…….

3장

타란툴라의 복수

❖ ❖ ❖

여자는 건물 앞에 이르자 자전거에서 내렸다.

주택가에 있는 널찍한 건물이었다. 주위는 철책으로 둘러싸여 있고 그 안쪽에는 나무가 심어져 있었다. 고급 호텔을 연상시키는 정면의 현관 유리문은 굳게 닫혀 있고 그 너머에는 전기가 꺼져 있어서 캄캄했다.

그녀는 문 앞에 서서 건물을 바라봤다. 2층 창문 일부에 불이 켜져 있다. 거기에 안조 다쿠마가 있을 것이다. 조금 전 그녀는 다쿠마의 집으로 전화를 걸었다. 그가 있나 없나 확인하기 위해서였다. 공중전화를 사용하는 것은 처음이었는데 그다지 어렵지는 않았다.

'바깥분, 지금 계십니까?'라는 일본어를 무난히 해냈다.

전화를 받은 안조 다쿠마의 아내는 남편은 아직 직장에서 돌아오지 않았다고 대답했다. 그리고 이쪽 이름을 물었지만, 그녀는 대답하지 않고 전화를 끊었다.

지도를 가지고 있었고 길 중간에 큰 간판이 붙어 있어서 헬스클럽까지는 거의 헤매지 않고 올 수 있었다. 이 부근에서 이렇게 큰 부지를 차지하고 있는 건물은 이것밖에 없었다.

그녀는 다시 자전거를 타고 건물 뒤로 돌아갔다. 뒤쪽은 주차장이었다. 볼보 한 대가 주차되어 있을 뿐이었다. 그녀는 요트 파카를 벗어 모자와 선글라스를 그 안에 넣고 둘둘 말아 자전거 옆에 놓았다. 권총은 레오타드 가슴팍에 넣었다.

주차장 주위에도 울타리가 둘러쳐져 있었다. 높이가 2미터 남짓이었지만 그녀는 그것을 훌쩍 뛰어넘어 안으로 들어갔다.

건물에는 뒷문 같은 문이 있었다. 손잡이를 돌려봤지만 역시 잠겨 있었다. 철문이라 그녀의 힘으로도 부술 수 없었다.

건물 벽에 바짝 붙여 세워둔 흰색 볼보에 가까이 다가가 안을 들여다봤다. 안조 다쿠마의 차인지를 확인하기 위해서였다. 만약 그렇다면 여기서 숨어 기다릴 수 있다. 그러나 보는 것만으로는 단정할 수 없었다. 그래도 정신을 집중하고 들여다보고 있는데 느닷없이 뒤에서 목소리가 들렸다.

"어이, 거기 누구요?"

그녀는 천천히 돌아봤다. 키가 작은 남자가 서 있었다. 손전등을 들고 경찰관 같은 모자를 쓰고 있었다. 남자는 그녀를 보고 자기 눈을 의심하듯 깜빡였다. 그리고 손전등으로 그녀의 몸을 비추면서 다가왔다.

"여자야?"

여전히 반신반의하는 얼굴로 남자는 멀뚱멀뚱 그녀의 가슴을 봤다.

"어디로 들어왔어? 무슨 짓을 하는 거요?"

그녀는 가슴에 손을 넣어 권총을 꺼냈다. 남자는 그 모습을
보고 한 발 물러섰다.

"그만해. 쏘지 말아줘."

그녀는 성큼성큼 남자에게 다가가 길고양이를 다루듯 목덜
미를 움켜쥐었다. 남자는 나지막하게 비명을 질렀다. 그대로
걸으라고 재촉하자 남자는 비틀거리며 걷기 시작했다. 뒷문
앞에서 그녀는 손을 뗐다. 그리고 문을 열라고 턱으로 지시
했다.

"지금 열게요……. 잠깐 기다려요."

남자는 허리에 달려 있는 열쇠꾸러미를 잡고 덜덜 떨리는
손으로 열쇠를 찾았다. 열쇠는 곧 찾았지만 열쇠구멍에 잘
들어가지 않았다. 그녀가 옆에서 가로채 열쇠를 빼냈다.

그리고 그녀는 손전등을 달라고 손을 내밀었다. 그가 벌벌
떨면서 그것을 건네자 그녀는 받아든 손전등의 스위치를 끄
고 높이 들어 올리더니 과감히 내리쳤다. 손전등 앞부분이
남자의 오른쪽 뒷머리를 강타했고 남자는 숨 막히는 소리를
내며 그 자리에 쓰러졌다.

그녀는 손전등을 그 자리에 버리고 문을 연 다음 건물 안으
로 발을 들이밀었다.

✦✦✦

　안조 다쿠마는 노틸러스 트레이닝머신의 벤치에 엎드려 무릎 관절 운동을 하고 있었다.

　이곳에는 이런 종류의 운동기기가 수십 대씩 놓여 있다. 휴일에는 그 기기가 거의 다 찬다. 1층 수영장과 스쿼시 코트, 피트니스 스튜디오도 최적 인원을 약간 웃돈다. 건강에 대한 관심이 높아지면서 회원이 많이 늘어났기 때문이다. 하지만 다쿠마는 회원을 더 이상 늘리지 않아야 한다고 판단했다. 거액의 입회비를 지불하는 데는 선택받은 자의 우월감이 따르게 마련이다. 뭔가를 하고 싶은데 순서를 기다리게 하면 콧대 높은 손님들은 순식간에 사라진다.

　손님의 숫자를 늘리지 않으려면 부가가치를 붙여 손님이 돈 쓸 기회를 늘려야만 했다. 그리고 그 부가가치로 메디컬 살롱의 강화를 생각하고 있었다. 연일 사무실에 밤까지 남아 있는 것도 그 계획을 탄탄하게 하기 위해서였다.

　이 클럽의 사장 아시다 젠이치는 다쿠마의 아내 에미코의 아버지였다. 다쿠마가 역도 챔피언이었을 때 은사의 소개로 아시다 부녀를 알게 됐다. 아시다는 그를 마음에 들어 했고 여러 가지 편의를 봐줬다. 다쿠마도 그의 인품에 끌렸다. 무엇보다 에미코에게 더 매료됐다. 눈에 띄는 미인은 아니었으나 그녀는 영리하고 섬세한 데다 심지가 굳은 여성이었다. 다쿠마는 자신이 배우자를 선택한다면 이 사람밖에 없다고 생각했다.

그리고 그 희망은 마치 꿈처럼 이루어졌다. 그녀 역시 그를 사랑했던 것이다. 다쿠마가 선수 생활을 끝낸 2년 전 가을, 둘은 결혼했다. 그와 동시에 그는 아시다 밑에서 일하기 시작했다.

다쿠마는 장인의 기대에 부응하기 위해 많은 것을 배우고 받아들였으며 배운 대로 일을 추진했다. 이사라는 직함은 사장의 데릴사위라서가 아니라 그에 합당한 공헌을 했기 때문에 얻은 것이었다.

다쿠마도 아시다가 자신에게 회사를 맡기려고 생각한다는 것을 느끼고 있었다. 이대로 잘만 하면 당연히 그렇게 될 것이다.

순풍에 돛을 단 격이었다. 에미코와의 사이에 아이도 태어났다.

완벽한 생활이었다. 단 하나만 빼고…….

다쿠마는 다리의 움직임을 멈추고 눈을 감았다. 그날 밤의 불꽃이 되살아났다. 그리고 센도의 죽음. 왜 이제 와서…….
솔직한 심정이다. 다 지난 일인데 왜 지금 이렇게 고통을 받아야 하나.

다쿠마는 똑바로 누워 팔을 들어봤다. 지금은 꽤 약해졌지만 예전에는 세계 기록에 육박했던 팔이다. 그 근육의 비밀만은 결코 다른 사람에게 밝혀져선 안 된다. 아니, 자신이 존경하는 장인과 사랑하는 아내에게만은 알리고 싶지 않았다. 만약 사실을 알게 되면 그들의 꼿꼿한 성격으로 미루어보건대 틀림없이 자신을 경멸할 것이다.

그것을 숨길 수만 있다면 무슨 짓이든 해야 한다……. 천장의 밝은 형광등을 보면서 다쿠마는 자신을 타일렀다.

바로 그 순간 형광등이 꺼졌다. 그는 놀라 몸을 일으켰다. 정전된다는 얘기는 없었다.

아직 어둠에 익숙해지지 않은 상태에서 그는 일어섰다. 기계 사이를 요리조리 비집으며 신중하게 발을 옮겼다. 창으로 들어오는 희미한 빛으로 어렴풋하게나마 주위가 보이기 시작했다.

그는 실내 조깅코스까지 도착해 한숨을 내쉬었다. '여기서부터는 눈을 감고도 출구까지 갈 수 있다.' 그렇게 생각하고 발을 한발 내밀었을 때 작지만 쿵 하는 소리가 났다. 다쿠마의 온몸이 굳어졌다.

"누구야?"

그것은 직감이었다. 누군가 숨어 있다…….

다쿠마는 온 신경을 집중해 검은 바위처럼 늘어선 운동기구들을 둘러봤다. 거기 어디엔가 누군가 숨어 있는 것만 같았다.

숨어 있다면 짚이는 건 한 사람밖에 없다. 그 여자, 타란툴라.

다쿠마는 몸에 힘을 줬다. 예상보다 빠른 만남이다. 그러나 환영할 만한 일이기도 했다. 그녀가 경찰에게 잡히지 않고 나타나준 게 기뻤다. 그리고 제일 먼저 자신을 찾아준 게 다행이었다. 희생자를 내지 않고 끝낼 수 있으니까.

시야 끝에서 그림자가 움직였다.

다쿠마는 몸을 낮췄다. 틀림없이, 놈이 있다.

그는 불을 켤까 생각했다. 빨리 움직이면 입구까지는 몇 초면 갈 수 있다. 하지만 불을 켜는 게 자신에게 유리할지는 모르는 일이다. 자신은 이 방 구석구석까지 모든 것을 알고 있다. 조금 어두워도 잘 움직일 수 있다. 게다가 어두운 편이 상대의 권총에서도 몸을 쉽게 지킬 수 있다. '좋아, 이대로 가자.' 다쿠마는 결심하고 바로 옆 기계 뒤에 숨었다.

숨을 죽이고 귀를 기울였다. 공기가 아주 조금 흔들렸다. 옷감 스치는 소리와 아주 희미한 숨소리가 들렸다.

그는 몸을 낮춘 채 움직이기 시작했다. 눈은 상당히 익숙해졌다.

운동기구의 세세한 부분까지 또렷이 보였다.

갑자기 쿵 하는 큰 소리가 났다. 오른쪽이다. 다쿠마는 바닥을 기는 자세로 그쪽으로 다가가 기계 뒤에서 살며시 고개를 내밀었다. 그곳은 바벨 등을 이용해 웨이트 트레이닝을 하는 공간이었다.

아령 하나가 벤치프레스용 의자 옆으로 굴러가고 있었다. 방금 전 소리는 이것 때문인 것 같았다. '그렇다면 상대는 어디 있지?' 그렇게 생각하는 순간 머리 위에서 인기척이 났다. 고개를 드니 트레이닝용으로 천장에 매달아놓은 밧줄에 검은 그림자가 달라붙어 있었다.

몸을 피하는 게 한 발 늦었다. 상대는 다쿠마의 등에 올라탄 상태로 그의 몸통을 발로 조이고 두 손으로 목을 졸랐다. 다쿠마는 필사적으로 몸을 일으켜 적의 두 손목을 잡았다. 순간 멋진 근육이구나 생각했다. 손목을 잡은 것만으로도 알 수 있었다. 그리고 그것을 증명이라도 하듯 강력한 힘으로 다쿠마의 목을 졸랐다.

보통 남자라면 이 정도에서 실신했을 것이다. 하지만 다쿠마는 있는 힘을 다해 상대의 손을 떼어냈다. 그리고 반격하려는 순간, 오른쪽 귀에 격렬한 통증이 뒤따랐다. 깨물린 것이다. 그는 너무 통증이 심해 손을 뗐다. 그와 동시에 상대의 몸도 그의 등에서 떨어졌다.

다쿠마가 돌아보니 거기에는 그보다 키가 큰 여자가 서 있었다.

탄탄한 피부가 빛을 발하고 있었다. 상대는 가슴에 손을 넣고 검은 물체를 꺼냈다. 그것이 무엇인지 생각할 겨를 없이 다쿠마가 옆으로 몸을 던졌다. 그 순간 총구가 불을 뿜었고 총성이 울려 퍼졌다.

여자는 그를 쫓아와 다시 총을 겨눴다. 다쿠마는 옆 기계 뒤에 숨었다. 이번에는 여자도 쏘지 않았다. 어두운 데다가 사격에 능숙하지 않은 탓에 가까운 거리에서 확실히 처리할 수 있을 때까지는 사용하지 않기로 한 모양이다. 총알도 아껴야 할 테니까.

다쿠마는 소리 없이 이동했다. 왼쪽 귀를 만지니 축축한 느낌이 들었다. 출혈이 꽤 심했다. 통증이 파도처럼 밀려왔다. 그 통증을 털어버리려고 주위를 둘러봤다. 무기가 될 만한 것을 찾았다. 아령용 바가 벤치 위에 놓여 있었다. 그것을 오른손에 들고 기둥 뒤로 몸을 숨겼다.

여자가 다가오는 게 느껴졌다. 스포츠화를 신고 있는 듯 카펫을 밟는 소리가 어렴풋하게 들려왔다.

오른편으로 여자가 나타났다. 다쿠마는 기둥 뒤에서 뛰어나와 들고 있던 바를 휘둘렀다. 그것은 멋지게 여자의 권총을 떨어뜨렸다. 이어서 상대의 얼굴에도 휘둘렀다. 하지만 여자에게 손이 잡혔다. 그뿐만 아니라 여자는 그의 손에서 바를 빼앗으려고 했다.

다쿠마는 믿기지 않아서 여자의 얼굴을 봤다.

어두워서 분명치는 않았지만 이목구비가 또렷하고 가는 턱을 지닌 아가씨였다. 순수한 일본인이 아닌 것은 확실했다.

두 사람의 힘이 부딪힌 결과, 바는 두 사람의 손에서 떨어져 바닥에 굴렀다. 다쿠마는 여자의 몸을 뿌리치고 권총 쪽으로 몸을 던졌다. 그러나 돌아서 권총을 겨눴을 때 여자는 보이지 않았다.

입장이 바뀐 것이다.

그는 총을 겨누고 전후좌우로 신경을 곤두세우며 움직였다. 여자는 다시 입장을 역전시킬 기회를 노리고 있을 것이다. 그러나 다쿠마는 그러기 전에 총을 쏴서 죽이기로 결심했다. 사체 처리는 그다음에 천천히 생각해도 된다. 그리고 이제 이 문제와 평생 연을 끊는 것이다…….

다쿠마는 전혀 인기척을 느낄 수 없는 어둠 앞에서 불을 켤까 생각했다. 권총을 지닌 이상 밝은 게 유리하다. 그는 주위를 살피면서 입구까지 내려갔다. 벽에 형광등 스위치가 붙어 있었다.

방아쇠에 손가락을 걸고 실내에 시선을 고정한 채 왼손을 스위치 패널에 올려놨다. 불을 켜면 상대도 가만 있지 못하고 반드시 행동에 나설 것이다. 그전에 제대로 쏴야 한다.

그는 호흡을 가다듬고 스위치에 손을 댔다.

등 뒤에 어떤 기운을 느낀 것은 그때였다.

돌아볼 틈이 없었다. 앗! 하는 순간 이미 뒷머리에 충격이 느껴졌다. 온몸에서 힘이 빠지면서 순간 의식이 멀어졌다.

정신을 차렸을 때 그는 바닥에 누워 있었다. 아직 주위가 어두웠다. 머리가 아주 무거웠고 몸을 일으킬 수가 없었다. 그래도 자신을 내려다보는 그림자가 있다는 건 알 수 있었다. 그 여자였다.

타란툴라. 밑에서 보니 훨씬 더 거대하게 보였다.

이제 끝이다……. 다쿠마는 속으로 읊조렸다.

다쿠마가 조금 전까지 들고 있던 총이 여자의 손에서 불을 뿜었다.

9월 13일 일요일 오후 1시쯤. 시토는 야마시나와 함께 세이조서 회의실에 있었다.

"틀림없는 것 같군요."

경시청 수사1과 곤노 경시(警視, 한국 경찰의 경무관. 경찰서장이나 본부 과장 직책을 맡는다)가 감식반에서 보낸 보고서를 보며 말했다.

"모두 요시무라 순사의 권총에서 발사됐다고 합니다."

"역시 그랬군요."

야마시나는 씁쓸한 표정으로 팔짱을 꼈다. 시토도 똑같은 심정이었다. 그렇지 않기를 빌면서 여기까지 왔는데 최악의 사태가 벌어진 것이다.

"그러면 범인은 이미 최소 세 발을 쐈다는 말인데. 그렇다면 남은 것은 두 발이군요?"

가나가와 현경에서 온 구사카 경부가 말했다. 멋진 백발 덕분에 학자 같은 풍모였다. 도난당한 권총은 탄환 다섯 발을 장전할 수 있었다.

"두 발만 남았다고 할 수도 있고 아직 두 발이나 남았다고도 할 수 있죠. 그 두 발을 사용하지 않도록 하는 것이 무엇보다 중요합니다."

모두의 마음을 대변하듯 곤노 경시가 말했다. 이번 사건의 범인은 그렇게 우려할 만한 기이한 면모가 있었다. 사건이 발견된 순서로 보면 헬스클럽 살인사건이 먼저였다. 우선 주차장에 수위가 쓰러져 있는 것을 행인이 발견한 데 이어 건물 안에서 사살된 사체가 발견됐다. 그것이 오늘 아침 7시 전후였다.

수위는 죽지는 않았지만 두개골 함몰이라는 중상을 입고 지금도 의식불명 상태였다. 흉기는 옆에 떨어져 있던 철제 손전등으로 추정됐다. 사살 사체의 신원은 클럽 이사이자 사장의 데릴사위인 안조 다쿠마로 판명됐다. 심장을 맞았고 그것이 치명상이었던 것으로 밝혀졌다. 플로어 안에는 싸운 흔적이 있었고 피가 뚝뚝 떨어져 있었다. 안조의 오른쪽 귀에 깨물린 상처가 있었기 때문에 거기서 흐른 피로 추정됐다.

사건이 드러나자마자 이곳 세이조 서에 수사본부가 차려졌다.

경시청에서는 곤노 경시를 비롯해 고데라 경부를 반장으로 한 열 명의 반원과 기동수사대원 열다섯 명이 왔다.

사살된 점으로 미루어 조직폭력배가 연루된 게 아닐까 추측했는데 야마나시에서 일어난 경찰관 살해사건을 떠올린 경시가 야마나시 현경에 연락해 요시무라 순사의 총에 관한 자료를 보내달라고 의뢰했다. 경찰관의 총은 시험발사 탄환과 탄피가 의무적으로 등록되어 있다.

연락을 받고 시토와 가나이가 자료를 가지고 상경했다. 요시무라를 죽인 범인과 동일하다는 확신은 없었지만 현장이 헬스클럽이라는 게 걸렸다. 그 기묘한 체육관과 공통점이 있다. 그런데 시토 일행이 출발하기 직전에 또 다른 정보가 날아왔다. 이번에는 가나가와 현경으로부터였다. 자마 시의 자재창고 터에서 사살 사체가 발견됐다며 탄환 감식을 요청한 것이다. 여기도 피해자는 두 명. 게다가 둘 다 살해됐다. 한 사람은 둘이 탔던 것으로 보이는 랜드크루저 옆에서 목 졸려 살해되어 있었고, 또 다른 한 사람은 200미터 정도 떨어진 폐 타이어 하치장에서 사살됐다.

두 사건이 우연히 일어났다고는 생각할 수 없었기에 야마 시나도 시토 일행과 함께 오게 됐던 것이다.

감식 결과는 곤노 경시가 말한 대로 최악의 상황이었다. 요 시무라 순사를 죽인 범인이 이번 사건을 일으켰다는 데 의심 의 여지가 없었다.

세 곳에 각각 수사본부를 설치했는데 실질적으로는 합동수 사 형태로 진행되었다. 야마시나는 경시청과 가나가와 현경 수사관 앞에서 10일 화재사건의 개요부터 설명했다.

"아무래도 인간이 한 짓이라고 볼 수 없군."

곤노 경시는 신음 소리를 냈다.

"범인은 하룻밤 동안 세 남자를 죽이고 한 사람을 중상에 빠뜨렸다. 그중에서도 안조 다쿠마는 다른 남자들과는 차원 이 다른 사람이다. 그런데 그렇게 확실하게…… 게다가 그게 여자라니."

"평범한 인간, 보통 여자라고 생각하면 안 됩니다. 어쨌든 자전거로 도주할 정도의 체력을 가졌으니까요."

야마시나가 말했다.

"범인의 목적은 뭔가? 설마 무차별 살인은……."

세이조 서의 형사과장이 누구에게랄 것도 없이 말했다.

"아니, 그렇진 않겠지."

곤노 경시가 딱 잘라 부정했다.

"단순히 권총을 쏘고 싶었다면 네 명 모두 총을 이용했을 겁니다. 역시 어떤 동기가 있다고 생각하는 게 타당하겠죠. 야마시나 씨 일행이 말씀하신 대로 센도 살인과 관계가 있을 가능성이 높다고 생각합니다."

"헬스클럽 사건은 그렇다고 해도 우리 쪽은 상경 중에 벌어진 살인이겠네요."

가나가와 현경의 구사카 경부가 발언했다.

"피해자에 대해 조사한 결과 어젯밤 8시 넘어서부터 혼아쓰기 역 주변을 차로 돌아다녔답니다. 그때까지 같이 있던 친구가 증언한 겁니다. 그 친구 말로는 살해된 현장은 차에 아가씨들을 태웠을 때 자주 가던 곳이랍니다. 그 목적은 말할 필요도 없을 테고요."

그렇다면 살해된 두 사람은 거인 같은 여자에게 말을 걸었단 말인가. 시토와 똑같은 생각을 한 듯, 한 형사가 "괴물을 낚았으니 목숨을 걸어야지"라고 농담을 던졌지만 아무도 웃지 않았다.

"도대체 실체가 파악되지 않는군. 어떤 여자인지."

곤노가 머리를 갸웃하자 야마시나가 힘주어 말했다.

"현재 센도에 대해 자세히 조사 중입니다만 그 과정에서 반드시 여자의 정체가 밝혀지리라 생각합니다."

앞으로의 수사방침에 대해 협의한 후 야마시나와 가나이는 자마 시로 향했다. 시토는 안조의 아내에게 얘기를 들으러 가는 수사관 둘과 동행하기로 했다. 한 사람은 세이조 서의 다시로 형사였고, 또 한 사람은 본청에서 나온 네기시 경부보(警部補, 순사부장 보다 두 직급 위로 한국 경찰의 경위에 해당, 경찰서 계장 직책을 맡는다)였다. 다시로는 무뚝뚝한 얼굴의 중년 남자로 군대의 선임 같은 분위기를 풍겼다. 그와 대조적으로 네기시는 청년 실업가 같은 스마트한 스타일이었다. 두 사람이 함께 일하는 게 처음은 아닌 것 같았다.

그들 말로는, 원래 안조의 아내와 더 빨리 얘기를 했어야 하는데 남편의 죽음을 알고 충격으로 쓰러졌기 때문에 다소 미루어졌다고 했다.

안조의 집은 바둑판처럼 깔끔하게 구획이 정리된 주택가에 있었다. 부자들만 사는 곳이랍니다, 다시로가 못마땅하다는 투로 말했다.

안조 에미코는 집에 있었다. 많이 울었는지 지금까지 눈이 충혈되어 있었다. 집 안에 많은 사람이 모여 있어선지 그녀는 형사들을 응접실로 안내했다.

"정말로 짚이는 게 하나도 없습니다."

에미코는 등을 꼿꼿이 세우고 단언했다. 네기시가 동기가 될 만한 일이 있었는지 물었을 때였다. 그리고 그런 질문을 하는 것 자체가 의외라는 듯 형사들을 노려봤다. 아무리 봐도 충격으로 쓰러졌다는 아내처럼 보이지 않았다. 부잣집 아가씨 중에도 이런 사람이 있구나. 시토는 아주 새로운 뭔가를 발견한 것 같았다.

"그럼 최근 남편의 행동에 이상한 점은 없었습니까?"

네기시가 계속 질문을 던졌다.

"최근 일이 바빠져서 퇴근이 늦고 피곤해 보였습니다. 하지만 특별히 이상한 점은 없었습니다."

"그렇다면 남편분이 늦게까지 클럽 사무실에 있다는 걸 어제 누군가에게 말씀하지 않으셨습니까?"

"아니요, 그런 건……."

에미코는 일단 부정하려다가 "아!" 하고 입을 벌렸다.

"어제 밤늦게 전화가 걸려왔어요. 12시가 조금 지났을 때였는데…… 남편이 있느냐고 묻기에 아직 퇴근하지 않았다고 대답했어요. 이름을 물었더니 갑자기 끊더군요……. 왜 이제까지 그걸 생각하지 못했을까……."

그녀는 말도 안 되는 실수를 했다는 듯 뺨에 손을 얹고 고개를 흔들었다. 세 형사는 얼굴을 마주보며 고개를 끄덕였다. 이것으로 범인이 안조의 집이 아니라 헬스클럽으로 간

이유가 설명됐다.

"어떤 목소리였습니까?"

다시로가 물었다.

"여자였어요. 조금 쉰 목소리였고…… 그러고 보니 왠지 발음이 이상했어요. 외국 사람이 말하는 것처럼 들렸습니다."

"외국인?"

시토는 절로 소리를 내고 말았다. 의외라서가 아니라 막연히 느꼈던 것이기 때문이다. 일본인 중에 1미터 80이나 90센티미터인 여성은 극소수다.

"전화는 한 번뿐이었습니까?"

네기시가 물었다.

예, 그녀는 분명하게 고개를 한 번 끄덕였다.

"다만, 그 뒤에 곧바로 남편에게서 전화가 왔습니다. 운동 좀 하고 갈 테니 먼저 자라는 얘기였어요."

"그때 남편 분께 앞서 걸려온 전화에 대해 말했나요?"

"예. 말했습니다."

"남편께서는 어떤 반응을?"

"이런 시간에 누구지, 라며 약간 의아하게 생각했습니다."

"그 후 남편분이 아침까지 돌아오지 않으셨는데 이상하게 여기지 않았습니까?"

"좀 걱정이 되긴 했지만 사무실에서 자는 경우도 더러 있어서요. 설마 이런 일이 일어나리라고는……."

에미코는 목이 메는 듯 입술을 깨물었다. 눈 밑이 붉어졌
다. 그러나 틀림없이 눈물을 보이진 않을 것이다.

이어서 네기시 콤비는 안조 다쿠마의 교우관계에 대해 질
문했다. 에미코의 말에 따르면 그녀의 남편은 일에서나 사생
활에서나 나무랄 데 없는 사람인 듯했다.

시토는 그들의 대화를 들으면서 선반에 진열된 트로피와
우승컵을 봤다. 안조 다쿠마가 유명한 역도 선수였다는 것은
조금 전 세이조 서에서 들었다.

"할 말씀 있으세요?"

자신들의 질문이 끝나자 네기시는 시토에게 물었다. 그는
두 가지만 묻겠다고 말하고 자세를 고쳤다.

"센도라는 이름을 아십니까? 센도 고레노리. 남편 분께 들
으신 적 있나요?"

"센도……."

그녀는 나지막이 그 이름을 따라 부른 후 없다며 고개를 저
었다.

"그럼 다음 질문입니다. 이번 달 9일과 10일에 걸쳐 남편께
서 어디 가시지 않았나요?"

"9일부터 10일이라면 수요일하고 목요일이죠."

에미코는 머릿속으로 스케줄을 확인하는 듯했다. 얼마 후

"예, 갔습니다"라고 대답했다.

"거래처 손님과 이즈로 골프를 치러 갔습니다."

"그분 연락처는 아십니까?"

"알고 있습니다만…… 조금만 기다려주세요."

에미코는 의심쩍어 하면서 응접실을 나갔다. 문이 닫히는 것을 확인하고 다시로가 시토 쪽으로 얼굴을 돌렸다.

"안조가 센도 살해에 관련되어 있다고 생각하세요?"

"확신은 없습니다. 어쩌면 그럴 수도 있다는 정도죠."

"충분히 생각할 수 있죠. 이번 사건이 센도를 죽인 복수라면 말입니다."

네기시도 시토의 생각을 이해하고 있는 모양이었다.

에미코가 돌아와 안조 다쿠마와 함께 골프장을 갔다는 중소기업 사장의 이름과 연락처를 알려줬다.

"왜 이런 걸 묻는지 모르겠습니다만 이분께 폐가 되지 않게 해주세요."

그녀는 걱정스러운 표정으로 못을 박았다.

"그 점은 저희도 잘 알고 있습니다."

시토는 대답하면서 연락처를 메모했다.

에미코는 이것이 9일과 10일의 알리바이라는 것을 알지 못했다.

뉴스를 통해 야마나카 호수 사건을 들었을지 모르지만 설마 자기 남편이 그 사건과 관련이 있으리라고는 생각하지 못했던 것이다.

만약 시토의 목적을 알았다면 불같이 화를 냈을 게 분명했다.

시토는 안조의 집을 나와 일단 네기시 일행과 함께 세이조서로 돌아와 형사과장과 곤노 경시에게 인사하고 야마나시로 향하는 귀로에 올랐다.

유스케는 준야의 전화를 받고서야 사건에 대해 알았다.

오후 5시가 지났을 무렵이었다. 아침부터 일 때문에 방에 틀어박혀 있느라 TV를 보지 못했던 것이다.

준야의 목소리는 떨리고 있었다. 유스케에 비해 배짱이 두둑해 큰 시합에서 능력을 발휘하던 타입인데 몹시 불안한 모양이었다.

유스케는 전화기를 든 채 결박된 듯 꼼짝도 못했다. 머릿속이 새하얘지면서 모든 사고가 정지됐다.

"쇼코에게도 연락했어?"

고작 그 한마디가 전부였다. 입 속이 말라 말이 잘 나오지 않았다.

"조금 전에 전화했는데 안 받더라. 연락 달라고 메시지 남겼어."

"없다고? 일하고 있나……."

불길한 예감이 유스케의 뇌리를 스쳤다.

"그렇겠지. 오늘은 일요일이니까 6시 30분부터 스포츠뉴스에 나올 거야."

"아아, 그렇지."

"지금 이리로 안 올래? 작전회의를 하고 싶어."

"그거야 괜찮지만."

유스케가 시계를 보고 대답했다.

"그럼, 6시 반 뉴스를 보고 떠날게."

"그렇지. 그러면 마음이 놓일 거야."

준야도 그 의미를 알아차린 듯 수긍했다.

전화를 끊고 방을 나오니 사요코가 부엌에서 저녁 준비를 하고 있었다. 곧 준야의 집에 갈 거라고 하자, "어머, 요즘 거기 자주 가네"라며 전혀 의심 없이 말했다. 사요코는 자기 남편의 신변에 무슨 일이 일어나고 있는지 상상도 하지 못할 것이었다.

석간신문을 펼쳐 TV시간표를 봤지만 공교롭게도 뉴스 시간은 나와 있지 않았다. 유스케는 사요코에게 다쿠마가 살해된 걸 아느냐고 물으려다 입 밖에 내기 직전에 그만뒀다. 사요코는 유스케와 다쿠마의 관계를 모른다. 쓸데없는 말을 해서 불안하게 할 필요는 없었다.

유스케는 유리문 옆에 서서 베란다 너머로 밖을 내려다봤다. 아직 그리 어둡지는 않았다. 도로에는 차 몇 대가 신호를 기다리고 있다. 도로가 넓어 노상주차 중인 차도 많다. 그 옆으로 쇼핑백을 든, 주부인 듯한 여자가 걷고 있었다. 그런 일상적인 광경에 검은 그림자가 드리워진 것처럼 느껴졌다. 자신을 죽이러 오는 거대한 그림자. 하지만 아직 현실처럼 느껴지지 않았다. 이미 동료 하나가 죽었는데도 말이다.

준야의 말로는, 헬스클럽 수위도 중상을 입었다고 했다. 타란툴라는 목적을 위해서 수단과 방법을 가리지 않는 듯했다. 유스케는 사요코가 휘말리는 것만은 피하고 싶었다.

"아무래도 밖으로 나가지 않는 게 낫겠어."

유스케 자신도 모르게 그런 말이 튀어나왔다.

"어머, 왜?"

사요코는 식탁에 그릇을 늘어놓던 손길을 멈추고 물었다.

"아니, 그게…… 사요코의 몸이 걱정돼서 그래. 3개월쯤이 제일 위험하다며."

"괜찮아. 조심하고 있으니까. 운동은 조금씩 해야 해."

그녀는 남편이 자신을 생각해준 게 기뻤던지 콧노래까지 부르며 부엌으로 돌아갔다. 유스케는 그 뒷모습을 지켜보면서 집에 틀어박혀 있어도 결과는 마찬가지일 거라고 생각했다. 이 범인은 교묘히 죽이겠다는 생각이 전혀 없다. 언제 집으로 쳐들어올지 모른다.

저녁식사 도중에 6시 반이 되어 TV를 켰다. 스포츠뉴스에 채널을 맞추었다. 이제 막 시작했는지 남성 메인캐스터가 등장했다.

그리고 카메라가 이동하면서 어시스턴트 역할의 사쿠라 쇼코가 화면에 들어왔다.

유스케는 안도의 한숨을 지었다. 일단 쇼코는 무사했다.

"오늘도 각지에서 다양한 스포츠가 열렸습니다만 그전에 매우 비극적인 뉴스를 전해드려야겠습니다. 전 역도 일본 챔피언 안조 다쿠마 씨가 어젯밤 누군가에게 사살되는 사건이 일어났습니다."

남성 캐스터가 사건의 개요를 설명하기 시작했다. 유스케는 젓가락을 든 손을 멈추고 TV 속으로 들어갈 것처럼 화면을 응시했다. 준야에게서 들은 얘기와 거의 동일했다. 하지만 캐스터의 다음 대사에 그는 전율했다.

"사실은 가나가와 현 자마 시에서도 젊은이 두 명이 살해됐는데 경찰 조사로는 동일범의 소행일 가능성이 높다고 합니다. 정말 잔인무도한 일이 아닐 수 없습니다."

유스케는 그 젊은이가 누굴까 생각했다. 무슨 사정으로 그 여자와 얽힌 걸까. 자신들을 쫓는 자가 어떤 인물인지 새삼 다시 확인한 느낌이다.

"저 프로그램에서 이런 뉴스를 하는 건 처음이네. 피해자가 스포츠선수라서 그런가 보다."

식욕이 완전히 사라진 유스케와는 달리 사요코는 쉴 새 없이 젓가락을 놀리며 말했다.

"그렇겠지."

"사쿠라 쇼코도 왠지 기운이 없어 보이는데."

아내의 말을 듣고 유스케는 깜짝 놀라 화면을 다시 본다.

쇼코가 TV에 자주 등장하게 된 것은 1년쯤 전부터다. 체조선수였을 때부터 단정한 이목구비로 일부 팬들 사이에서 인기가 있었는데, 작년에 모 스포츠 프로그램 리포터로 발탁된 뒤 인기에 불이 붙었다. 지금은 스포츠에 관련되지 않은 프로그램에도 종종 얼굴을 내밀었다.

그렇게 생각해서인지 화면 속 쇼코는 사요코가 말한 대로 창백해 보였다.

준야는 유스케가 그의 맨션에 도착했을 때 여행가방과 스포츠 가방에 짐을 담고 있었다.

"여행이라도 가?"

유스케는 흩어진 옷가지들을 피해 걸으면서 물었다.

"한동안 기숙사에서 지내기로 했어. 조금 전 감독에게 전화해서 선수와 침식을 함께하고 싶다고 하니까 금방 오케이가 떨어졌어."

그렇게 말하며 준야는 산처럼 쌓인 속옷을 가방에 쑤셔 넣었다.

"빈방은 있대?"

"3인실인데 둘만 쓰는 방이 있어. 거기서 뭉개봐야지. 선수들 입장에서는 불편하겠지만 나야 목숨이 달린 문제니까."

준야는 가쓰라화학공업이라는 회사에 적을 두고 있다. 소속은 업무부 노무과였지만 실제로는 육상부 코치로 초빙된 것이다. 노무과에는 일주일에 한 번, 그것도 오전 중에 얼굴만 내밀면 됐다.

육상부 기숙사는 하치오지에 있었다. 바로 옆에 운동장이 있어서 언제나 훈련할 수 있도록 되어 있었다. 준야는 지금까지 매일 차로 그곳까지 통근했다.

"그건 곧…… 도망치겠다는 말이야?"

유스케가 물었지만 준야는 곧바로 대답하지 않고 짐 싸는 일을 계속했다. 그리고 짐을 다 싼 뒤에 가방을 툭 치고는 유스케를 보며 말했다.

"맞아. 나는 도망칠 거야."

"하지만 쫓아올 텐데."

"아마 그렇겠지. 그러나 일단 시간은 벌 수 있잖아. 그러는 동안 경찰이 잡아주길 빌어야지. 타란툴라를 말이야."

"다쿠마가 한 말 잊었어? 그 녀석이 잡히면 우리도 끝이야."

"그럼, 어쩔 셈이야? 다쿠마 말처럼 그녀를 맞아 싸우자고? 그렇게 말한 다쿠마가 어떻게 됐지?"

준야는 고개를 절레절레 흔들며 몸을 뒤로 뺐다.

"나는 통과! 다쿠마를 죽인 괴물이야. 아무래도 상대가 되지 않아. 게다가 나는 다쿠마와 달리 처음부터 싸울 마음이 없었어."

"그렇다면 모든 게 폭로되는 것도 각오했다는 거야?"

유스케가 말하자 준야는 고개를 끄덕였다.

"어느 정도 각오는 했어. 하지만 반드시 끝이라고 할 수만은 없어. 그 괴물이 우리에 관한 자료를 가지고 있는지는 확실히 모르잖아. 만약 가지고 있다고 해도 일단 시치미를 떼면 그런 살인마 얘기를 경찰도 쉽게 듣진 않을 거야. 게다가……."

그는 숨을 돌리고 옅은 미소를 지으며 계속했다.

"이것도 저것도 안 되면 다 포기하고 자백하지 뭐. 나는 다쿠마와 달리 크게 잃을 것도 없어. 육상으로 먹고살 순 없을지 모르지만 뭐든 할 수 있겠지. 유스케, 너도 마찬가지 아니야? 형무소에 들어갔던 사람도 책을 내면 팔리는 시대야. 오히려 좋은 결과가 생길지 모르지."

준야의 마지막 말은 유스케를 조금 불쾌하게 만들었지만 반론은 하지 않았다.

"센도 살해는 어떻게 하고?"

유스케는 또 다른 문제를 제기했다. 그러자 준야는 책상다리를 한 채 유스케 쪽으로 몸을 기울이고는 목소리를 낮춰 말했다.

"그거 말인데 확실히 해두고 싶은 게 있어."

"뭔데?"

"센도의 죽음과 관련해서 우리는 손도 안 댔어. 죽인 건 쇼코지."

유스케의 눈이 커졌다.

준야는 얼굴을 찌푸리고 다시 말했다.

"서로 좋은 얘기만 할 때가 아니잖아. 우리는 쇼코가 센도를 죽이리라고는 전혀 예상하지 못했어. 그 점을 강조하면 우리 둘은 빠져나올 수 있어."

"쇼코는 어떡하고?"

"어떻게 돕겠어. 살인범인데."

준야가 이를 드러내며 말하고 있는데 현관 벨이 울렸다. 순간 두 사람 사이에 침묵이 흘렀다.

"쇼코네."

준야는 일어나 현관으로 향하다가 돌아와 쭈그리고 앉으며 "쇼코한테는 이거야"라며 검지를 세워 입에 댔다.

찾아온 사람은 쇼코였다. 체크무늬 바지 정장에 평소대로 선글라스를 끼고 있었는데 선글라스를 벗자 TV에서 볼 때보다 얼굴이 딱딱하게 굳어 있었다.

"도망치는 거야?"

그녀는 여행가방과 배낭을 보고 곧바로 이렇게 말했다.

"수비 범위를 바꾸는 것뿐이야. 유스케는 최근에 이사했고 쇼코는 일로 이동할 때가 많으니까 적이 거처를 알아내기가 쉽진 않겠지만 나는 여기서 오래 살았으니까."

"나라고 내내 나가 있는 것도 아닌데. 그리고 수비 범위를 바꿔서 어쩌려고?"

"그다음은 아직 몰라. 일단 시간을 벌고 그사이에 대책을 강구하려고. 물론 타란툴라를 퇴치해야 한다는 방침에는 변함이 없지만. 안 그래?"

준야는 유스케에게 동의를 구했고 유스케는 어쩔 수 없이 고개를 살짝 끄덕였다.

✦✦✦

그녀는 안조 다쿠마를 살해한 즉시 현장을 떠나지 않았다.

빨리 도주해야 한다는 사실쯤은 잘 알고 있었지만 그 전에 꼭하고 싶은 게 있었다. 샤워였다. 헬스클럽이라 샤워 부스가 여기저기 있었다. 온몸의 땀과 더러움을 씻어내고 싶었다. 전라가 되어 샤워를 끝낸 후 다시 땀에 전 검은 레오타드와 감색 레이싱 팬츠를 입었다. 그녀는 이 팬츠가 마음에 들었다. 일단 양말과 운동화도 그대로 신었다.

출구로 가는데 플로어 구석에 있는 상점이 눈에 들어왔다. 거기에는 새 트레이닝복과 신발이 진열되어 있었다. 그녀는 대충 훑어본 다음 진열장 위에 놓인 양말 한 켤레부터 들었다. 신어보니 흰 양말이 갈색 피부와 잘 어울렸다. 그녀는 신발을 다시 신고 벗어 놓은 낡은 양말을 근처 쓰레기통에 버렸다.

다음으로 옷걸이에 걸려 있는 윈드브레이커 중에서 블루종 스타일의 검은색을 골랐다. 등에 농구로 유명한 미국 대학 이름이 새겨져 있었다. LL사이즈인데도 입어보니 약간 작았다. 그래도 그녀는 그것을 입고 다시 출구로 향했다.

그녀는 자전거를 타고 다시 동쪽을 향해 페달을 밟았다. 이 대로 가면 도쿄 중심부에 이르리라는 느낌이 들었기 때문이다. 하지만 그녀는 훨씬 전부터 거의 아무 생각도 하지 않았다. 오는 도중에 그때까지 입었던 요트 파카와 빨간 모자를 길옆 쓰레기통에 버렸다.

30분 남짓 달렸을 때 그녀는 자신이 도쿄 중심에 왔다는 것을 확신했다. 높은 빌딩이 즐비했을 뿐만 아니라 한밤중인데도 아직 많은 사람이 길을 걷고 있었기 때문이다. 그 수가 이상할 정도로 많은 거리였다. 그녀는 오늘 밤 여기서 카니발 같은 게 열리는 게 아닐까 생각했다. 걸어 다니는 사람들 대부분이 고등학생 정도의 아이들로 보였다. 하지만 일본인들은 원래 어려 보이니 실제로는 성인일지도 모른다.

그녀에게는 아이들이 목적도 없이 그저 어슬렁거리는 것처럼 보였다. 길가에 쭈그려 앉은 사람들도 많았다. 그들이 왜 집에 안 가는 지 도통 짐작이 가지 않았다. 그들의 옷차림은 아무리 봐도 노숙자처럼 보이지는 않았기 때문이다. 누구랄 것도 없이 모두 질 좋은 새 옷을 입고 있다. 그리고 무엇보다 그들은 즐거운 것처럼 보였다.

때때로 차를 탄 젊은이들이 아가씨들에게 다가와 말을 걸었다. 차에 타지 않겠느냐고 물으면 10대 초반으로밖에 보이지 않는 아가씨가 주저 없이 타는 것도 목격했다. 그녀는 자신을 태웠던 사륜구동 차의 두 사람을 떠올렸다. 저 아가씨에게 말을 건 남자 역시 어디선가 그들이 그녀에게 하려던 짓과 같은 일을 하리라 상상했다.

그녀가 자전거를 밀면서 걷고 있는데 그 가운데 몇몇이 눈길을 던졌다. 하지만 그것은 주목한다는 표현과는 어울리지 않았다. 그녀의 특이한 체격에 잠깐 관심을 가진 정도일 뿐 곧바로 다시 자신들의 세계로 돌아가버렸다. 적어도 그녀가 일본인이 아니라는 데 관심을 갖는 사람은 전혀 없다고 해도 과언이 아니었다.

그곳으로부터 조금 떨어진 곳에는 또 다른 분위기의 장소가 있었다. 이상한 치장을 한 건물이 늘어서 있었던 것이다. 어디선가 남녀 커플이 나타나 그 건물 중 하나로 들어갔다. 조금 더 걸어가자 젊은 여자가 여기저기 할 일 없이 우두커니 서 있었다. 모두 파격적이고 노출이 심한 옷을 입고 있었다. 자세히 보니 동양인뿐만 아니라 백인이나 흑인도 섞여 있었다. 여자들은 그녀가 자전거를 밀며 지나가는 것을 적의에 가득 찬 시선으로 지켜봤다.

좀 더 걸어서 돌아다니니 역 같은 큰 건물 앞이었다. 'SHIBUYA'라는 글자가 눈에 들어왔는데 들었던 기억은 없었다.

그녀는 지하철 입구가 나오자 자전거를 밖에다 두고 내려갔다.

그 시간에는 이미 지하철 운행이 끊어졌는지 지하도에는

걸어 다니는 사람이 없었다. 그렇다고 사람이 아주 없는 것은 아니었다.

통로 구석에 신문지를 깔고 웅크리고 자는 남자가 곳곳에 있었다.

그들은 아주 더러운 옷들을 입고 있어서 마치 누군가에게 버려진 쓰레기 같았다. 그녀는 이 사람들이야말로 진짜 노숙자일 거라고 확신했다. 그렇다면 조금 전 젊은이들은 뭐란 말인가. 두 부류의 사람들 사이에 어떤 연관이 있는지 그녀는 좀처럼 알 수가 없었다.

그녀는 벽에 다가가 쭈그리고 기대앉았다. 바로 옆에 역시 더러운 행색의 남자가 등에 신문지 한 장을 펼쳐 덮은 채 누워 있었다.

그 남자는 기척을 느꼈는지 고개를 비틀어 그녀를 봤다. 남자의 얼굴도 옷만큼이나 더러웠다. 눈이 마주치자 남자는 겁먹은 표정을 지었다. 그리고 몸을 일으켜 쭈뼛거리며 자리를 떴다. 너덜너덜해진 종이봉투 두 개가 그의 짐이었다.

남자는 신문 다발을 하나 놓고 갔다. 그녀는 그것을 들어 남자가 하듯 한 장을 덮었다. 그러자 담요를 덮은 것처럼 따뜻해졌다.

그녀는 밖으로 드러난 다리에도 신문지를 감았다. 이윽고 수마가 그녀를 덮쳐왔다.

소음에 눈을 뜨자 주위는 사람으로 넘쳐났다. 지상으로 나왔더니 역시 엄청난 사람들이 오고 갔는데 어젯밤의 모습과는 전혀 달랐다. 그녀는 햇빛이 눈부셔 스포츠 선글라스를 꼈다.

자전거는 없었다. 누가 훔쳐간 건지 수거해갔는지는 모르겠으나 어느 쪽이든 아깝지 않았다. 경찰의 눈을 피하기 위해서라도 슬슬 처분해야 했기 때문이었다.

주머니에서 종이를 꺼냈다. 네 명 중 안조 다쿠마 부분은 이미 찢어버렸다.

니와 준야(丹羽潤也 JUNYA NIWA) 스기나미 구(杉並區) 고엔지기타(高円寺北).

다음에는 이 남자를 찾아갈 계획이었다. 그러나 그 뒤에 적힌 주소를 어떻게 찾아가야 하는지 도무지 갈피를 잡을 수 없었다.

읽는 법도 몰랐다.

우선 택시를 탈까 생각했다. 주소를 보여주고 이곳으로 가라고 얘기하면 된다. 하지만 먼저 현재 여기가 어딘지, 상대가 있는 위치가 어느 방향인지, 거기까지는 얼마나 떨어져 있는지 정도는 알아둘 필요가 있었다. 실행에 옮기기에는 역시 밤이 좋을 듯했다.

역 주변을 걷는데 서점이 나왔다. 입구 근처에 지도 같은 것들이 진열되어 있었다. 그녀는 안으로 들어가 일본인들에 섞여 서가를 둘러봤다.

일본, 그것도 도쿄의 상세한 지도를 찾을 작정이었는데 그녀의 시선이 바로 앞에 빨간 글씨로 'CANADA'라고 적힌 책에 머물렀다. 그녀는 그 책을 들고 페이지를 넘겨봤다. 지도가 아니라 캐나다라는 나라를 소개한 책 같았다. 그래도 중요한 지역의 지도가 실려 있었고 풍경을 담은 사진도 들어 있었다.

QUEBEC PROVINCE. 그녀는 '퀘벡 주'라는 글자를 찾았다. 금방 찾아냈지만 거기에는 퀘벡 시티의 구시가지와 몬트리올이라는 장소뿐이었다. 그녀가 찾는 것은 'GASPE'라는 지명이었는데 그 책에는 나와 있지 않았다. 하지만 세인트로렌스 강을 담은 사진은 있었다. 사진 속의 강은 푸르고 맑게, 그리고 유장하게 흐르는 것처럼 보였는데, 그녀가 아는 검은 바다 같은 강과는 아주 다른 이미지였다.

그녀는 책을 제자리에 놓고 다시 도쿄 지도를 찾기 시작했다. 거기에는 상당히 많은 종류의 지도가 있는 듯했다.

"도쿄 지도요?"

갑자기 옆에서 말소리가 들렸다. 돌아보니 조그만 여성이

미소 짓고 있었다. 서점의 종업원 같았다. 그녀가 침묵을 지키자 조그만 여성의 표정이 조금씩 불안해졌다.

"저기 일본어는⋯⋯."

가능하다는 의미를 담아 그녀는 고개를 끄덕였다. 점원은 안심한 듯했다.

"도쿄 지도를 찾으세요?"

이번에는 천천히 물어왔다. 그녀는 다시 한 번 끄덕이고 찾고 있는 세 명의 주소가 적힌 종이를 보여줬다.

"이곳에 가고 싶으신 거네요."

끄덕인다.

점원 여성은 서가 쪽으로 몸을 돌려 "그러면 이게 좋을 것 같은데"라고 말하며 얇은 책 하나를 빼냈다. 그녀는 책을 받아들고 안을 살펴봤다. 왜 이것을 골랐는지 그 이유를 알 수 있었다. 주요 지명이 알파벳으로 적혀 있었기 때문이다.

그녀는 고개를 끄덕이고 주머니에서 돈을 꺼냈다. 지폐 세 장과 동전 몇 개가 나왔다.

"예, 1,500엔이니까."

여직원은 그녀의 손에서 필요한 만큼의 돈을 들고 계산대로 가서 책을 쇼핑백에 넣고 계산서와 함께 들고 왔다.

"감사합니다."

점원의 웃는 얼굴에 그녀도 조금 얼굴을 풀었다.

서점을 나오자마자 바로 옆에 있는 커피숍에 들어가 스파게티와 샌드위치를 먹으면서 지도를 봤다. 지도 속 도쿄는 볼수록 복잡하고 구불구불했고 철도는 뒤엉킨 망 같았다.

우선 SHIBUYA의 위치를 확인한 뒤 충분히 시간을 들여 글자 모양에만 의존해 스기나미 구라는 글자를 찾았다. 이어서 그 안에 고엔지라는 글자가 나란히 있는 것을 발견했다. 지면으로 거리를 재보니 목적지까지는 약 8킬로미터였다. 뛰어갈 수 있는 거리라고 판단했다. 이어서 다른 두 사람의 주소도 조사하기로 했다.

히우라 유스케(日浦有介 YUSUKE HIURA) 무사시노 시(武藏野市) 기치조지미나미초(吉祥寺南町).

사쿠라 쇼코(佐倉翔子 SYOKO SAKURA) 시나가와 구(品川區) 기타 시나가와(北品川).

'무사시노'라는 글자가 특히 어려워 여러 번 형태를 확인할 수밖에 없었다. 그녀는 선글라스 밑으로 손가락을 넣어 이따금 눈두덩을 눌렀다.

그래도 어쨌든 꼬박 한 시간쯤 지나고 나니 두 사람의 주소까지 모두 확인할 수 있었다. 히우라는 니와와 같은 방향이지만 조금 더 멀다. 사쿠라는 여기서 남쪽으로 6킬로미터쯤 떨어진 곳에 있다. 그녀는 커피숍을 나온 후 몇 초간 생각한 끝에 남쪽으로 걷기 시작했다. 결국 가까운 쪽을 선택한 것이다.

시나가와에는 정오가 지날 무렵 도착했는데 그곳에서 사쿠라의 주소를 찾는 데는 조금 시간이 걸렸다. 사쿠라는 일본에서 일반적으로 맨션이라고 불리는 콘도 같은 곳에 살고 있는 듯했는데 여기에는 그런 건물이 여러 채 있었다. 한참만에야 발견한 콘도는 연갈색 타일을 붙인 6층짜리 건물이었다. 그녀는 건물 옆 전화 부스로 들어가 사쿠라의 방 번호를 눌렀다. 집에 있는지 없는지를 확인하기 위해서였다. 전화벨이 다섯 번 울린 후 수화기 드는 소리가 났다.

"안녕하세요. 사쿠라입니다. 지금 외출 중입니다. 죄송하지만 삐소리가 울리면 이름과 용건을 말씀해주세요."

그리고 발신음이 났다. 그녀는 수화기를 놓았다. 녹음된 테이프 소리였지만 들리는 목소리는 틀림없이 그날 밤 침입했던 여자였다.

사쿠라는 아무래도 부재중인 모양이었다.

그녀는 전화 부스를 나와 정면 현관을 통해 입구로 들어갔다.

거기에는 조그만 로비 같은 공간이 있었고, 안으로 더 들어가려면 가로막혀 있는 또 다른 문을 지나야 했다. 아마도 보안 시스템 같았는데 옆에 전화기가 붙은 키보드 같은 게 있었다. 대각선 위에는 감시 카메라도 있었다.

그녀가 서성거리고 있을 때 나중에 들어온 젊은 여자가 키보드를 조작했다. 그러자 유리문이 조용히 열렸고 여자가 안으로 들어갔다.

그녀는 홀 구석에 있는 엘리베이터에 타봤지만 그것은 지하 주차장으로 가는 것이었다.

그녀는 주차장으로 내려가 주위를 둘러봤다. 차가 많이 주차되어 있었지만 어느 게 사쿠라의 차인지 알 수 없었다. 아니, 혹시 사쿠라가 차를 가지고 나갔다면 현재 이곳에는 없을 것이다.

그녀는 근처에 있는 자동차부터 차례대로 손잡이를 당겨봤다.

모두 단단히 잠겨 있었는데 열 번째 세단이 아무 저항 없이 열렸다. 그녀는 주저하지 않고 안으로 들어갔다. 마침 엘리베이터가 똑바로 보이는 자리였다.

만약 사쿠라가 차를 타고 외출했다면 돌아올 때 반드시 이곳을 통과할 것이다. 또 그렇지 않더라도 다음에 차를 이용하려면 역시 여기로 내려와야만 한다. 사쿠라에게 차가 없을 거라는 생각은 전혀 안 했다. 유복한 일본인이라면 누구나 차 한 대쯤은 가지고 있을 거라고 생각했다.

그녀는 그로부터 몇 시간을 차 안에서 지냈다. 그동안 엘리베이터에서 눈을 떼지 않았는데, 그녀의 눈앞에서 여덟 팀이 엘리베이터를 타고 올라갔다. 내려온 것은 그 반인 네 팀. 어느 쪽에도 사쿠라의 모습은 없었다.

그녀는 배고픔보다 생리현상을 참을 수 없어서 차 밖으로 나왔다. 하지만 이 주차장을 떠날 생각은 눈곱만큼도 없었다. 그녀는 자동차와 벽 사이에 쭈그리고 앉아 볼일을 봤다. 안에 레오타드를 입고 있었기 때문에 거의 전라에 가까운 상태가 되어야 했지만 혹시 사쿠라가 나타난다면 이 모습 그대로 덮칠 생각도 있었다.

다행히 그사이에는 아무도 나타나지 않아 볼일을 마치고 다시 차로 돌아올 수 있었다. 그리고 다시 몇 시간이 지났다. 자동차 몇 대가 들어왔지만 기다리던 상대는 나타나지 않았다. 차 안의 시계는 10시를 넘어서고 있었다. 눈앞으로 두 남녀가 지나갔다. 남자가 그녀를 발견하고 수상쩍은 표정을 지었다.

쇼코는 택시요금을 내고 손목시계를 봤다.

바늘은 10시 조금 전을 가리키고 있었다.

그녀는 차에서 내려 정면 현관을 통해 맨션으로 들어갔다.

방으로 돌아와 가방을 내려놓고 침대에 드러누웠다. 부재
중 메시지를 확인했지만 들어온 게 없었다.

오늘 하루만, 이 방에 두 번 돌아왔다. 첫 번째는 스포츠뉴
스 방송을 끝내고 방송국 사람이 바래다줬다. 평소에는 지
하 주차장에 세워놓은 빨강 GTO를 운전해서 방송국까지 갔
지만 오늘은 다른 프로그램 때문에 타고 가지 않았기 때문이
었다.

그때 부재중 메시지가 들어왔다. 니와 준야의 메시지였다.
안조 다쿠마와 관련해 얘기하고 싶은 게 있다는 말이었다.
쇼코는 곧장 눈에 띄지 않을 옷으로 갈아입고 전철을 타고
준야의 맨션까지 갔다. 차를 이용하지 않은 것은 화려한 스
포츠카를 노상에 주차해서 쓸데없이 남의 눈에 띄고 싶지 않
았기 때문이었다.

준야의 방에는 이미 히우라 유스케도 있었다. 준야에 비해
조용하고 결코 속내를 드러내지 않는 타입이지만 다쿠마의
죽음에는 그 역시 충격을 감추지 못했다. 준야는 도망갈 준
비를 하고 있었다. 입으로는 마지막까지 싸우겠다지만 쇼코
는 말도 안 되는 말이라고 생각했다. 어떻게 싸울 생각인지
물어봐도 어물쩍 넘기는 걸 보면 분명히 그랬다.

그가 자리에서 일어섰을 때 유스케에게도 어떻게 할 생각이냐고 물었다.

"모르겠어."

그는 조금 생각한 뒤 이렇게 덧붙였다.

"하지만 사람을 죽이고 싶진 않아."

쇼코는 유스케다운 대답이라고 생각했다. 다쿠마는 타란툴라를 죽일 작정이었다. 준야는 도망치기로 결정한 듯하다. 정반대이긴 하지만 이 두 사람은 각자의 생각을 분명히 내세웠다. 그러나 유스케에게는 그런 게 없었다. 아마 자신만이 아니라 여러 사람, 아내나 고향 부모님들을 생각할 게 분명했다. 물론 준야와 쇼코도 고려하고 있을 것이다. 그것이 그의 다정함이자 약점이기도 했다.

만약 그에게 그런 약점이 없었다면 자신들의 장래는 조금 더 달라졌을 것이라고 생각했다. 틀림없이 사요코라는 그 얌전한 체하는 여자가 아니라 자신이 그의 아내가 되어 있을 것이다.

하지만 그 덕분에 자신에게 길이 열렸다고도 생각한다. 평범한 주부가 아니라 방송계의 잘 나가는 인재로 활약하는 게 적성에 맞았다. 그리고 앞으로도 더 위로 올라갈 것이다. 평범한 사람들의 손이 닿지 않는 곳까지.

그것을 위해서 쇼코는 무슨 수를 써서라도 이 난국을 헤쳐

나가야만 한다고 생각했다. 이제까지 애써 쌓아올린 것을 그런 하찮은 것 때문에 무너뜨릴 수는 없었다.

"타란튤라⋯⋯라."

쇼코는 침대 위에서 중얼거려본다. 아마도 그때 봤던 소녀가 그렇게 성장했을 거라며 10년도 더 된 장면을 떠올렸다. 그녀는 야생동물 같은 민첩함과 기계 같은 정확성을 갖추고 난이도 높은 기계체조 기술을 차례로 수행했다. 그래서 쇼코는 센도가 새로 육성하기 시작한 체조선수이겠거니 생각했다. 하지만 그때 센도는 쇼코에게 이렇게 말했다.

"이건 아주 간단한 훈련이야."

더 높은 수준의 무언가를 목표로 하고 있다는 거였다. 그런 능력을 지닌 여자가 곧 나타난다. 자신의 목숨을 노리며⋯⋯.

쇼코는 일어나 부엌으로 가서 물 한 모금을 마셨다. 약간 눅눅한 철분 냄새가 나는 수돗물은 도시의 맛처럼 느껴졌다.

식욕은 없지만 뭔가 먹어야 한다. 내일 아침에도 일찍 녹화 촬영이 있었다. 그렇다고 밥을 해먹을 마음까지는 들지 않아서 늘 하던 대로 외식을 하기로 했다. 최근 계속해서 밖에서 식사를 해결했지만, 간단한 인스턴트식품조차 사러 갈 시간이 없을 만큼 바쁜 상황이라는 게 싫지 않았다.

쇼코는 조금 전 내려놓은 가방을 다시 들고 테이블 위의 열쇠에 손을 뻗으며 구두를 신었다. 운전하기 쉬운 단화였다. 갈 만한 음식점은 대체로 정해져 있었는데, 다른 음식점에 비해 주차장이 넓은 터라 그곳까지 차를 타고 갈 작정이었다.

지하 주차장으로 가기 위해 1층으로 내려가 로비의 엘리베이터 버튼을 눌렀다.

문이 열리며 두 남녀가 내렸다. 쇼코는 얼굴을 돌리고 옆으로 물러났다. 그런데 남녀가 지나칠 때 나눈 토막 대화가 그녀의 귀에 들어왔다.

"아무래도 이상하네. 저 여자, 낮에도 있었지?"

"아, 설마 차 안에서 몇 시간씩 저렇게 있을까. 잠복하는 형사처럼."

"설마!"

여자가 웃었다.

무슨 일이지. 쇼코는 잠깐 생각했다.

하지만 그녀는 더 이상 생각하지 않고 엘리베이터를 탔다. P 버튼을 누른다. 곧바로 문이 닫히고 내려가기 시작했다.

몇 초 만에 지하층에 도착했고 문이 열렸다. 쇼코는 막 한 발을 내디뎠다. 그때 갑자기 등줄기에 서늘한 한기가 느껴졌다. 그녀는 자기도 모르게 발을 뺐다.

방금 전 들은 남녀의 대화가 갑자기 귓가에 되살아났다.

'혹시…….' 물론 지나친 생각일지 모른다. 그러나 그럴지

도 모른다고 생각한 이상 이대로 나갈 수는 없었다. 그녀는
엘리베이터에서 내리지 않고 그대로 1층 버튼을 눌렀다. 그
녀는 자기 방으로 돌아왔다. 더 이상 식욕이 나지 않았다. 옷
을 벗어던지고 속옷 차림으로 침대로 파고들었다. 사실 쇼코
에게는 걸리는 게 하나 있었다. 전화기에 남겨진 부재중 메
시지였다. 준야의 메시지 전에 말없이 끊은 메시지가 하나
있었다. 그게 갑자기 떠올랐던 것이다.

　다음 날 아침, 쇼코는 혼자 주차장에 가지 않고 로비에서
다른 사람이 올 때까지 기다렸다. 곧 중년 남자가 와서 그를
따라 엘리베이터에 올랐다.

　주차장에 내리자 잰걸음으로 자기 차로 걸어갔다. 빨강
GTO는 평소처럼 늘 있는 곳에 주차되어 있었다. 그녀는 주
위를 둘러보면서 키를 꽂았다.

　문을 열고 타려는데 뒤에서 소리가 났다.

　"어라, 이거 봐요. 너무하잖아."

　"아니 이런, 정말 그러네요."

　돌아보니 양복 차림의 남자와 맨션 관리인이 벽 쪽에 서서
뭔가를 내려다보고 있었다.

　"분명 개의 소행이겠죠."

　양복 차림의 남자가 말했다.

　"음. 하지만 여기에 개가 들어온 적은 한 번도 없었는데요."

"그럼 사람 짓이라고?"

양복 차림의 남자가 쓴웃음을 지었다.

"누가 여기서 소변을 봤다는 건가?"

"설마."

관리인도 당혹스러운 표정으로 웃으며 고개를 갸웃했다.

"어쨌든 일단 깨끗이 청소하겠습니다."

"부탁드립니다."

양복 차림의 남자는 옆에 세워놓은 글로리아에 다가가 키를 찾는 시늉을 했다. 하지만 문을 쳐다보고는 툭 내뱉었다.

"이런! 또 문 잠그는 걸 까먹었네."

남자는 키를 사용하지 않고 문을 연 다음 안으로 들어갔다. 그것을 보고 쇼코도 차에 탔다.

어젯밤 남녀의 대화가 다시 떠올랐다. 잠복 형사 같다……. 쇼코는 시동을 걸지 않고 그대로 허공을 응시했다.

정신을 차리고 보니 몸을 약간 떨고 있었다.

4장

조작된 금메달

❖ ❖ ❖

센도 고레노리에 관한 새로운 정보가 도착한 것은 시토 일행이 상경한 다음 날인 9월 14일이었다.

그날 아침, 수사본부에 전화 한 통이 걸려왔다. 무라야마라는 이름의 남자였다. 전화를 받은 수사관이 신분을 묻자 조금 주저하더니 JOC 위원이라고 밝혔다.

일본올림픽위원회 사람이었다.

남자는 지난번 살해된 센도 고레노리에 대해 하고 싶은 말이 있다고 했다. 그래서 야마시나 경부가 전화를 바꿔 얘기를 들으려 했지만 무라야마는 전화로는 하기 힘든 말이라며 도쿄까지 와줄 수 없느냐고 했다.

"어떤 내용입니까? 어느 정도까지만이라도 설명해주시지 않겠습니까?"

야마시나는 초조함을 드러내며 말했다. 무라야마가 내놓은 대답은 대체로 다음과 같았다.

JOC 측이 스포츠의학에 관한 사건을 조사한 적이 있는데, 조사 결과 센도 고레노리가 연관된 것으로 드러났다는 것이다.

그 이상의 얘기는 직접 만나서 얘기하고 싶다고 했다.

어제처럼 시토와 가나이가 출장을 가기로 했다. 둘은 후지 급행열차로 오쓰키로 와서 주오본선으로 갈아탔다. 상대와는 신주쿠에서 만나기로 했다.

"무슨 일일까요. JOC 사람이 나온다니."

특급 아즈사 열차 안에서 창가에 앉은 가나이가 말했다.

시토는 고개를 저었다.

"모르겠습니다. 하지만 전혀 이상한 얘기는 아니죠. 센도가 의사였다는 얘기도 있고, 그 기묘한 건물 안에는 트레이닝 설비들이 잔뜩 있었으니까요. 그가 스포츠의학과 관련이 있다 해도 부자연스러운 일은 아니죠."

"안조 다쿠마도 있지."

"예. 맞아요."

시토는 몇 번이나 고개를 끄덕였다.

"안조는 전직 올림픽 대표 선수였어요. 그것만으로도 JOC 와 관련이 있죠."

안조 다쿠마의 아내 에미코는 센도가 살해되기 전 9월 9일부터 10일에 걸쳐 안조가 고객과 골프를 치러 갔다고 했다. 그 점에 대해서는 벌써 확인해봤지만 그 고객이라는 회사 사장은 그런 적이 없다고 분명히 잘라 말했다. 이것으로 안조가 틀림없이 센도 살해와 연관되어 있다는 것이 수사본부의 견해였다. 눈치 빠른 수사관 중에는 안조를 범인으로 단정한 자도 있었다.

문제는 안조와 센도의 연결고리였다. 그래서 안조의 과거와 인간관계를 조사하기 위해 여러 수사관들이 세이조 서로 파견됐다.

"어쨌든 안조를 살해한 여자는 대단한 녀석이네요."

가나이가 한숨을 내쉬었다.

"대담하다고 해야 하나, 잔인무도하다고 해야 하나, 사람을 죽이는 데 주저함이 없어요. 체포되는 것도 전혀 두려워하지 않는 것 같아요."

가나가와 현경 등과 연락을 취한 결과, 안조 살해에 이르기까지 그 여자가 움직인 경로는 거의 잡을 수 있었다. 우선 여자는 자전거로 아쓰기 시내로 들어가 햄버거 가게 주차장에서 랜드크루저에 탄 두 젊은이와 만났다. 그녀는 차에 탔는데 그때 트레이닝복이 든 배낭을 근처 쓰레기통에 버렸다. 그 배낭이 자전거와 함께 도난당한 물건이라는 것은 주인에게서 확인을 받았다.

랜드크루저에 탄 그녀는 남자들의 속임수로 자마 시 고마쓰바라의 자재창고로 끌려갔다. 그곳에서 자신을 성폭력하려는 두 남자를 하나는 교살, 또 다른 하나는 요시무라 순사에게 뺏은 권총으로 사살했다. 관통한 탄환은 약 3미터 떨어진 땅에서 발견됐다.

여자는 차에 있던 도로지도 중에서 세타가야 페이지만 찢어 다시 자전거를 타고 사라졌다. 그렇게 안조 다쿠마의 거처로 향했다는 건데…….

"그 수위, 아직 의식이 돌아오지 않았다는데요."

시토는 헬스클럽 주차장에서 당한 불쌍한 남자를 떠올렸다. 지금까지 여자의 모습을 본 사람은 그 수위뿐이었다.

"어쨌든 두개골 함몰이라는 중상이니까."

가나이는 자신의 옆머리를 가리키며 얼굴을 찡그렸다.

"엄청난 일을 저질렀어요. 도대체 어떤 힘을 지녔기에."

"평범한 여자, 아니 평범한 인간이 아닌 것만은 확실합니다."

그만큼 특수한 인간이라는데도 현재 눈이 번쩍 뜨일 만한 정보는 하나도 없었다. 도쿄에서는 약간 이상한 인간이 있어도 아무도 주목하지 않는단 말인가.

그런 큰 덩치로 도대체 어디에 숨어 있단 말인가……. 시토는 창밖으로 서서히 다가오는 도쿄의 풍경을 바라보며 마음속으로 중얼거렸다.

❖❖❖

호텔 센추리 하얏트의 1층 로비 카페가 약속 장소였다. 시토 일행은 금세 길을 찾아 약속 시간에 맞춰 도착했다.

시토가 입구에 서서 플로어를 둘러보는데 테이블 위에 흰 봉투가 놓인 자리가 눈에 들어왔다. 그것이 표시였다. 양복을 입은 두 남자가 나란히 앉아 있다. 시토와 가나이가 다가가니 상대도 알아차린 듯 일어나 인사했다. 키도 얼굴도 작은 남자와 키가 훌쩍 큰 남자 두 사람이었다.

"경찰이시죠?"

작은 남자가 목소리를 낮춰 물었다. 시토는 멀리서 봤을 때 자신과 비슷한 나이가 아닐까 생각했는데 옆으로 다가가니 의외로 잔주름이 많았다.

"그렇습니다. 무라야마 씨 되십니까?"

"예. 제가 무라야마입니다."

그렇게 말하면서 명함을 내밀었다. 거기에는 '일본올림픽위원회 과학위원 무라야마 히로카즈'라고 적혀 있었다. 시토도 자기소개를 하고 명함을 꺼냈다.

키가 큰 남자도 무라야마와 같이 JOC 과학위원으로 미쓰모토라고 했다. 그쪽 역시 나이는 30대 후반으로 보였다.

"센도 씨에 관해 하실 말씀이 뭐죠?"

각자 소개를 끝내고 웨이터에게 커피를 주문한 뒤 시토는 곧장 본론으로 들어갔다.

"우선 이걸 봐주세요."

무라야마 쪽도 시간을 낭비하고 싶은 마음은 없는 듯 서류 봉투에서 스크랩북을 꺼내 시토 일행 앞에 펼쳤다. 그곳에는 신문 기사가 붙어 있었다.

"잠깐 실례하겠습니다."

시토는 그것을 잡아당겨 기사 내용을 살폈다. 지난달 5월, 전직 스키 선수가 자택에서 감전을 일으켜 자살한 사건이 간단히 실려 있었다. 기사에는 2~3년 전부터 병 때문에 일을 하지 못해 비관 자살한 것으로 쓰여 있었다. 오가사와라 아키라라는 이름의 선수였는데 시토는 들어본 적이 없었다.

"이 사람이 왜?"

시토가 물었다.

"사실 이것은 공표되지 않은 일인데."

무라야마는 굳은 표정으로 말하면서 입술을 두 번 핥았다.

"이 사람의 유서가 있습니다."

"예……."

"그가 죽고 나서 이틀 뒤 JOC 사무국에 우송됐습니다. 아마도 죽기 직전에 붙인 모양입니다."

"거기에는 뭐라고?"

이번 사건과 어떤 관련이 있는지 모르겠으나 시토는 일단 운을 뗐다.

"자신은 선수 시절 도핑을 저질렀다고 고백했습니다. 그러니 자신과 관련된 기록은 전부 말소해달라고."

"역시."

시토는 수긍했다. 도핑이라는 말은 알고 있다. 선수가 경기 성적을 높이기 위해 금지된 약물 등을 부정하게 사용하는 것이다. 서울올림픽에서 벤 존슨이 금메달을 박탈당한 일이 가장 유명한데 그와 비슷한 일이 많았고 지금도 위반 선수가 끊이지 않는다고 한다.

커피 네 잔이 나와 잠깐 이야기가 중단됐다.

"오가사와라 선수는 스키 중 주 종목이 무엇이었나요?"

웨이터가 사라진 뒤 가나이가 질문했다.

"거리 종목입니다."

무라야마가 대답했다.

"특히 15킬로미터가 주 종목이었습니다. 전 일본선수권대회에서 여러 번 우승하고 올림픽에 출전하기도 했죠. 무엇보다 세계 강호들을 상대로 박빙의 승부를 펼치기도 했답니다."

도핑 때문이었나. 시토는 잠깐 생각했다.

"병이라고 적혀 있는데요."

그가 물었다.

"예. 기사에는 그리 상세히 적혀 있지 않지만 두통과 어지럼증, 불면증, 환각 증상 때문에 괴로웠다고 유서를 통해 밝혔습니다. 손발이 저려 움직이지 못한 적도 종종 있었답니다. 동맥경화가 상당히 진행된 게 아닐까, 저희들은 짐작했습니다만."

"동맥경화?"

성인병, 그것도 꽤 나이가 들어야 발병하는 게 상식이라, 시토는 의외라는 생각을 했다. 그러자 그때까지 잠자코 있던 미쓰모토가 약간 긴장한 말투로 입을 열었다.

"근육강화제는 콜레스테롤 대사에 영향을 미쳐 동맥경화를 촉진하는 것으로 알려져 있습니다. 간암을 일으키기도 합니다."

"그럼, 오가사와라 선수의 병도 도핑의 악영향이라는 말씀입니까?"

"아마도 그렇겠죠."

무라야마는 고개를 숙여 커피를 한 모금 마셨다. 시토도 그를 따라 커피 잔으로 손을 뻗었다.

"유서를 받은 뒤 JOC에서는 이 일을 어떻게 대처해야 할지 논의했습니다."

무라야마가 말을 이었다.

"그 결과 우선 그가 고백한 내용에 대해 조사하기로 했습니다. 그런데 오가사와라 군은 자신이 어디서 어떤 방법으로 약물에 손을 댔는지는 전혀 언급하지 않았습니다. 그래서 저희들은 그의 선수 시절 기록과 행동을 조사하는 일부터 시작했습니다."

"저희가 하는 일을 하셨군요."

가나이는 농담으로 얘기한 건데 미쓰모토는 심각한 얼굴로 대답했다.

"저희는 스포츠계의 경찰이라고 자임하고 있습니다. 게다가 도핑은 범죄와 마찬가지입니다."

"하하하! 그렇군요."

가나이는 기묘한 박력에 압도된 듯 수첩으로 시선을 떨어뜨렸다.

"그래서 뭔가 알아냈습니까?"

시토는 이야기가 드디어 핵심에 접근했다고 느끼면서 무라야마에게 물었다.

"어느 정도 수준까지는 추측할 수 있었습니다. 오가사와라 군은 체육대학 스키부 시절부터 주요 대회에 출전했지만 뛰어난 성적을 거둔 것은 대학을 졸업하고 연구생이 된 뒤부터였습니다. 그때부터의 실력 향상은 정말 눈이 휘둥그레질 정도입니다. 그래서 이 시기에 약물 복용을 시작한 게 아닐까 저희들은 생각했습니다. 지금으로부터 약 8년 전입니다."

"그 시기에 눈에 띄는 움직임이 있었나요?"

"있었습니다."

무라야마는 고개를 끄덕였다.

"이 무렵 그는 연구생이라는 자유로운 입장을 활용해 자비로 3개월간 캐나다에 갔습니다. 경쟁 상대의 정보를 모아오고 해외 시합에 조금이라도 많이 참가해 정신적으로 단련하고 싶다는 게 표면적인 이유였습니다."

"혼자 말입니까?"

"예. 그에게는 코치라고 부를 만한 사람이 없었습니다."

시토는 단독 수행에 나선 것으로 해석했다.

"의심스러운 점은?"

"예. 우선 캐나다라는 점이 이상합니다. 본고장 정보라면 유럽에 가는 게 상식입니다. 시합 수도 비교가 되지 않습니다. 그런데도 그는 이듬해에 캐나다로 떠났습니다."

"그밖에는?"

"거기서 지낸 기록은 거의 남아 있지 않습니다. 그곳에서 어떤 행동을 했는지 전혀 알려져 있지 않습니다. 당시 그와 같은 연구실에 있던 사람도 캐나다 얘길 들은 적이 없답니다."

"그건 정말 이상하네요."

"그래서 가족의 허락을 얻어 그의 방을 조사했습니다. 당시 상황을 알 만한 게 남아 있나 확인하기 위해서였습니다. 하지만 정말 아무것도 없었습니다. 주변 사람들 말로는 자살하기 얼마 전에 아파트 앞에서 뭔가를 태웠다는데, 아마 증거가 될 만한 것들을 모두 처분한 모양입니다. 하지만 단 하나, 실마리가 남아 있긴 합니다. 그게 이겁니다."

무라야마는 B5 정도 크기의 흰 봉투를 꺼냈다. 오른쪽 위에 작은 종이가 붙어 있었고 거기에는 우표 모양을 한 스탬프가 찍혀 있었다. 받는 사람에는 한자로 오가사와라 아키라의 이름이 적혀 있었는데 보내는 사람을 확인한 시토의 눈이 번쩍 뜨였다. K. Sendo라고 되어 있었기 때문이다. 주소는 캐나다, 퀘벡 주, 몬트리올이었다.

"이 주소에 문의한 결과 분명히 3년 전까지 일본 남자가 살았다고 합니다. 풀 네임은 고레노리 센도."

"그렇습니까?"

시토는 몸을 내밀었다. 드디어 모든 얘기가 이어졌다.

"그게 누군지는 금방 알 수 있었습니다. 왜냐하면 센도 씨는 일부 세계의 사람들 사이에서는 잘 알려진 인물이니까요."

"일부 세계 사람이요?"

"이른바 스포츠닥터로 불리는 사람들입니다. 센도 씨도 그런 일을 직업적으로 한 사람이지만 일본에서 일한 게 아니라 외국에서 활동했습니다. 선수와 팀을 상대로 전속계약을 맺는 형태였죠. 센도 씨의 기술과 지식이 상당히 높은 평가를 받아 일이 끊이지 않았다고 합니다."

"센도 씨가 오가사와라 선수에게 편지를…… 편지 내용은?"

"유감스럽게도 그게, 아무리 찾아봐도 없었습니다. 내용은 태워버린 것 같습니다. 그러나 센도 씨가 오가사와라 군의 도핑에 어떤 형태로든 관련이 있다고 저희들은 생각했습니다."

시토도 정황으로 보아 충분히 가능성 있는 생각이라고 여겼다.

"그럼, 그다음은?"

"일부 스포츠 관계자의 정보를 통해 센도 씨가 일본으로 돌아왔다는 것을 알아냈습니다. 야마나카 호수의 별장지대에 살고 있다는 것을 알아내고 저희들은 본인에게서 직접 얘길 듣기로 했습니다. 그런데 바로 그때……."

"정작 본인이 살해됐다는 말이군요."

"그렇습니다."

무라야마는 미간을 찌푸리고 한숨을 내쉬며 고개를 흔들었다.

"정말 뜻밖이었습니다. 이럴 줄 알았으면 좀 더 빨리 만날걸, 저희도 이런저런 준비할 게 많아서……."

시토는 분하다는 표정의 무라야마 얼굴을 보면서 타이밍이 너무 절묘하다고 느꼈다. JOC가 조사를 시작하자 센도가 살해됐다.

이것을 우연이라 할 수 있을까.

"JOC가 센도 씨를 조사한다는 사실은 어떤 사람들이 알고 있었습니까?"

"예. 저희 위원은 물론 관계가 깊은 스포츠 관계자들도 알았을 겁니다."

"스포츠 관계자……."

그렇다면 안조 다쿠마도 포함된다고 시토는 생각했다. 그 생각이 들자 막막하기만 했던 상황에서 드디어 진상과 연결된 실타래를 쥔 것 같은 예감이 들었다.

"실은 야마나카 호수에서 일어난 사건을 들었을 때 저희 내부에서도 곧바로 경찰에 알리자는 의견이 나왔습니다. 그러나 저희 조사가 사건과 관련이 있으리라는 생각은 하지 못했습니다. 게다가 수사에 혼선을 줘선 안 된다는 의견이 지배적이어서 일단 지켜보기로 했습니다."

무라야마의 어조는 지금까지와는 달리 모호해졌다. 요컨대 골치 아픈 일에 얽히고 싶지 않다는 느낌이었다.

"그런데 이렇게 말씀해주신 것은 어떤 이유 때문입니까?"

시토는 약간 빈정거리는 투로 물었다. 무라야마는 심호흡을 한번 하고 나서 말했다.

"안조 씨 사건을 알게 됐기 때문입니다."

그것은 시토도 예상한 대답이었다.

"안조 씨도 전직 유명 스포츠 선수였죠. 역도에서."

"예. 아주 대단한 선수였죠."

무라야마는 대답하면서 주저하듯 눈을 내리깔았다. 하지만 곧 고개를 들고 말했다.

"이건 또 다른 얘긴데 사실 안조 선수에게도 오래전 약물 복용 소문이 돌았습니다."

"예……."

"의심을 받은 계기는 라이벌 선수의 고발 때문이었습니다. 근육이 늘어난 방식이 이상하고 시합 전에 약 같은 것을 먹는 걸 봤다는 겁니다. 그러나 증명할 수가 없었습니다. 안조 선수는 여러 번 검사를 받았습니다만 스테로이드 계열 약물 이나 흥분제 종류가 검출된 적은 한 번도 없었으니까요."

"그렇다면 무고하다는 말인가요?"

"표면상으로는 그렇습니다. 그렇게 결론 내릴 수밖에 없었죠. 하지만 혐의는 계속 받았습니다. 본인은 알지 못했지만."

"약물을 복용했는데도 검출되지 않을 수 있습니까?"

가나이가 질문했다. 여기에는 미쓰모토가 대답했다.

"금지 목록에 실리지 않은 약물을 사용하면 체크되지 않을 수도 있습니다. 그리고 금지 약물을 검출하기 어려운 약도 있습니다.

약물이 개발되는 속도를 검사 시스템이 따라가지 못하는 실정입니다. 특히 당시의 소변검사는 허점이 많았습니다."

"악순환이죠."

무라야마가 자조 섞인 목소리로 말했다.

"만약 안조 씨가 선수 시절 도핑을 했다면 이번 사건을 통해 센도 씨나 오가사와라 씨와 연루되는 거네요."

시토가 말하자 무라야마는 고개를 크게 끄덕였다.

"그래서 경찰에 모두 말하게 된 겁니다."

"협조해주셔서 감사합니다."

시토는 새삼 머리를 숙였다. 사실은 좀 더 빨리 알려줬으면 좋았지만, 무라야마만의 판단으로 행동할 수 없는 사정도 이해가 됐다. 조직이라는 게 그렇다.

"이상이 저희가 가지고 있는 모든 정보입니다. 도움이 되면 좋을 텐데……."

"이 얘길 수사본부에 가져가면 대번에 활기를 찾을 겁니다."

"그럴까요?"

무라야마는 미쓰모토와 얼굴을 맞대고 안도의 빛을 드러냈다.

"두세 가지 더 질문해도 될까요?"

"뭐든."

"센도 씨가 일본으로 돌아온 것을 일부 스포츠 관계자에게서 들으셨다고 했는데 어떤 분인지 가르쳐주실 수 있나요?"

"아, 그건."

무라야마는 옆에 있던 가방에서 노트를 꺼냈다.

"데이토 대학의 나카사이 교수입니다. 운동역학의 권위자이자 육상부 고문이기도 합니다. 나카사이 교수는 센도 씨와 전부터 알고 있었고, 올 7월에 만나기도 했답니다."

"7월에? 그건 어떤 용건으로?"

"자세한 건 모르지만 캐나다인 유학생 한 사람을 돌봐달라고 부탁했답니다. 육상부에 맡기고 싶다고."

순간 시토의 머리에 떠오르는 게 있었다.

"그 유학생이 남자였습니까?"

"아니요."

무라야마는 고개를 저었다.

"여자라고 했습니다."

역시! 시토는 입으로 튀어나오려는 말을 겨우 삼켰다.

여자는 정오가 지나 드디어 신주쿠를 통과했다.

역에서 서쪽을 향해 걷다 문득 정신을 차리고 보니, 좌우로 늘어선 고층 빌딩이 한층 더 높아져 있었다. 그 길은 지면보다 낮게 나 있었던 것이다.

왼쪽에 유달리 거대한 건물이 나타났다. 마치 요새 같았다. 도청이 이 근처에 있다는 얘기를 들은 적이 있는데 설마 이건 아니겠지, 하고 여자는 생각했다.

오른쪽 모퉁이에 키 큰 빌딩이 있었다. 호텔이었고 'THE CENTURY HYATT'라고 적혀 있었다. 그곳을 끼고 오른쪽으로 돌았다.

그녀는 고엔지기타로 향했다. 거기에 니와의 집이 있기 때문이었다.

어제부터 오늘 아침까지 주차장에서 내내 사쿠라를 기다렸지만, 결국 사쿠라는 나타나지 않았다. 그래서 그녀는 오늘 아침 일찍, 그곳을 떠났다. 기다리는 것만이 최선의 방법은 아니었기 때문이다.

그녀는 지도에 의지해 북쪽을 향해 걸었다. 어제는 겨우 아침 한 끼만 먹었던 터라 지독한 공복 상태였다. 편의점에서 먹을거리를 사서 작은 공원을 찾아가서 먹었다. 그런 식으로 메이지 거리를 북상한 그녀는 오전 중에 신주쿠에 도착했다.

엄청나게 많은 사람들로 넘쳐나는 거리였다. 홍수처럼 사람들이 흘러갔고 그만큼의 사람들이 다시 모여들었다.

역 광장에서 젊은이들이 춤을 추고 있었다. 그 주변에 사람들이 모여 있었는데 무시하고 지나가는 사람이 훨씬 더 많았다. 그녀는 발을 멈추고 젊은이들의 춤을 바라봤다. 그것은 어찌 보면 음악과는 아무 관계없는 것처럼 보였다. 모두의 움직임이 리듬보다 조금씩 늦었던 것이다. 그들의 춤에 맞춰 박수를 치는 소녀들이 있었는데 그 리듬 역시 박자가 틀렸다.

그곳에서 신주쿠 역 서쪽 방향으로 나올 때까지 여자는 약한 시간을 소요했다. 길을 잃은 데다 지하로 들어와버렸기 때문이다.

헤매다 보니 세 번이나 엉뚱한 곳으로 나왔다.

일단 서쪽 출구로 나오자마자 카페에 들어가 점심을 먹었다. 남자 직원이 멀뚱히 호기심 어린 시선으로 바라봤다.

센추리 하얏트의 한 모퉁이에서 오른쪽으로 향한 그녀는 얼마 후 오우메 거리에 도착했다. 교통량이 많은 길을 걷자니 숨쉬기가 힘들 정도였다. 여자는 오우메 거리를 따라 서쪽으로 향했다.

그리고 약 한 시간 뒤 고엔지에 도착했다. 하지만 그곳에서 자신이 가려는 맨션을 찾는 것도 무척 힘들었다. 이름 없는 좁은 길이 너무 많았기 때문이다. 겨우 맨션을 찾았을 때에는 오후 3시가 다 되어 있었다.

전처럼 근처 공중전화에서 전화를 걸었다. 여러 번 벨이 울리는 데도 아무도 받지 않았다. 여자는 그가 직장에 있을 거라고 추측했다. 이 맨션은 사쿠라의 집처럼 보안 시스템이 완비되어 있지는 않았다. 관리인처럼 보이는 사람도 없었다. 여자는 당당히 안으로 들어가 계단을 올라갔다. 번호로 보건 대 니와의 방은 3층에 있을게 분명했다.

방은 금세 찾았다. 302호라는 번호가 문에 붙어 있었다. 어 디론가 침입할 방법이 없을까 살피다가, 문에 붙은 작은 종이 에 글이 적혀 있는 것을 보고 시선을 멈췄다. 그녀는 그것을 뜯어내 물끄러미 쳐다봤다. 읽을 수 있는 것은 이 정도였다.

한동안 □□게 됐습니다. □무가 있으신 □은 왼쪽 □의 □□ 까지 □□□해주세요.

(우) 192 하치□□시 □8□□3번지 140×

□□□□□□□□□□ TEL 0426 (61) ××× × 니와

한자는 거의 읽을 수 없었지만 (우)가 우편번호라는 것과 TEL이 전화번호라는 것은 알 수 있었다. 어쩌면 여기에는 니 와의 연락처가 적혀 있을지 모른다고 생각했다. 그렇다면 그 는 현재 이 방에 살고 있지 않을 수도 있다.

그녀는 맨션을 나와 느긋하게 지도를 볼 만한 장소를 찾았

다. 하지만 주변에는 공원도, 잠깐 앉을 만한 벤치 하나도 없었다. 그녀는 통행량이 많은 도로까지 나와 가드레일에 앉아 무릎 위에 지도를 펼쳤다.

여자는 약 한 시간이나 같은 자세로 있었다. 그러나 종이에 적힌 것과 동일한 글자를 지도에서 찾을 수가 없었다. 어쩌면 이곳은 훨씬 먼 곳일지도 모른다고 생각했다. 그녀는 아까부터 줄곧 도쿄 중앙부만을 바라보고 있었다.

지도를 덮고 도로 쪽을 바라봤다. 여전히 수많은 차들이 오고 간다. 트럭과 자동차까지 다양했다.

어느 게 택시일까, 처음에는 잘 알 수 없었다. 그렇지만 지붕에 무언가를 얹은 게 택시라는 것을 깨달았다. 그런 차가 다가오자 그녀는 손을 들었다. 하지만 모두 뒷좌석에 손님이 앉아 있었다.

드디어 노란색 택시 한 대가 멈췄다. 그녀가 타자 안경을 낀 운전기사는 돌아보며 얼굴을 찡그렸다.

"아니, 일본인이 아니네. 말할 줄 알아요?"

그녀는 고개를 끄덕이고 니와의 방문에서 떼어온 종이를 운전기사에게 보여줬다. 그는 그것을 들고, "아! 하치오지요. 오케이, 오케이!"라고 명랑하게 말하고는 종이를 돌려줬다. 그제야 그녀는 자신이 갈 곳이 '하치오지'라는 것을 알게 됐다.

운전기사는 왼손을 뻗어 빨갛고 동그란 표찰 같은 것을 넘어뜨렸다. 그 아래 기계에는 디지털 미터기가 붙어 있었는데 숫자가 표시되어 있었다. 그것이 거리를 표시하는 것인지, 요금을 나타내는 것인지 그녀로서는 알 수 없었다.

하지만 어쨌든 자동차는 움직이기 시작했다.

오후 4시 정각, 시토를 비롯한 형사 세 명은 데이토 대학의 문에 들어섰다.

그와 가나이 외에 어제 안조의 집에 함께 갔던 본청 네기시 경부보가 따라왔다.

눈앞의 학교 건물에 들어가자 학생과가 나왔다. 나카사이 교수를 만나고 싶다고 하자 여직원은 전화로 확인했다.

"조교가 온다고 하니 여기서 기다리시랍니다."

전화를 끊고 직원이 말했다. 시토 일행은 고개를 끄덕였다.

JOC의 무라야마와 헤어진 뒤, 시토는 우선 야마나시 수사 본부에 연락을 취했다. 센도와 안조 다쿠마의 도핑 관련성에 는 야마시나도 상당히 마음이 끌린 듯했다. 곧바로 올여름에 센도를 만났다는 나카사이 교수와 접촉하라는 지시가 내려 졌다. 물론 시토도 그럴 생각이었다.

무라야마에게 받은 번호로 연락하자 다행히 나카사이가 받았다. 센도에 대해 묻고 싶은 게 있다고 솔직히 말했다.

"그래요. 어쨌든 보게 될 거라 생각은 했습니다."

이미 센도가 죽었다는 사실을 알고 있을 테니 그가 이런 반응을 보이는 것도 당연했다.

오늘이라면 시간이 난다고 해서 오후 4시에 만나기로 시간을 정했다. 조금 여유를 둔 것은 나카사이를 만나기 전에 세이조 서 수사본부에 얼굴을 내밀기로 했기 때문이다. 도쿄에서 이리저리 돌아다니는 일은 역시 힘들었다.

세이조 서에도 JOC의 무라야마에게 들은 정보를 제공했다. 하지만 그쪽도 어찌 했는지 안조 다쿠마에게 도핑 혐의가 있었다는 것까지는 알아냈다고 한다.

"안조는 유명 선수이긴 했는데 선수들 사이에서는 그리 평판이 좋지 않았습니다. 국가대표선수로 뽑혔는데도 다른 선수들과는 거의 어울리지 않았고 연습도 같이 하지 않았답니다. 코치가 따로 있는 것도 아니어서 늘 늑대처럼 혼자 다녔다는 겁니다."

네기시 경부보가 가르쳐줬다.

"그래도 시합에는 늘 이겼다는 건가요?"

"맞아요. 일단 근육을 붙이는 방식이 다른 선수와 전혀 달랐답니다. 그래서 당연히 도핑 소문이 돌았던 거죠. 근거 없

는 중상모략일 가능성도 있습니다. 하지만 그런 얘기를 들은
이상 역시 철저히 조사할 필요가 있을 것 같습니다."

네기시 쪽도 JOC 사람들을 직접 만나볼 작정인 듯했다.

그들은 또 안조 살인사건에 대해 몇 가지 새로운 사실을 알
아냈다. 우선 첫 번째는 범인의 복장이 조금 변했을 가능성
이 있다는 것이다.

"헬스클럽 1층 상점에서 검은색 윈드브레이커 한 벌과 흰
양말 한 켤레가 없어졌답니다. 현재로선 범인이 가져간 것으
로 생각하고 있습니다."

"그렇다면 더 이상 화려한 요트 파카는 입고 있지 않다는
얘기겠군요."

"그렇습니다. 그렇다고 눈에 안 띄는 건 아니지요. 어쨌든
1미터 90센티미터 전후의 장신 여자니까요. 실은 범인이 자
전거를 타고 도심으로 향했다고 보고 어제 저녁부터 주요 도
로변의 음식점 탐문을 시작했는데 눈여겨볼 정보가 하나 있
습니다."

"뭐라도 찾았습니까?"

"아직 단정할 순 없습니다만."

네기시는 신중하게 전제한 후 말을 이었다.

"어제 아침, 시부야 역 옆 카페에서 검은 점퍼, 쇼트 팬츠
차림에다 엄청나게 키가 큰 여자가 식사를 했답니다. 식욕도

왕성해서 스파게티와 샌드위치를 순식간에 먹어치웠다고 합니다. 웨이트리스 말로는 아무리 봐도 일본인 같지 않았다고 합니다."

"예……."

다쿠마의 아내 미에코도 다쿠마가 살해되기 직전, 안조의 집에 외국인 여자로 여겨지는 사람이 전화를 했었다고 증언했다.

"어느 나라 사람으로 보였다고 했나요?"

"갈색 피부를 지녔다고 합니다만 흑인 같진 않습니다. 선글라스를 끼고 있어서 자세히는 알 수 없었다고 합니다."

스포츠 선글라스도 범인의 특징 중 하나다.

"요즘에는 외국인이라고 특별할 것도 없지만 이만한 조건이 일치하니 신경이 쓰입니다. 게다가……."

네기시는 짐짓 무게를 잡으며 말을 끊고 잠깐 틈을 뒀다가 계속 이야기했다.

"무엇보다 테이블 위에 지도를 펼쳐놓고 있었답니다."

"지도를?"

"웨이트리스는 도로지도첩 같았다고 했습니다."

"하지만 범인이 훔친 것은 별장에서 가지고 나온 야마나카 호주변 하이킹 지도일 텐데."

"그래서 어디선가 구입했을 것이라 보고 시부야 역 주변 서점을 조사 중입니다."

네기시는 상당히 자신감에 찬 표정으로 고개를 끄덕였다.

이 거구의 외국인 여자 얘기는 이상하게도 마음을 끌었다. 혹시 외국인 여자가 범인이라면 무엇 때문에 지도를 보고 있었을까.

도주 경로를 검토 중이었다고 생각하긴 어렵다. 그렇다면 안조를 죽인 후에도 여전히 그녀가 가야만 할 곳이 있다는 얘기다. 그게 어딜까. 다음 대상이 아닐까.

불길한 예감이 시토의 뇌리를 스쳤다.

그 후 회의를 거친 결과 네기시도 데이토 대학에 동행하기로 했다. 조사 내용을 전달해야 하는 번거로움을 던다는 점에서 시토도 그쪽이 편했다.

"시토 선배님이 먼저 질문해주세요. 그다음에 혹시 제가 질문할 게 있으면 하겠습니다."

학생과 카운터 앞에서 기다리는 동안 네기시가 말했다. 어제 안조의 집에 갔을 때 반대 입장이었던 탓이다. 그 지역 관할이라 그가 주도권을 쥔다 해도 상관없는데 애써 도쿄까지 온 형사들을 배려하려는 것 같았다.

"경찰에서 오셨습니까?"

흰옷을 입은 여성이 시토 일행에게 말을 걸었다. 그렇다고 시토가 대답했다.

"오래 기다리셨습니다. 이쪽으로 오시지요."

여성은 손을 내밀어 방향을 가리켰다. 아무래도 그녀가 나카사이의 조교인 듯했다.

나카사이의 방은 같은 건물 2층에 있었다. 실내에는 운동 기구와 다양한 계측기들이 복잡하게 놓여 있었다. 구석에서 운동복을 입은 다부진 체격의 남자가 나타났다. 나이는 쉰 가까이 되어 보였는데 적당히 그을린 얼굴이 백발과 대조를 이뤘다.

서로 인사를 마친 뒤 낡고 투박한 소파에 마주앉았다.

"자네는 잠깐 자리를 비켜주겠나?"

인스턴트커피를 내놓은 조교에게 나카사이가 말했다. 그녀는 예, 짧게 대답하고 방을 떠났다.

"조사는 어떻게 돼가고 있습니까?"

나카사이가 커피를 한 모금 마시고 물었다.

"난항을 겪고 있습니다. 이제야 센도 씨에 대해 조금 알게 된 상황이라."

시토는 곧장 본론으로 들어갔다.

"나카사이 선생님은 센도 씨와 아는 사이라고 들었습니다."

"그렇습니다. 이미 들으셨겠지만 지난 7월에도 만났습니다."

"유학생을 돌봐달라고요?"

"6월부터 캐나다 여자 하나가 자기 집에 온다고 그 아이를 맡아 달라는 의뢰를 받았습니다. 요컨대 육상부에 넣어달라고요."

장신의 여자가 온 것이 올해 6월이라. 이 사실은 시토에게 약간 의외였다. 지금까지의 조사로는 일본 풍습이나 언어에 상당히 익숙한 것 같았기 때문이었다.

"그 여자와 센도 씨의 관계를 들으셨나요?"

"캐나다에서 알게 됐다고 들었습니다. 물론 그것만은 아니겠죠. 분명 그가 그곳에서 발굴한 기대주라고 생각합니다. 게다가 충분히 개조가 이루어진……."

"개조?"

시토의 반문에 나카사이는 미간을 찡그리고 오른손을 살짝 들었다.

"그 얘기는 뒤로 미루죠. 복잡해지니까요."

시토는 종잡을 수 없었지만 일단 순순히 따르기로 했다.

"그러면 어디서부터 여쭈면 좋을까요."

"그렇군요. 우선 센도 군의 약력부터 설명하죠."

나카사이는 허리를 약간 들어 자세를 고쳐 잡았다.

"자세한 것은 모르지만 본인에게 들은 바로는 그도 원래는 가업인 병원을 계속 이어받으려고 의학도의 길에 들어섰다고 합니다. 그런데 그러는 과정에서 치료가 아니라 인체 개조 쪽에 흥미를 느끼기 시작했습니다. 특히 그가 강한 관심을 가진 것이 나치가 행한 것으로 알려진 다양한 인체 실험입니다. 그는 그것에 관한 자료 입수와 관계자 취재를 위해 유럽에 갔습니다."

"왜 그런 일에 흥미를 갖게 된 건가요?"

가나이가 질문했다.

"글쎄요. 지금에서야 잘 모르죠. 그저 그는 어릴 때부터 체구가 작고 병약했다고 합니다. 어쩌면 그런 콤플렉스가 영향을 미치지 않았을까 생각합니다."

"그럴 수도 있겠군요."

시토는 동의했다. 예컨대 범죄자들도 그 동기의 근원이 아주 사소한 열등감인 경우가 많았다.

"사실 그에 대해 명확히 알려진 것은 이게 전부입니다."

나카사이는 형사들 얼굴을 보면서 말했다.

"그 후 그가 어디서 뭘 했는지 아는 사람이 없습니다. 그도 말하지 않았습니다. 그저 그가 벨메켄(Belmeken)에 있었다는 소문은 있었습니다."

"벨메켄?"

시토는 가나이와 동시에 말했다.

"불가리아의 오지입니다. 그곳에 스포츠과학을 연구하는 구동독과 불가리아의 공동연구소가 있습니다."

"그곳에서 센도 씨가 뭘 했습니까?"

"물론 도핑을 비롯한 스포츠선수의 신체 개조를 연구했다고 생각해야겠죠. 그는 그곳에서 고도의 기술과 풍부한 지식을 얻었으리라 생각합니다. 그리고 다시 돌아왔다…… 아니, 그러나 이것은 어디까지나 소문에 근거한 상상입니다만."

"그 연구소는 지금도 있습니까?"

가나이가 물었다.

"아니요, 이후 민주화의 영향으로 폐쇄됐다고 들었습니다."

"센도 씨가 언제까지 그곳에 있었다고 생각하십니까?"

시토가 묻자 나카사이는 살짝 고개를 갸웃했다.

"적어도 10여 년 전에는 연구소를 나왔을 겁니다. 그때부터 여러 나라를 돌아다니며 스포츠닥터로 일했으니까요. 외국인 선수와 함께 일본에 온 적도 있습니다. 제가 그와 알게 된 것도 그 무렵입니다. 그 후 그는 캐나다에서 살게 됐습니다. 분명히 몬트리올에서 살았는데……."

시토는 고개를 끄덕였다. 센도가 오가사와라에게 보낸 봉투에 썼던 주소도 틀림없이 그렇게 되어 있었다.

"캐나다에서는 무슨 일을?"

"문제는 그겁니다."

나카사이는 일단 뜸을 들인 후 다시 커피를 한 모금 마셨다.

"우리가 얻은 정보로는 벨메켄에 있던 것과 비슷한 시설이 캐나다의 퀘벡 주에 있었다고 합니다. 하지만 여기는 공적인 것이 아니라 민간시설이랍니다. 이것도 2년 전에 문을 닫았다는데 센도 군이 그곳 스태프로 고용된 게 아니었나 하는 말이 있었습니다.

그러나 이 또한 수많은 소문 중에 나왔고 만약 거기 있었다고 해도 뭘 연구했는지는 알려져 있지 않습니다. 그런데 오가사와라 군의 자살로 그 사실을 확신하게 된 겁니다. 역시 센도 군은 도핑에 손을 댄 것 같습니다."

그런 거였나. 시토는 납득했다.

"캐나다 연구소가 2년 전에 문을 닫았다면 센도 씨는 그 후에 뭘 했습니까?"

"일본과 캐나다를 오갔다고 합니다. 목적은 잘 모르겠으나 이번에 데려온 여자와 관계가 있을지 모르죠."

"그렇다는 얘기가 있었다는 건가요?"

"그는 그쪽에서 발견한 기대주를 일본에서 꽃피우려고 한 게 아닐까요? 그 연구소에서 사용한 기계들을 가져왔다는 소문도 있었습니다. 최근 2년은 그 여자를 맞아들이기 위한 준비 기간이었을지도 모르죠."

"그렇군요."

시토는 그렇다면 앞뒤가 맞는다고 생각했다. 센도는 2년에 걸쳐 그 저택의 뒤쪽 트레이닝 룸을 만들었던 것이다.

"그 여자가 육상선수입니까?"

여기서 처음으로 네기시가 발언했다. 나카사이는 천천히 턱을 당겼다.

"달리기도 높이뛰기도 던지기도 초인적인 능력을 발휘한다고 센도 군은 호언장담했습니다. 이 선수를 꼭 일본을 통해 세계에 선보이고 싶다, 그래서 육상부에 맡기고 싶다고요. 사회인이라 취업 문제가 관련되어 있으니까요."

"그래서 선생님은 어떻게 답하셨나요?"

시토가 물었다.

"물론 깨끗이 거절했습니다."

나카사이는 목소리에 힘을 줬다.

"그때는 아직 오가사와라 군의 사건이 일어나기 전이었지만 그에 대해 개인적으로 의문을 가지고 있었기 때문입니다. 아마 그 여자도 스테로이드나 성장 호르몬으로 육체를 개조한 선수일 거라 짐작했습니다. 그래서 오가사와라 군의 자살 사건에서 센도 군의 이름이 나왔을 때 받아들이지 않길 잘했다고 안도했습니다."

자신의 선택이 옳았다는 것을 무척 기뻐하는 말투였다.

"그 캐나다 연구소에 대해 자세히 알고 있는 사람은 없습니까?"

시토가 물었지만 나카사이는 이 얘기에서 얼굴을 찡그렸다.

"그 시설에 대해 아는 사람은 일본에는 없을 겁니다. 아니,

캐나다 선수나 코치들도 대부분 몰랐답니다. 그 장소조차 퀘벡 주 어디인지도 알려지지 않았습니다."

"가본 사람은 없나요?"

"없습니다. 적어도 제가 아는 한."

그러나 오가사와라 아키라는 분명히 갔을 거라고 시토는 생각했다. 그리고 그곳에서 분명히 센도에게서 금지약물을 입수했을 것이다.

문제는 그게 오가사와라뿐이었느냐는 것이다.

"제가 센도 군에 대해 아는 것은 그게 답니다. 이런저런 문제가 많은 인물입니다만 뛰어난 능력을 지닌 것도 사실입니다. 그렇기 때문에 살해됐다는 소식을 들었을 때 슬프다기보다 유감스러웠습니다."

나카사이는 깨끗하게 인정했다.

"센도 씨를 죽인 범인에 대해 짚이는 건 없으시겠군요."

"전혀."

백발의 교수는 머리를 흔들었다.

시토는 네기시를 봤다. 보충 질문이 있느냐는 의미였다. 그는 살짝 고개를 끄덕이고 나카사이 쪽을 봤다.

"센도 씨가 선생님과 만나셨을 때 그 유학생 사진 같은 걸 보셨나요?"

"아니요, 못 봤습니다. 그보다 그는 일단 그 여자를 만나봐

달라고 했습니다. 일단 보면 반드시 관심을 가지게 될 것이라고. 상당히 자신감에 넘쳐 있었어요. 자신이 만든 작품에."

작품이라…… 시토는 그 말을 곱씹었다. 어쩌면 그럴지도 모른다.

"이름 같은 것도 묻지 않으셨나요?"

네기시가 다시 질문했다.

"듣지 못했습니다. 그럴 필요도 없었으니까."

"선생님 말고 센도 씨로부터 그 아가씨의 말을 들은 사람은 없나요?"

"글쎄요, 없는 것 같은데요."

나카사이는 대답하고 살짝 몸을 내밀었다.

"저기, 역시 그 여자인가요? 경찰을 덮치고 빼앗은 권총으로 살인을 저지른 게."

필시 그도 알아차린 듯하다.

"아직 단언할 순 없지만 아마도 그런 것 같습니다."

시토가 대답하자 나카사이는 한숨을 크게 내쉬고 씁쓸한 표정을 지었다.

"센도 군, 엄청난 인간을 남겼군요."

"선생님께 거절당하고 센도 씨는 도대체 어쩔 셈이었을까요?"

"글쎄요, 어땠을까요. 그 사람이라면 육상연맹과 직접 교섭

했을지도 모르죠."

나카사이의 말로 추측컨대 2년 전부터 센도는 그 여자 하나에 매달렸다. 그만큼 한시라도 빨리 선수로 데뷔시키고 싶었을 것이다.

시토는 일단 나카사이에게도 안조 다쿠마에 대해 물어봤다. 그러나 짐작대로 역도에 대해서는 모르는 듯했다.

"일본 육상선수 중에서 도핑 혐의를 받은 사람은 없나요?"

이 질문을 하자 그때까지 온화했던 나카사이의 얼굴이 갑자기 험악해졌다.

"그런 일은 없습니다."

그는 또렷한 어조로 잘라 말했다.

"그런 일을 하면 곧 발각됩니다. 일본 육상계는 그렇게 만만하지 않습니다."

그렇다면 좋겠습니다만. 시토는 그 말을 다시 삼켰다.

"경우에 따라 캐나다에 사람을 보내야 할지도 모르겠습니다."

네기시가 세이조 서로 돌아오는 도중에 말했다.

"앉아서 범인의 신원이 밝혀지기를 기다릴 순 없으니까요."

"범인의 다음 행동이 걱정입니다. 목적이 안조뿐이라면 다행이지만."

시토는 내내 품고 있던 의구심을 입 밖에 냈다.

"동감입니다."

네기시도 긍정했다.

이런 불안이 더욱 짙어진 것은 경찰서로 돌아온 후였다. 회의실로 들어가자 본청의 고데라 경부가 기다렸다는 듯 손짓을 했다.

"네기시, 그 거구의 여자가 지도를 산 서점을 알아냈어."

"정말입니까? 역시 시부야에서?"

"역 앞 서점이야. 여직원이 기억하고 있더군. 어제 오전 중에 지도 코너에서 뭔가를 열심히 찾는 외국 여성이 있어서 뭘 원하느냐고 물었대. 검은 점퍼에 다리에 딱 달라붙는 짧은 바지, 짙은 선글라스 차림. 신장은 틀림없이 1미터 80센티미터 이상이었다고."

수배 중인 자의 특징과 일치한다. 옆에서 들으면서 시토는 생각했다.

"여자는 점원에게 메모 같은 걸 보여줬다고 해. 거기에 이름과 주소가 적혀 있기에 그 장소를 알고 싶은 것으로 해석하고 도쿄 지역을 쉽게 찾을 수 있는 지도를 권했다고 하는군."

"그 점원이 거기에 적힌 이름과 주소를 기억했습니까?"

시토의 질문에 고데라는 입을 비틀었다.

"전부 도쿄 지역이라는 것 외에는 거의 기억을 못 했어. 어렴풋이 기억에 남아 있는 것은 고엔지가 포함되어 있다는 것 정도야."

"고엔지요……. 그 말은 거기에 적힌 주소가 한 개가 아니었다는 거네요?"

네기시가 말했다.

"맞아."

고데라는 답답하다는 얼굴로 고개를 끄덕였다.

"세 사람의 주소와 이름이 적혀 있었다는군."

"세 사람……."

시토는 불현듯 중얼거렸다. 혹시 그 여자가 범인이라면 범행 대상은 예상을 웃도는 것이었다.

"그렇다면 수사 방침은?"

네기시가 물었다.

"일단 고엔지 주변의 탐문과 순찰 강화를 지시했고 고엔지에 사는 스포츠 관련자 명단을 작성하고 있어."

고데라가 시토 쪽을 보고 말한 것은 그로부터 시작된 정보에 근거한 판단이었기 때문일 것이다.

"그럼, 눈여겨볼 만한 인물이 드러났습니까?"

"지금 몇몇 이름이 거론되고 있네."

고데라는 책상 위에 놓인 종이를 네기시에게 건넸다.

"본인들에게 연락은?"

"하지 않았어. 그러나 집 주변에는 수사원을 잠복시켰다. 무엇보다 범인이 다음에 고엔지에 나타날지는 확실치 않아. 확률은 3분의 1이지."

"그것도 이 지도를 산 여자가 범인이라는 전제하에."

네기시는 손에 든 리스트를 시토에게 내밀었다. 거기에는 다섯 명의 이름이 있었는데 시토의 눈에 제일 먼저 들어온 것은 '전 육상 단거리 선수'라는 직함이었다. 나카사이가 육상계에는 부정을 저지르는 사람이 없다고 단언했던 게 떠올랐다.

그 선수의 이름은, 니와 준야였다.

택시는 콘크리트 담으로 둘러싸인 건물 앞에 멈춰섰다.

"거기 적힌 주소가 여깁니다."

운전기사는 돌아보며 2층 건물을 가리켰다.

"가쓰라화학공업 육상부 기숙사 아오바장. 당신이 보여준 종이 그대로입니다."

그녀는 그 말을 들으면서 자신이 어떤 육상팀 기숙사에 왔다는 걸 알았다.

그녀는 전처럼 주머니에서 가진 돈을 다 꺼내 운전기사에게 내밀었다.

"뭐야? 여기서 가져가라고?"

그는 미터기 숫자를 보고 그중에서 필요한 돈을 빼갔다. 이제 동전만 조금 남았다.

"그럼, 굿바이!"

그녀가 내리자 운전기사가 인사했다.

택시가 사라진 후 그녀는 다시 건물을 올려다봤다. 2층이 선수들 방인 듯 일정한 간격으로 문이 늘어서 있었다. 그러나 지금은 인기척이 전혀 없이 조용했다. 그녀는 이곳으로 오는 도중에 운동장 같은 게 있었던 것을 떠올렸다. 아직 연습 중이라면 니와도 거기에 있을 것이다.

그녀는 지금 온 길을 천천히 달리기 시작했다.

약 10분 가까이 달렸을 때 왼쪽에 운동장이 나타났다. 주위는 전부 논밭이고 민가로 보이는 것은 없었다. 길을 끼고 운동장 반대편은 뭔가를 조성 중인 듯 불도저 한 대가 잃어버린 물건처럼 놓여 있었다. 그 너머 멀리 병원인지 학교인지 알 수 없는 하얗고 큰 건물이 있었다.

그녀는 운동장 주위에 둘러쳐진 철조망으로 다가갔다. 안에서는 많은 선수들이 트랙을 돌고 있었다. 제일 앞에 모래사장이 보였다. 발판 위치로 보건대 멀리뛰기 연습을 하고 있는 듯했다. 남자 선수 하나가 뛰었는데 그다지 좋은 점프는 아니었다.

건너편 트랙에서는 몇 명씩 그룹을 나눠 달리기를 하거나 몸을 풀고 있었다. 모두 장거리 선수인 것처럼 보였다.

그녀는 눈의 초점을 맞춰 니와 준야를 찾았다. 그는 한 여자 선수에게 스타트 코치를 하고 있었다. 그 선수는 단거리를 뛰기에는 근육이 빈약해 보였는데 니와는 열심히 가르쳤다.

정신을 차리고 보니 멀리뛰기를 하던 남자 선수가 이상하다는 듯 그녀를 보고 있었다. 그녀는 철조망에서 떨어졌다.

운동장 입구의 주차장에는 왜건 두 대가 세워져 있고, 구석에는 창고 같은 건물이 있었다.

그녀는 말소리가 들려 옆에 있던 자동차에 몸을 숨겼다. 운동장에서 여자 선수 두 명이 돌아왔다. 한 사람은 그대로 도로로 나가 숙소가 있는 쪽으로 걸어갔고, 다른 한 명은 줄자를 들고 창고 같은 건물로 들어갔다. 그리고 다시 나올 때에는 줄자를 들고 있지 않았다.

사람들이 사라지자 그녀는 일어나 그 작은 건물 안으로 들어갔다. 그곳은 역시 창고였다. 라인을 긋거나 운동장을 정리하는 기구부터 허들이나 높이뛰기용 쿠션, 창, 포환 같은 육상용구가 빼곡하게 놓여 있었다.

그녀는 박스가 쌓여 있는 안쪽으로 가 몸을 숨겼다. 박스 틈으로 입구를 볼 수 있었다. 한참 지나자 밖이 조금 소란스러워졌다.

다른 선수들도 슬슬 연습을 끝낸 모양이다.

남자 선수 두 명이 왔다.

"아무래도 팔이 제대로 휘둘러지질 않네. 왼쪽과 오른쪽 균형이 다른 것 같아."

"요즘 아픈 발 때문에 그런 거 아냐?"

"그럴지도 모르지. 큰일이야. 타임 트라이얼이 가까운데."

둘은 캐비닛에 뭔가를 넣고 곧바로 나갔다.

그 후 여자 선수와 남자 선수가 한 명씩 와서 트레이닝 기기와 계측기 등을 놓고 나갔다.

그로부터 조금 뒤 또 다른 여자 선수가 왔다. 니와의 코치를 받던 선수였다. 손에 스탠딩 블록을 들고 있다.

여자 선수가 그것을 캐비닛에 넣고 입구 쪽으로 향한 순간 그녀는 있는 힘껏 달려 나갔다.

여자 선수는 소리를 듣고 돌아봤다. 그리고 등 뒤로 다가선 거대한 그림자에 얼굴이 굳어졌다. 그러나 소리를 지를 틈이 없었다.

이 거구의 여자는 여자 선수의 입을 틀어막고 그대로 벽에 밀쳤다. 그리고 점퍼 주머니에서 권총을 꺼내 상대의 눈 밑에 총구를 들이댔다. 여자 선수는 벌벌 떨며 고분고분해졌다.

그녀는 총을 겨눈 채 여자 선수를 조금 전 자신이 숨어 있던 곳으로 데려갔다. 그리고 자리에 앉히고 그 위에 박스를 놓았다. 그 위로 그녀도 몸을 숨겼다.

그 직후 또 다른 여자 선수가 들어왔다.

"유미…… 어라, 없네."

그 선수는 창고 안을 휙 둘러보고는 밖으로 나갔다.

"코치님, 유미는 먼저 기숙사로 갔나 봐요."

"그럼, 잠가."

남자 목소리가 났다.

"예!"

대답과 함께 창고 문이 닫히고 잠기는 소리가 났다.

가쓰라화학공업 육상부 관사에서는 아침과 점심을 정해진 시간에 전원이 모여 먹어야 했다.

하지만 저녁은 6시부터 8시 사이에 언제든 각자 원할 때 먹을 수 있었다. 또 외식을 하고 싶은 사람은 식당에 미리 알리기만 하면 된다. 그래도 아주 특별한 일이 없는 한 선수가 멋대로 밖에 나가 먹는 일은 없었다. 여기서는 각자의 컨디션과 체질에 따라 식단이 세밀하게 맞춰져 있다. 아무렇게나 먹어대 애써 만든 체력을 무너뜨리는 일은 무엇보다 선수 자신이 두려워하는 일이었다.

니와 준야는 6시 30분에 식당에 내려갔다. 고엔지 맨션에서 다닐 때도 저녁은 여기서 먹고 가는 경우가 많았다. 식사하면서 선수들과 오늘 하루의 훈련을 점검하고 반성할 점과 과제를 찾아내는 게 습관이 됐다.

식당에는 이미 대부분의 선수가 식사를 하고 있었다. 일찌감치 식사를 마치고 구석 테이블에서 스포츠신문을 읽는 사람도 있었다.

준야는 나카하라 유미코를 찾았다. 그가 현재 가장 주의를 기울여 지도하고 있는 단거리 선수였다. 근력 향상에 주안점을 둔 훈련을 계속하고 있어서 식사도 특별 메뉴가 준비되어 있었다.

그런데 유미코의 모습은 식당에서 찾을 수 없었다. 준야는 빈자리에 앉아 그녀가 오기를 기다리기로 했다. 샤워를 하느라 늦는 모양이었다. 요즘 여자 선수들은 일반 여성 이상으로 피부 미용 등에 시간을 들인다. 예전에는 그런 데 신경을 쓰면 최고가 되지 못한다고 했는데…….

그는 옆에 놓인 신문을 들어 어느새 버릇이 되어버린 사회 면부터 펼쳤다. 곧바로 '연쇄살인범은 장신의 여성?'이라는 제목이 눈에 들어왔다. 내용은 이미 알고 있는 것뿐이었다. 범인의 복장을 일러스트로 그린 것을 첨부해놓았다.

'설마 여긴 안 오겠지.' 준야는 생각했다. 그 괴물은 먼저 쇼코와 유스케를 노릴 것이라는 노림수가 있었다. 그리고 어느 쪽이든 그 와중에 경찰에 잡힌다. 사살된다면 더 없이 좋겠으나 거기까지는 바라지 않는다. 무엇보다 계속 생명의 위협을 느끼는 것만은 사양이다.

이 기숙사에는 오늘 아침에 왔다. 3인실에 들어갈 예정이었는데 마침 빈방이 있었다. 2인실인데 당분간은 혼자 쓸 수 있을 듯했다.

생각하기에 따라서는 고엔지 맨션보다 쾌적하다.

사건이 일단락된 후에도 당분간 여기에 있을까. 만약 센도 일이 들통 나지 않는다면 행운이라고 생각하고 평생을 코치로 지내볼까 하는 생각까지 했다.

"잘 먹었습니다."

"잘 먹었습니다!"

주위에서 식사를 마친 선수들이 속속 자리를 떠났다. 남은 사람이 거의 없었다.

"니와 코치님, 안 드세요?"

식당 카운터 너머에서 식당 아주머니가 물었다.

"유미코를 기다리는데 벌써 먹었나요?"

"유미코? 아니요, 아직."

"밖에서 먹는다고 했나요?"

"글쎄요, 못 들었는데요."

준야는 의자에서 일어나 식당을 나왔다. 휴게실에서 여자 선수 네 명이 TV를 보고 있었다. 그녀들에게 유미코가 어디 있는지 물었지만 아무도 몰랐다.

"그러고 보니 운동장에서 돌아오고…… 그 뒤로 못 봤네요."

그녀들도 불안한 듯 얼굴을 맞댔다.

그중에 유미코의 룸메이트가 있어서 그녀에게 방을 살펴봐 달라고 부탁했다. 혹시 몸이 안 좋아져 누워 있을지도 몰랐기 때문이었다. 그러나 몇 분 뒤 돌아온 룸메이트는 방에도 없다고 말했다.

준야는 이상하게도 마음이 뒤숭숭해 기숙사 안을 돌아다녔다.

트레이닝 룸과 마사지실도 둘러봤다. 하지만 유미코의 모습은 어디에도 없었다.

'이상하네.' 지금까지 이런 일은 한 번도 없었다. 외출할 때는 누군가에게 반드시 알리도록 지시했다.

감독에 보고하고 모두 다 같이 찾아야 하나……. 그런 생각이 들었지만 곧 생각을 바꾸었다. 잠깐 외출한 건지도 모른다. 너무 소란을 피우면 나중에 유미코가 책임을 져야 한다. 그녀는 기가 센 편이 아니라 심리적인 면이 곧바로 성적으로 드러나는 타입이다.

혹시 운동장에? 문득 그런 생각이 머릿속을 스쳤다. 오늘은 그녀의 스타트에 대해 상당히 강하게 주의를 줬다. 그게 신경 쓰여 혼자 연습하고 있는 게 아닐까.

준야는 주차장으로 나가 자기 차를 타고 운동장으로 향했다.

얼마 후 왼편으로 운동장이 보였다. 조명 시설이 없고 근처에 건물도 없어서 해가 지면 주위는 아주 캄캄했다. 준야는 자동차 속도를 늦추고 운동장을 주의 깊게 살폈다. 사람은 없었다.

주차장에 차를 세우고 내려서 주위를 둘러봤다. 나카하라 유미코가 온 것 같지는 않았다.

다른 장소를 찾아볼까……. 그렇게 생각하고 막 차에 타려는 순간 뒤에서 '쿵' 하는 소리가 났다. 돌아보니 창고 문이 열려 있었다.

"유미코?"

불러봤지만 대답은 없었다. 준야는 천천히 창고로 다가갔다. 문은 열려 있는데 실내 등은 켜져 있지 않았다.

"어이!"

입구 근처에서 다시 불렀지만, 역시 대답은 없었다. 준야는 벽에 있는 스위치를 눌렀다. 형광등이 켜지면서 실내에 하얀 빛이 가득 찼다.

나카하라 유미코는 높이뛰기용 쿠션 위에 누워 있었다. 손과 발에 비닐테이프가 감겨 있고 입도 막혀 있었다. 눈을 감고 있는 걸보니 실신한 모양이다.

"유미코!"

준야는 부르짖으며 다가갔다. 그런데 그녀에게 손을 뻗기 직전 머리 위에서 희미한 숨소리가 들렸다.

검고 큰 그림자가 밧줄 위에서 막 뛰어내리려는 참이었다.

준야는 간발의 차이로 뒤쪽으로 점프했다.

상대는 착지하면서 굵고 긴 팔을 그에게 뻗었다. 그 손가락이 그의 트레이닝복 앞을 움켜쥐었다. 그는 필사적으로 그것을 뿌리치고 더 뒤로 물러섰다. 상대는 기는 자세로 그를 올려다봤다.

이 녀석인가……. 준야는 숨을 멈췄다. 갈색 피부, 표범같이 예리한 눈, 야성적이며 또렷한 이목구비, 그리고 멋진 근육에 감싸인 장신. 그는 순간 이 적을 아름답다고 느꼈다.

갈색 피부의 여자가 다시 덤벼들 태세를 취했다. 준야는 자기도 모르게 옆 사물함 속 물건들을 남김없이 상대에게 던졌다. 스탠딩 블록과 그것을 땅에 고정시키는 해머 등이다. 여자는 그것들을 별 어려움 없이 손으로 쳐냈는데 블록에 묻은 흙이 눈에 들어간 듯 얼굴을 찡그리며 오른손으로 눈을 눌렀다. 준야는 그 틈을 놓치지 않고 사물함을 전부 여자 쪽으로 넘어뜨렸다. 여자는 사물함 밑에 깔리고 말았다. 이어서 준야는 벽에 세워놓은 투창용 창 몇 개를 그 위로 던져 넣고 입구를 통해 밖으로 뛰어나왔다.

차 있는 곳까지 달려와 문을 열고 타려는 순간 창고 입구에 여자가 나타났다. 그는 시동을 걸고 헤드라이트를 켰다. 여자는 뭔가를 왼쪽 옆구리에 끼고 있었다. 또 오른손에도 뭔가가 들려 있었다. 그것이 조금 전 자신이 던졌던 창이라는 것을 깨달을 겨를도 없이 그는 후진하면서 필사적으로 핸들을 조작해 방향을 바꾸기 시작했다. 그 순간 그녀의 오른손 움직임이 시야에 들어왔다.

격렬한 소리와 충격이 전해졌다. 조수석을 보니 문을 관통한 창끝이 10센티미터 정도 안으로 들어와 있었다. 그 예리한 창끝은 그의 심장을 졸아들게 했다.

그는 덜덜 떨면서 정신없이 달렸는데 주차장을 나오려는 순간 차에 꽂힌 창이 문에 걸렸다. 일단 후진했다 다시 전력 질주했다.

금속이 스치는 껄끄러운 소리와 함께 창이 나가 떨어졌다.

하지만 그 순간 더 큰 충격이 차를 덮쳤다. 뒤쪽에서 뭔가 격렬하게 부서지는 소리가 났다고 생각하는 순간 앞 유리창에 균열이 생겼다. 그녀가 던진 창이 뒤 창문을 관통해 조수석 위를 거쳐 앞유리에 꽂힌 것이다. 자기 얼굴 바로 옆을 지나간 은색 창을 본 준야는 마치 자기 얼굴에서 피가 흐르는 소리가 나는 것 같았다.

공포로 손발이 움직이지 않았다. 그래도 어떡해서든 차를 출발시키려다 시동이 꺼진 걸 깨달았다. 서둘러 키를 돌린다. 하지만 공회전 소리만 날 뿐이다. 그는 뒤를 돌아봤다. 여자가 세 번째 창을 겨눈 채 달려오고 있다. 그것을 조준해서 던지려는 것이다.

준야는 차를 발진시킬 여유가 없자 차에서 뛰어내렸다. 영점 몇 초 후에 그녀가 창을 던졌다. 그것은 조금 전과 마찬가지로 뒷유리를 명중한 데 이어 이번에는 핸들 앞 패널에 꽂혔다. 거리가 가까웠다고는 해도 경이로울 만한 컨트롤이었다. 만약 준야가 도망치지 않았다면 틀림없이 그의 몸을 꿰뚫었을 것이다.

준야는 창백해져서 여자를 봤다. 그녀는 아직 창을 두 개 더 가지고 있었다. 하지만 던질 것 같지는 않았다. 그가 차에서 내리는 것을 보고 엄청난 기세로 쫓아오고 있었다.

준야는 달리기 시작했다. 도망치는 것만이 유일한 방법이었다.

싸울 생각은 전혀 없었다. 저것은 인간이 아니라 괴물이다…….

그는 기숙사로 이어지는 외길을 전력 질주했다. 이렇게 필사적으로 달린 것은 현역 마지막 경기였던 아시아선수권대회 이후 처음이다. 그리고 이 상황에서 불가사의하게도 당시의 기억이 순간적으로 뇌리를 스쳤다.

그의 주 종목은 400미터였다. 단거리는 100미터가 꽃이지만 동양인의 체력으로는 세계에서 통하지 않는다. 그나마 유일한 가능성은 따라잡을 여지가 있는 400미터였다.

그렇다고는 해도 학창 시절에는 국내에서도 좀처럼 우승하지 못했다. 강한 두 선수를 이기지 못하면 국제대회 출전은 어려웠다.

바로 그때 센도 고레노리를 만났다.

그 남자는 아주 교묘하게 준야를 악마의 세계로 이끌었다. 당시는 준야도 마치 마법사를 만난 것만 같았다.

"내가 말하는 대로만 하면 돼. 나를 믿어라. 아무것도 걱정할 필요 없어."

센도는 때로 다정하게, 때로는 위압적으로 대했다. 마치 자기 마음의 움직임을 꿰뚫어보는 것만 같았다.

그 남자가 말한 대로 하면서 실제로 오랜 염원을 이룰 수 있었다. 신기록, 일본 대표, 국제무대 등등……. 덕분에 준야는 명예와 안정된 생활을 손에 넣었다.

하지만 나는 도대체 무엇을 위해 달렸던 걸까. 준야는 생각했다.

자신의 능력을 시험하기 위해서? 그게 자신의 능력이었을까? 아니면 이기기 위해? 누가 누구를 이기기 위해……. 나는 이길 수 없었다. 아니, 어쩌면 달리지도 못했던 것인지 모른다.

바람을 가르는 소리가 났다.

준야는 직감적으로 왼쪽으로 피했다. 그 순간 그의 바로 오른쪽으로 창이 날아들었다. 창은 도로에 부딪혀 날카로운 소리를 내며 아스팔트 표면을 파내고 마치 스키처럼 미끄러졌다.

다리가 삐끗했다. 그래도 달려야만 한다. 근력의 한계에 도달했다. 속도가 점점 떨어진다. 가슴이 아프고 숨쉬기가 힘들다.

준야는 헉헉대며 뒤를 돌아봤다. 그리고 절망감을 느꼈다. 크고 검은 괴물이 바로 등 뒤로 육박해왔다. 창을 겨누고 전혀 피로한 기색 없이 근육을 힘 있게 움직였다.

준야는 발을 놀리려고 최선을 다했다. 하지만 앞으로 나아

가지 않았다. 도와줘! 소리를 지르려고 했지만 숨 쉬는 것조
차 힘들었다.

준야는 멈췄다. 더 이상 달릴 수 없다. 그는 몸을 돌려 자신
을 죽이러 오는 괴물과 마주했다.

자, 올 테면 와라…….

여자가 바로 눈앞에 있었다.

그녀는 충분히 올린 속도를 그대로 한곳에 집중하듯 오른
팔을 휘둘렀다.

창이 번쩍이는 게 준야의 망막에 머물렀다.

5장

도쿄의 고독한 추격자

❖ ❖ ❖

사체는 오후 10시가 지나서야 발견됐다.

발견자는 가쓰라화학공업 육상부 감독 이부키였다. 조사에 나선 하치오지 경찰서 수사관에게 그는 다음과 같이 진술했다.

"9시쯤에 다무라라는 여자부원이 와서 나카하라 선수가 아직 방에 오지 않았다고 했습니다. 다무라는 나카하라의 룸메이트입니다. 통금 시간이 10시라 아직 위반은 아닌데 다무라 말로는 저녁때부터 니와 코치가 그녀를 찾았답니다. 그리고 차를 타고 찾으러 간 니와 군도 돌아오지 않았다는 거죠. 그래서 저 역시 약간 불안해져 그들이 갈 만한 곳을 찾아보기로 했습니다. 그렇다고 마땅히 짐작 가는 곳은 별로 없었습니다. 운동장 정도가 전부죠. 그래서 곧바로 가봤습니다. 자동차로요. ……아, 그 피 말입니까? 갈 때는 전혀 몰랐습니다. 설마 그런 일이 있으리라고는 꿈에도 생각하지 못했으니까요. 운동장 입구까지 가서 니와 군 자동차를 발견했습니다. 놀랐죠. 물론 처음에는 사고라고 생각했는데 어딘가 좀 이상했어요. 자세히 보니 창이 꽂혀 있는 게 아니겠어요? 뭐가 뭔지 전혀 모르겠더군요. 그러다 문득 창고를 봤는데 불이 켜져 있었어요. 무슨 일인가 싶어 들어가 봤더니 창고 안은 엉망이고 나카하라는 묶인 채 끙끙대고 있었습니다. 순간 머릿속이 하얘졌죠.

아무것도 생각할 수 없었습니다. 멍한 상태에서 나카하라의 손발과 입에 붙은 비닐테이프를 뜯어냈습니다. ……테이프요? 그건 창고에 있는 겁니다. 나카하라에게 사정 얘기를 들으려 했지만 너무 정신이 없는 상태라 제대로 대답을 못 하더군요. 게다가 실신한 시간이 꽤 길었던지 니와 군에 대해서는 전혀 몰랐습니다. 그녀를 차에 태우고 일단 기숙사로 돌아온 후 다시 한 번 운동장 근처를 둘러봤습니다. 그러는 와중에 그 피를 발견한 겁니다. 처음에는 기름 같은 게 아닐까 생각했습니다. 도로 위에 저런 게 있으면 위험하지 않을까, 하고. 그렇게 많은 양의 피는 지금까지 본 적이 없었으니까요. 하지만 자세히 보니 색깔이 이상했고 쓸린 흔적 같은 게 도로 옆까지 이어져 있어서 차에서 손전등을 들고 나와 도로 밑을 비쳐봤습니다. ……처음에는 인형인가 생각했습니다.

아니, 정말입니다. 엄청난 양의 피를 보면서도 금세 사체라고는 알아볼 수 없었습니다. 의아했습니다. 1초 정도쯤이었을까요. 그 후 다시 기숙사로 돌아왔습니다. 그리고 경찰에 연락한 겁니다."

변사체가 확인된 시점부터 긴급 검문이 실시됐다. 사망 추정 시각으로 보면 사건이 발생한 지 약 두 시간이 지난 것으로 추정됐다. 그 때문에 범인이 자동차로 도주했을 경우에는 이미 하치오지 서 관내는 물론 도쿄를 벗어날 수 있기 때문에 고속도로마다 출입구 및 요금소를 비롯해 가장 가까운 역 등 주요 지점을 중심으로 인원을 배치해서 수상한 자동차나 사람을 살피도록 했다. 또 부근 일대의 탐문 수사도 시작했다. 집에서 쉬고 있던 서장이 급히 달려 나와 직접 수사를 지휘했다.

사체가 투기된 지점은 운동장에서 약 700미터 떨어진 곳이었다. 혈흔으로 보아 도로 위에서 살해한 후 제방 밑으로 굴린 것으로 보였다.

신원은 곧 확인됐다. 바로 가쓰라화학공업 육상부 코치 니와 준야였다. 가슴 중앙에 자창이 있었는데 창이 등을 관통한 상태였다. 흉기는 사체 바로 옆에 버려져 있던 육상경기용 창으로 판명됐다. 그것이 가쓰라화학공업 육상부 소유라는 것은 이부키가 증언했다. 범인은 피해자를 제방 밑으로 굴리기 위해 창을 뺀 것 같은데 그 때문에 출혈이 심해져서 피해자가 죽음에 이르는 시간도 짧아졌을 것으로 추정됐다.

또 흉기의 길이로 봐서 범인에게 피가 튀었을 가능성은 적을 것 같다는 게 감식반의 견해였다.

현장 부근은 민가가 없는 데다 도로는 앞쪽이 아직 공사 중이어서 교통량이 적었다. 그 때문에 수사진 역시 목격자가 나올 거라는 기대는 거의 하지 않았다.

수사관들은 범인이 총을 사용하지 않았기 때문에 최근 2~3일 동안 일어난 연쇄살인사건과 곧바로 연결시키지 못했다. 그러나 마침내 정신을 차린 나카하라 유미코의 증언이 그들에게 단서가 됐다. 그녀가 띄엄띄엄, 그리고 횡설수설 얘기한 내용은 다음과 같다.

"연습이 끝나고 창고에 도구를 가져다놓으려고 갔는데 누군가가 갑자기 입을 막았습니다. 그 후 권총을 들이대고 억지로 숨게 했습니다. 곧이어 다무라가 들어왔는데 소리를 내면 죽이겠다고 해서 떨면서 잠자코 있었습니다. 그때는 아직 창문으로 빛이 들어오고 있었기 때문에 아주 캄캄하진 않았습니다. 범인은 제게 권총을 들이댄 채 로커를 뒤져 비닐테이프를 찾아냈습니다. 그리고 한손으로 우선 제 다리를 고정하고 이어서 팔을 뒤로 돌리게 한 후 고정한 다음 마지막에 입을 막았습니다. 저는 너무나 무서워서 아무래도 죽게 되는 것은 아닐까 생각했습니다.

범인은 키가 아주 큰 여성입니다. 저보다 20센티미터 이상

컸던 것 같습니다. 게다가 여자라고는 믿을 수 없을 정도로 근육이 발달해 있었고 힘도 엄청 셌습니다.

얼굴은 잘 기억나지 않습니다. 그때는 선글라스를 끼고 있었으니까요. 하지만 일본인이라고 하기에는 이목구비가 너무 또렷했어요. 검은 점퍼 같은 것을 입고 있었습니다. 밑에는 자전거용 레이싱 팬츠였고요. 똑같은 브랜드 제품을 저도 가지고 있습니다. 이윽고 어두워져 저는 잠들어버렸습니다. 그렇게 무서운 상황에서 잠이 든다는 게 이상하겠지만 너무 오래 긴장한 탓에 신경이 지쳐 버린 것 같아요. 눈을 뜬 것은 아주 큰 소리가 났기 때문입니다.

눈을 떴을 때 순간 제가 어디 있는지 갈피를 잡지 못했습니다. 마치 태풍이 지나간 것처럼 주위는 엉망이었습니다. 멍하니 있는데 바로 앞에 쓰러져 있던 사물함이 움직이더니 안에서 범인인 여자가 나타났습니다. 그녀는 거치적거리는 것들을 치우고 쓰러져 있던 창 몇 개를 가지고 창고를 나갔습니다. 그 뒤의 일은 잘 모르겠습니다. 다만 밖에서 격렬한 소리가 들렸습니다. 뭔가 부딪히는 소리였습니다. 잠시 후 범인 여성이 돌아와 벗어놓았던 검은 점퍼를 입고 떨어져 있던 지도를 주워 다시 창고를 나갔습니다. 그러는 동안 그녀는 한 번도 저를 보지 않았습니다. 그 후 저는 도움을 요청하려 했지만 아무것도 할 수 없었습니다. 그래서 감독님이 왔을 때는 눈물이 멈추지 않았습니다."

이 증언 속에 중요한 단서가 숨어 있었다. 장신의 여자, 검은색 점퍼, 레이싱 팬츠, 선글라스. 그리고 무엇보다 권총.

경시청 본부에서 수배를 내린 연쇄살인범의 특징과 딱 맞아떨어졌다. 곧바로 흉기에서 채취된 지문 조회가 이루어졌고 동일범이라는 사실이 확인됐다.

이 시점에서 모든 방면의 경찰서 관할에 긴급 수배령이 떨어졌다. 범인이 차를 이용하지 않는다는 것은 지금까지의 사건 경과를 통해 확인되었다. 따라서 상식적으로 생각하면 가장 가까운 교통 기관을 이용했을 게 분명했다. 그러나 이 범인의 경우 도보 혹은 자전거로 상당한 장거리 도주를 할 가능성도 높았다. 게다가 그 속도는 보통 사람의 수준을 훨씬 능가하는 것이었다.

수상한 자는 개미 한 마리 빠져나가게 하지 마라! 각 지구 경계에 배치된 경관들에게 본부로부터 강력한 지시가 떨어졌다. 하지만 열성적인 수사에도 범인의 행방은 잡히지 않았다. 시간이 흐를수록 포위망을 더 넓혀야만 했고 그럴수록 검거 가능성은 낮아졌다. 자정을 지나면서부터 수사관들 사이에 초조함이 생기기 시작했다.

그리고 그런 초조함을 비웃기라도 하듯 그들에게 긴급 연락이 들어왔다.

❖ ❖ ❖

여자는 니와 준야를 살해한 후 가쓰라화학공업 육상부 기숙사 주차장에 숨어 있었다.

자전거를 훔치기 위해서였다. 자기 다리만으로는 도망치는 데 한계가 있었다. 아직은 한밤중이라고 해도 사체가 곧 발각될 가능성은 충분히 있었다. 그리고 무엇보다 그녀는 자신이 죽여야 할 남은 두 사람에게 한시라도 빨리 가고 싶었다. 그들이 있는 곳까지는 틀림없이 꽤 거리가 멀 것이다.

주차장 구석의 자전거 보관대에 열 대 정도의 자전거가 있었다. 모두 새 제품들이었다. 대부분 자물쇠가 달려 있지 않았다. 그녀는 기이하게 여겼지만 동시에 고마운 일이기도 했다. 그녀는 잠겨 있지 않은 자전거 중에서 가능한 크고 가벼운 것을 골랐다.

여자는 드롭 핸들의 로드레이서를 타고 밤거리로 나섰다. 이틀 전까지 탔던 산악자전거와는 비교할 수 없을 정도로 빨랐다.

하지만 여전히 지리에는 약했다. 일단 밝은 곳을 목표로 페달을 밟아 시가지로 나왔지만 거기서부터 어떻게 가야 하는지 알 수 없었다. 지도를 봐도 지금 여기가 어딘지 도무지 알수가 없었다. 이 지도는 이제 방해만 될 뿐이었다. 사쿠라와 히우라가 사는 곳은 지도 첫 번째 페이지에 있었다. 그녀는 그 페이지만 찢어 보관하고 나머지는 버렸다.

분명한 것은 동쪽으로 가야 한다는 것이었다. 그녀는 이곳까지 택시를 타고 오는 동안 태양의 위치로 방향을 확인했다. 택시는 서쪽을 향해 달렸다.

그래서 여자는 오로지 동쪽을 향해 묵묵히 달렸다. 호수 별장에서 나왔을 때와 마찬가지였다. 방위의 근거는 북극성이다. 오늘밤 날씨가 좋은 것도 그녀에게는 행운이었다.

그렇다고는 해도 도쿄 하늘에는 그녀의 고향과 비교하면 반도 안 되는 별이 떠 있었다. 도중에 허기를 느껴 눈에 띄는 편의점에 들어가 햄버거를 사 먹었다. 그때서야 가진 돈이 거의 다 떨어졌다는 사실을 깨달았다. 그러나 그 사실이 그녀를 불안에 떨게 하지는 못했다.

비교적 교통량이 많은 도로 앞 교차로에 경찰 두 명이 서 있는 게 보였다. 그들은 차를 멈춰 세우고 운전기사에게 말을 걸고 있었다. 뒤따라 지나가던 차도 멈춰 섰다.

그녀는 자전거 방향을 바꿔 옆길로 들어섰다. 주택 사이로 난 좁은 골목이었는데 개의치 않고 계속 나아갔다.

가늘고 복잡한 길을 달려 얼마 후 조금 큰 도로로 나왔다. 그녀는 방향을 확인한 후 다시 달리기 시작했다. 주위는 공장지대처럼 보였다. 한참을 달렸을 때 뒤쪽에서 엔진 소리가 다가왔다. 그녀는 도로 옆으로 비켜났다. 엔진 소리는 하나가 아니라 여러 개가 겹쳐 들렸다. 그 소리는 점점 더 커지더니 그녀의 배와 귀를 울렸다. 그녀는 페달을 밟으면서 뒤를 돌아봤다. 무질서한 여러 개의 헤드라이트가 엄청난 기세로 다가오고 있었다.

그녀는 영문을 모른 채 그저 자전거 페달을 열심히 밟았다. 곧 뒤쪽의 오토바이 무리가 그녀를 쫓아왔다. 그러나 추월하려고 하지는 않았다. 정신을 차리고 보니 그들에게 포위된 상태였다. 그녀는 라이더들을 봤다. 대부분 헬멧을 쓰고 있지 않았다. 얼굴을 보니 10대 정도로 보였다. 의논이라도 한 듯 전투복 같은 것을 입고 있었다.

"야호! 여자네!"

그들 중 하나가 소리를 질렀다. 그것을 신호로 주위에서 환호성을 질렀다.

"대단한 몸이다!"

"먹이다! 먹이!"

그녀는 그들이 무슨 소리를 하는지 도통 알 수가 없었다. 그중 오토바이 두 대가 양쪽에서 자전거를 끼듯 접근해왔다. 두 대의 오토바이에는 각각 두 명씩 타고 있었다. 갑자기 뒷자리에 앉은 두 사람이 그녀의 자전거 핸들을 잡았다. 그와 동시에 그들은 속도를 올렸다.

두 대의 오토바이에 끌려가는 형태로 그녀의 자전거가 달렸다.

이 상황에 이르러서야 그녀는 그들이 자신을 어딘가로 끌고 가려는 것이라고 알아차렸다. 사흘 전에 죽인 사륜구동의 남자들이 떠올랐다. 아마도 그들과 같은 목적일 것이다. 또 그 SHIBUYA라는 거리에 있던 젊은이들도 떠올랐다. 오토바이를 탄 이 녀석들도 그들과 같은 인간임에 틀림없다. 똑같은 표정을 짓고 있기 때문이다.

그들은 환호성을 지르면서 도로를 점거하고 달렸다. 가끔 전방에 자동차가 나타났는데 이 녀석들이 다가오는 것을 느꼈는지 서둘러 옆길로 들어가버렸다.

"짭새다!"

맨 앞에 있던 남자가 외쳤다. 앞에 빨간 경찰차 경광등이 보였다. 주변에 경관의 모습도 있었다.

"여자를 숨겨!"

두 번째로 달리던 남자가 외치자 그녀 주위로 녀석들이 모여들었다. 그러자 그 남자가 다시 목소리를 높였다.

"날려버려!"

일제히 엔진 소리를 내며 속도를 올렸다.

경관 둘이 저지하려고 도로로 나섰다. 하지만 그들은 속도를 떨어뜨리지 않았다. 폭음을 울리며 돌진한다. 경찰차 안에서 뭐라고 외치는 소리가 들렸다. 주의를 주는 거겠지만 뭐라고 하는지 하나도 들리지 않았다. 아슬아슬한 순간까지 버티고 제지하던 경관은 어쩔 수 없이 옆으로 피했다.

라이더들은 우렁차게 소리를 질러댔다.

"못 쫓아오겠지."

"간담이 서늘했을걸."

그들은 경찰차 경광등이 보이지 않자 오토바이 속도를 줄였다.

"좋아! 저기서 하자."

리더로 보이는 남자의 지시로 무리는 옆길로 들어섰다. 그 모퉁이에 큰 건물이 있었고 그 뒤로 넓은 주차장이 펼쳐져 있었다. 그곳으로 들어간 뒤에야 마침내 그녀 양쪽에 있던 오토바이가 떨어졌다. 그녀는 자전거에서 내려 그 자리에 섰다. 그 주위를 무리들이 빙글빙글 돌았다. 몇 바퀴 계속 돌고 나서 리더인 남자가 그녀 앞에 서고 이어서 다른 사람들도 그녀를 에워싼 채 정지했다.

"거구라고 생각하긴 했는데 외국인가?"

리더가 오토바이에서 내려 한 걸음 다가왔다. 이 계절에 가죽점퍼를 입고 모히칸 스타일의 머리를 스프레이로 고정하고 짙은 선글라스를 끼고 있었다.

"대단한 맛이겠는걸. 뭐, 좋아! 일단 해보자. 저 정도니 우리 전부도 상대할 수 있겠지. 두 번씩도 가능하겠어."

불쾌한 웃음이 여기저기서 터져 나왔다.

리더 남자가 목을 까딱했다.

"잡아!"

두 남자가 다가와 그녀의 손목을 잡으려 했다. 하지만 둘 다 그다지 강한 힘은 아니었다. 그녀는 몸을 살짝 움직여 뿌리치고 한쪽 남자의 팔을 거꾸로 비틀었다. 그 남자는 비명을 지르며 콘크리트 바닥으로 나뒹굴었다.

이어서 또 다른 남자의 멱살을 움켜쥐고 들어 올렸다. 놀라우리만치 가벼운 몸이었다. 그녀는 농구공을 패스하듯 그대로 앞으로 던졌다. 남자의 몸이 구르며 뒷머리가 부딪히는 둔탁한 소리가 났다.

"반항하겠다는 건가?"

뜻밖의 저항에 리더인 남자는 낯빛을 바꾸고 바지 주머니에서 잭나이프를 꺼냈다. 주변의 몇몇 일당들도 그와 같은 행동을 했다. 파이프 같은 것을 휘두르는 사람도 있었다.

"죽고 싶지 않다면 순순히 다 벗고 엉덩이를 내밀지."

리더가 으름장을 놓았다.

그녀는 점퍼 주머니에 손을 넣고 권총을 꺼냈다. 그러자 녀석들의 태도가 변했다. 전원이 뒷걸음질을 쳤다.

"멍청이들아! 가짜야!"

리더가 큰소리를 쳤다.

"이런 거에 겁먹지 마."

그녀는 공이치기를 풀고 천천히 겨눴다. 리더의 얼굴이 뻣뻣해졌다.

"쏠 수 있겠어?"

그는 희미한 미소를 지었다.

"쏠 테면 쏴봐!"

그녀는 방아쇠를 당겼다. 큰 충격음이 나고 남자의 몸이 붕 떴다 대자로 떨어졌다. 화약 냄새와 함께 정적이 찾아왔다.

그 순간이 지나자 공황 상태가 찾아왔다. 그녀가 권총을 다른 사람에게 겨누자 그들은 리더를 그대로 둔 채 각자 오토바이에 탔다.

딱 한 사람, 어물대는 남자가 있었다. 오토바이 엔진이 잘 걸리지 않는 모양이었다. 그녀는 성큼성큼 다가갔다. 남자는 비명을 질렀다.

그녀는 남자의 등에 총을 대고 빈손으로 앞을 가리켰다.

"어디로…… 가면…… 돼?"

그녀는 하늘을 봤다. 북극성을 금방 발견할 수 없었다. 그녀는 동쪽을 가리켰다.

남자는 오토바이를 출발시켰다. 그녀는 오른손에 총을 든 채 왼손으로 그의 몸통을 안았다.

❖❖❖

약 30분 뒤, 오토바이는 도심 가까이에 이르렀다.

"조금만 더 가면 신주쿠야."

남자가 말했다.

신주쿠라면 그녀도 안다. 남자에게 손으로 지시해 인적 없
는 곳에서 오토바이를 세웠다.

그녀는 점퍼 주머니에서 지도에서 찢어낸 페이지를 꺼내
남자에게 내밀었다. 그리고 지면을 가리켰다.

"여기가 어디쯤이냐고?"

남자가 물었다.

그녀는 끄덕였다.

그는 시선을 지도에 한동안 멈춘 뒤 "이쯤이야" 하며 손가
락으로 가리켰다. 그녀는 그것을 확인하고 지도를 돌려받은
다음 턱으로 가라고 지시했다. 남자는 안심한 표정으로 오토
바이에 탔다.

그러나 그가 시동을 걸기 직전 그녀는 권총을 든 손을 쳐들
어 뒷머리를 가격했다. 총신으로 정수리 조금 위를 가격하자
남자는 순간 몸을 비틀었지만 실이 끊어진 마리오네트 인형
처럼 쓰러졌다.

오토바이도 따라 넘어졌다.

그녀는 권총을 주머니에 넣고 다시 밤거리를 두 발로 달리기 시작했다.

그날 밤 시토 일행에게 하치오지 사건에 대한 연락이 왔다.

일련의 사건이라고 판단해서가 아니라 경우에 따라 범인이 인접해 있는 야마나시 현 쪽으로 도주할 가능성이 있었기 때문이다.

곧바로 현 경계를 중심으로 검문이 이뤄졌다.

시토는 야마나카 호수의 수사본부에 머물면서 도쿄에서 오는 정보를 듣고 있었다. 그렇지만 범인 체포에 열을 올리고 있는 경시청 사람들이 일부러 상황을 알려줄 리 없었다. 세이조 서에 파견된 야마나시 현경 수사관이 독자적으로 정보를 수집해 연락해 왔다.

시토로서는 이가 갈리는 상황이었다. 이 범인만은 어떡하든 자기 손으로 잡고 싶었다. 첫 사건이 자신들 관할에서 일어났다는 이유도 있지만 무엇보다 자기 대신 죽은 요시무라 순사의 원수를 갚고 싶었다.

니와 준야라는 전직 육상선수가 살해됐다는 소식은 시토에게 큰 충격이었다. 그 이름이라면 기억하고 있었기 때문이다. 세이조 서에서 네기시가 보여줬던 명단에 있었다. 그 명단은 고엔지에 사는 스포츠 관계자를 뽑은 것이었다. 네기시의 말로는 명단에 실린 사람 주변에 수사관을 배치했다고 했는데 니와 준야는 하치오지로 나와 있었기 때문에 포위망에서 벗어난 모양이었다.

육상계에서 부정을 저지르는 사람은 없다고 단언했던 데이토 대학의 나카사이 교수의 말이 떠올랐다. 범인이 니와를 노린 이상 그 역시 어떤 형태로든 센도와 관련이 있다고 생각할 수밖에 없다. 그것은 곧 자살한 오가사와라 아키라나 살해된 안조 다쿠마와 마찬가지로 도핑에 관여했다는 말이 아닌가.

장거리 스키선수에 역도, 거기다 이번에는 단거리 육상선수라……. 종목이 아주 다양한 것에 시토는 위협을 느꼈다. 범인이 다음에 어떤 선수를 대상으로 삼을지 전혀 예상할 수 없었다. 그는 직접 수갑을 채우고 싶다고 생각하면서도 범인이 오늘 밤에라도 체포되기를 간절히 바랐다.

그건 그렇고 범인은 니와 준야가 하치오지에 있다는 걸 어떻게 알았을까. 서점에서 지도를 샀을 때 범인은 점원에게 주소 세 개를 보여줬다. 그중 하나가 고엔지였다고 했다. 아마도 그게 니와의 주소였을 텐데, 그렇다면 범인은 왜 고엔지에 나타나지 않았을까.

시토가 한창 추리를 하고 있는데 옆 전화가 울렸다. 수화기를 든 이는 야마시나 경부였다. 그는 두세 마디하고는 전화를 끊었다.

"어디서 온 겁니까?"

"현경 본부다. 현 경계 검문이 해제됐다고 한다. 아무래도 범인이 이쪽으로 오지 않을 것이라는 사실을 알게 된 모양이야."

"무슨 단서라도?"

"글쎄, 자세한 것은 모르겠다."

야마시나는 우울한 표정으로 고개를 갸웃했다.

그리고 잠시 후 전화가 또 울렸다. 이번에도 야마시나가 받았다.

상대 얘기를 듣는 그의 얼굴이 서서히 창백해졌다.

"그런가. ……알겠다. 또 무슨 일이 있으면 연락해주게."

수화기를 놓은 야마시나는 천장을 올려다보고 후유, 긴 한숨을 내쉬었다. 그리고 시토 쪽을 보며 힘없이 읊조렸다.

"당했다는군."

"포위망을 뚫었다는 말입니까?"

가나이가 물었다.

"아마도. 게다가 그것만이 아니네."

"그럼?"

"폭주족으로 보이는 남자의 사살된 사체가 발견됐다."

시토는 자기도 모르게 의자를 박차고 일어섰다. 그의 얼굴을 보면서 야마시나는 계속 말을 이었다.

"니와 준야가 살해된 지점에서 동남쪽으로 약 10킬로미터쯤 떨어진 곳이라는군. 도로변에 세워진 가구센터 뒤쪽 주차장에 쓰러져 있었다고 하네."

"범행 추정 시각은 언제입니까?"

시토가 물었다.

"자세한 상황은 아직 모르지만 한 시간쯤 전에 발견됐다고 한다. 그 무렵 폭주족이 돌아다니는 소리를 이웃 주민이 들었다는군."

"그게 동일범이라는 근거가 있습니까?"

그렇게 생각하고 싶지 않았던 시토의 목소리가 저절로 날카로워졌다.

"전화다."

야마시나가 말했다.

"전화?"

"제보전화가 왔다고 한다. 가구센터 뒤에 폭주족 리더가 총에 맞아 죽었다고. 그래서 사체를 발견한 모양이야. 그 전화내용에 따르면 총을 쏜 것은 외국 여자. 검은 점퍼를 입은 엄청나게 키가 큰 여자라고. 아마 폭주족 중 하나가 전화했겠지. 휘말리는 게 두려워 도망을 치긴 했는데 사체를 그대로 두는 게 마음에 걸려 경찰에 제보한 것 같다."

"키가 큰 외국 여자……."

그렇다면 틀림없다. 또다시 요시무라 순사의 권총이 사용된 것이다. 시토는 실망과 함께 격렬한 분노에 사로잡혔다.

그 후 들어온 정보는 수사진에게 좋은 뉴스가 아니었다. 상당한 인원을 동원한 긴급 수배도 무위로 돌아갔다는 것이다. 그리고 새벽 2시가 지났을 무렵 또 다른 정보가 들어왔다. 신주쿠 근처 노상에서 젊은이가 쓰러져 있는 걸 발견했다는 것이다. 머리를 둔기 같은 것으로 세게 얻어맞아 아직도 의식불명 상태였다. 하지만 복장과 옆에 있던 파이프 등으로 미루어 살해당한 폭주족 일당일 공산이 컸다. 그것 역시 범인의 짓이라면 범인은 도심으로 돌아왔다는 소리다.

"다음 표적을 노리기 위해서겠지."

가나이가 동의를 구해왔다. 시토로서도 긍정할 수밖에 없었다.

범인이 서점 직원에게 보여줬던 주소 세 개는 모두 도쿄 도였다.

"도심에 숨었다면 키가 큰 외국 여자라는 것만으로 쉽게 찾진 못할 텐데."

야마시나가 충혈된 눈을 문지르며 중얼댔다.

격렬한 흔들림에 눈을 떴다.

그런데도 곧바로 초점이 맞지 않았다. "큰일났어. 큰일!"이
라는 목소리가 멍한 머릿속에 울렸다.

유스케가 눈을 뜨자 사요코의 심각한 얼굴이 눈앞에 있었다.

"왜 그래?"

"니와 씨가……."

그녀는 거기까지 말하고 입을 다물었다. 더 이상 말하고 싶
지 않다는 표정이었다. 그것을 보고 유스케는 어떤 예감을
느꼈다.

불길한 예감이었다. 즉시 몸을 일으켰다.

"준야가 어떻게 됐어?"

"지금, 뉴스에서…… 하치오지 운동장 근처에서…… 살해
됐대."

침대에서 벌떡 일어섰다. 그리고 잠옷 바람으로 거실로 가
서 TV를 켰다.

리모컨을 이용해 눈이 돌아갈 정도로 채널을 바꿨지만 어

디에도 문제의 뉴스는 나오지 않았다. 유스케는 채널을 한 곳에 고정하고 마음을 진정시키기 위해 얼굴을 문질렀다. 하필 이럴 때 태평스러운 뉴스만 연이어 나오고 있었다.

준야가 살해당했다…….

물론 유스케는 무슨 일이 일어났는지 알 수 있었다. 뉴스를 볼 필요도 없었다. 다쿠마를 죽인 타란툴라가 거기까지 마수를 뻗친 것이다.

하지만 '왜'라는 의문이 그의 머릿속에 용솟음쳤다. 왜 그렇게 허무하게 당한 걸까. 준야라고 경계하지 않았을 리 없다. 아니, 누구보다 괴물이 다가오는 것을 두려워하지 않았나. 그래서 고엔지 맨션에서 하치오지 기숙사로 옮겨간 게 아닌가.

"여보……."

사요코가 옆으로 와 유스케의 손에 자기 손을 얹었다. 불안 때문인지 눈동자가 흔들렸다.

"물 좀 줘."

유스케가 말했다.

그녀는 고개를 끄덕이고 일어섰다. 마침 그때 TV 화면에 '하치오지에서 전직 올림픽 대표선수 살해되다'라는 자막이 여성 앵커 밑으로 나타났다.

"어젯밤 10시 무렵, 가쓰라화학공업 육상부 기숙사 아오바장 근처에서 이 육상부의 코치 니와 준야 씨가 살해되는 사건이 일어났습니다. 발견한 사람은 이부키 감독으로……."

뉴스 앵커가 사무적으로 말하는 단어 하나하나가 유스케의 위장을 쥐어짜는 것 같았다. 특히 창이 꽂힌 자동차 영상은 마치 자신의 사체처럼 느껴지기도 했다.

이어서 앵커는 폭주족 살해 소식도 전했다. 사살, 동일범, 그리고 도심으로 돌아왔을 공산이 크다……. 모두 나쁜 뉴스였다.

유스케는 다른 뉴스가 시작된 후에도 넋을 놓은 채 꼼짝도 못했다. 정신을 차리니 바로 옆에 사요코가 컵을 들고 서 있었다. 컵에는 물이 들어 있었다.

"아아…… 고마워."

목이 말랐다. 컵을 받아들고 단숨에 들이켰다. 그런데 기관지로 물이 들어가는 바람에 사레가 들리고 말았다. 사요코가 수건을 가져오자 그것을 받아 입가를 눌렀다. 얼마 후 기침은 멎었지만 유스케는 수건을 이마에 댄 채 한동안 그러고 있었다. 머릿속이 텅 비었다.

"여보!"

사요코가 불렀다.

"괜찮아?"

"응. 괜찮아. 너무 놀라 신경이 날카로워졌나 봐. 하지만 지금은 가라앉았어."

"그래……."

그녀는 한동안 잠자코 있다가 "저기" 하며 말을 걸었다.

"이틀 전쯤에 니와 씨한테 갔잖아. 혹시 이번 일과 관련이 있는 거야?"

유스케는 얼굴에서 수건을 떼고 아내의 얼굴을 봤다. 그녀도 그를 똑바로 쳐다보고 있었다.

예민한 여자다. 평소에는 그렇지 않은데 문득문득 명민함을 드러낸다. 어쩌지……. 순간 망설였다. 아내에게 다 털어놓는 게 좋지 않을까 생각했다. 그러나 곧 그 생각을 지웠다. 이 고통만은 아내와 나눌 수 없었다.

"아니야."

그는 고개를 저었다.

"전혀 관계없어. 원고에 대해 조언을 구한 것뿐이야."

"정말?"

"진짜야."

"그렇다면 괜찮지만…… 그럼, 당신도 짚이는 게 없겠네?"

"아아, 그래서 놀랐어. 믿기지 않아. 뭐가 어떻게 된 건지 도무지 모르겠어."

"그래."

사요코가 살짝 고개를 끄덕였다. 그러나 그녀의 눈에서 불안감이 사라지지는 않았다.

"잠깐 나갔다 올게."

유스케는 의자에서 일어섰다.

"어디에 가는데?"

"정보 좀 얻으러. 일에 쓸모가 있을지 모르니까."

"아침은?"

"됐어."

방에서 옷을 갈아입고 자동차 키를 들고 방을 나섰다. 현관을 나설 때 배웅하는 사요코의 눈을 똑바로 쳐다볼 수 없었다.

집을 나와 차에 탔지만 어디로 가야 할지 알 수 없었다. 어쨌든 방에 우두커니 있을 수가 없었다. 그 괴물이 자신에게도 오지 않을까 하는 공포 때문에 평상심을 유지할 자신이 없었다. 그리고 그런 두려움을 사요코에게 들킬까 봐 겁이 났다. 그녀도 이미 뭔가를 느끼고 있을지 모르겠지만.

마음에 걸리는 게 하나 있다.

범인 여자……. 센도가 타란툴라라고 불렀던 여자가 어떻게 준야가 있는 곳을 알아낸 것일까. 물론 방법이 없는 건 아니다. 고엔지 맨션에 갔다가 그가 없다는 것을 알아내고 회사에 문의하면 금방 알 수 있다. 육상부는 하치오지에 있다고 알려줬을 테니까. 그러나 일본인이 아닌 여자가 그렇게까지 할 수 있을까. 일단 고엔지 맨션에 그가 돌아오길 기다렸던 건 아닐까.

유스케가 이 점에 매달리는 데는 이유가 있다.

지금까지 그는 자신이 다른 동료보다 유리하다고 생각했다. 준야가 말한 대로 최근 이사를 해서 타란툴라에게 거처가 드러날 우려가 적었기 때문이다. 준야도 그런 효과를 기대하고 기숙사로 거처를 옮긴 것이다.

그런데 바로 그 준야가 살해되었다. 거기에 어떤 경위가 있는지는 명확하지 않지만 거처가 드러나지 않았다는 점도 전혀 안심할 수 없는 상황이 된 것이다.

게다가 살해 방법도 상당히 위협적이었다.

다쿠마 때도 그랬지만 범인은 자신의 초인적인 힘을 맹목적으로 사용하지 않았다. 상대의 허를 찔러 뜻밖의 방법으로 접근했다. 준야를 죽이기 위해 우선 여자부원을 점찍은 게 특히 마음에 걸렸다. 자신에게 덫을 놓을 경우 틀림없이 제일 먼저 사요코를 노릴 것이라 예상했다. 그것만은 절대로 피해야 한다.

목적지도 없이 자동차를 운전하던 유스케는 공중전화를 발견하고 도로 옆에 차를 세운 뒤 쇼코의 집에 전화를 걸었다. 하지만 그녀 대신 부재중 메시지만 흘러나왔다. 그는 약간 망설이다 결국 메시지를 남기지 않고 전화를 끊었다. 거기에는 스스로도 비겁하다고 생각하는 계산이 뒤따랐다. 혹시 쇼코가 살해당했다면 경찰은 당연히 그녀의 방을 조사할 것이다. 그때 자신의 목소리가 발견될 우려가 있었던 것이다.

전화 부스에서 나오면서 바로 옆에 목공예 도구를 주로 판매하는 쇼핑센터가 있는 걸 발견했다. 그는 차를 그곳 주차장에 세우고 안으로 들어갔다.

에스컬레이터 옆에 붙어 있는 점포 안내에서 '도검류'라는 글자를 찾았다. 2층에 있었다. 그는 에스컬레이터를 탔다.

묵직한 덩어리가 가슴 밑에 가라앉아 있다. 어떻게 할지 확실히 결정한 건 아니었다. 그러나 자신이 선택할 수 있는 길이 너무 적다는 건 알고 있다. 그리고 어떤 결론에 도달할지도 희미하게나마 깨닫고 있었다. 그렇기 때문에 이렇게 에스컬레이터를 타고 있는 것이다.

도검류 매장은 2층 구석에 있었다. 여러 종류의 식칼과 나이프가 유리 진열장 안에 진열되어 있었다.

'어떤 게 좋을까.'

유스케는 생각했다.

그는 지금까지 칼을 휘두른 적이 없다. 물론 사람을 다치게 한 적도 없다. 그래서 그런 목적을 달성하기 위해 어떤 모양의 칼을 골라야 할지 알 수 없었다.

"나이프가 필요하세요?"

햇볕에 얼굴이 잘 그을린 남자 점원이 다가왔다. 어느새 유스케는 아웃도어용 나이프 코너에 있었다.

"캠프에 사용할 거면 이 정도가 좋습니다만."

점원은 접이식으로 길이가 10센티미터 정도인 칼을 꺼냈다. 유스케는 그것을 쥐어봤다. 의외로 가벼웠다. 그러고는 이 나이프를 들고 괴물 같은 여자와 대치하는 모습을 상상했다. 거대한 적을 쓰러뜨리기에는 턱없이 부족해 보였다.

"다른 것도 많습니다."

점원이 말했다.

"카라미스, 퓨마, 백, 가마, 국산 중에서는 에이지 러셀……."

"좀 더 큰 건 없나요?"

유스케가 말을 꺼냈다.

"길고 두껍고 단단한 거요."

"잠시만 기다려주세요."

안으로 들어간 점원이 가지고 온 것은 길이도 두께도 조금 전 나이프의 배 이상 되는 것이었다. 들어보니 묵직한 중량감이 느껴졌다.

"좋은 물건입니다. 제대로 된 거죠."

유스케는 이 나이프로 상대를 찌르는 감촉을 상상했다. 자신이 할 수 있을까. 그러나 하지 않으면 자신이 당한다.

"이걸로 주세요."

칼을 접어 점원에게 건넸다.

15일 오후, 시토를 포함한 수사관 네 명은 야마시나의 인솔 아래 도쿄로 출발했다.

어젯밤 사건과 관련해 하치오지 서에 설치된 수사본부에서 열리는 수사회의에 참석하기 위해서였다. 폭주족이 살해된 현장을 관할하는 히노는 물론 자마와 세이조 서 수사본부에서도 수사관들이 모여들었다. 시토로서는 사흘 연속 상경이었다.

"오늘은 우리뿐만 아니라 현경본부의 높으신 분들도 온다는군."

하치오지로 향하는 차 안에서 야마시나가 말했다.

"경시청이 전원 집합에 나선 모양이야. 실책이 이어졌으니 화가 머리끝까지 났겠지."

"새로운 피해자가 세 명, 그중 둘이 죽었다면 경찰 체면이 말이 아니지. 게다가 어젯밤에는 긴급 검문이 내려진 상태에서 당했으니까."

기고시라는 고참 형사가 마치 남의 말을 하듯 말했다.

"높으신 분들이 모인다고 해서 해결책이 나오는 것도 아닐 텐데요."

가장 젊은 후루사와도 솔직한 의견을 늘어놓았다.

"여론에 대한 대응이겠지. 본부장이 쭉 늘어앉은 사진이 오늘 석간에 실리면 경찰도 필사적이라는 분위기가 날 테니까."

야마시나가 무뚝뚝하게 내뱉었다.

실제로 신문을 비롯해 매스컴은 앞을 다퉈 경찰의 무능함을 떠들어대고 있었다. 시토는 그런 양상이 앞으로 더 심해지리라는 것도 각오하고 있었다.

하치오지 서에 도착하자 이미 회의실은 사람들로 꽉 차 있었다.

자마와 세이조 서 수사관은 벌써 도착한 듯했다. 야마시나는 회의 진행을 협의하기 위해 앞쪽으로 나갔다. 시토 일행은 앉을 곳도 찾지 못해 뒤쪽 벽에 기댔다.

옆에서 누군가 어깨를 두드렸다. 돌아보니 세이조 서 수사본부에 있던 네기시 경부보가 약간 피곤한 얼굴로 서 있었다.

"시토 씨도 어젯밤 제대로 못 잤나 보군요."

"네기시 씨도 마찬가지인 것 같네요."

"기대가 너무 컸던 탓에 피로가 더 큰가 봐요. 어젯밤은 체포할 수 있을 것 같았는데 보기 좋게 놓쳐버렸어요."

"범인은 아직도 도심에 있나요?"

"아마도."

네기시는 절레절레 고개를 흔들었다.

"볏짚에서 바늘 찾기지."

드디어 회의가 시작됐다. 경시청 제8본부의 스즈키라는 작은 체구의 경시가 앞에 서서, 우선 사체 발견 당시의 상황과 범인에게 잡혀 있던 여자 선수의 증언 등을 자세히 설명했다.

"다음은 수사 진행 상황입니다. 우선 범인의 행방에 대해 알아보았습니다."

경시의 말과 동시에 앞 칠판에 하치오지를 중심으로 한 대형 지도가 OHP를 통해 비쳐졌다. 이어서 뚱뚱한 남자가 앞으로 나왔다. 수사1과 반장인 듯했다.

"범인이 몇 시쯤부터 현장에 있었는가 입니다만 아무래도 육상부 연습이 끝나는 5시 전에는 도착한 것으로 보입니다. 멀리뛰기 남자 선수가 범인으로 보이는 여자를 목격했기 때문입니다. 꽤 열심히 운동장 안을 보고 있었다는데 필시 니와를 찾으려는 거였겠죠."

시토는 그것만은 아닐 거라고 생각했다. 범행 방법으로 보건대 그때 범인은 납치할 여자 선수를 찾고 있었던 게 분명하다. 애제자가 행방불명이 되면 니와가 찾으러 올 테니까 그것을 노려 죽인다는 계획을 세웠겠지. 무리 속으로 도망친 포획물을 유인해내는 훌륭한 작전이다.

"범인이 가쓰라화학공업의 육상부 기숙사까지 어떻게 갔는지는 유감스럽게도 아직 밝혀지지 않았습니다. 가장 가깝다고는 해도 꽤 거리가 떨어져 있는 역 근처 탐문을 계속하고 있습니다. 또 택시업자들도 조사 중입니다."

시토는 택시를 탔을 가능성이 높다고 생각했다. 이 범인은 목격자에게 얼굴을 들키는 걸 전혀 두려워하지 않기 때문이다.

"다음으로 도주 방법입니다만 범인은 자전거를 사용한 게 확실합니다. 가쓰라화학공업 육상부 기숙사에 있던 자전거 한 대를 도난당했습니다. 로드레이서 타입인데 포장도로를 고속으로 달리는데 적합한 자전거랍니다."

'딱 적당한 자전거군.'

시토는 속으로 중얼거렸다.

"범인은 그 자전거를 타고 먼저 이 운동장 앞길을 북상했으리라 생각됩니다."

뚱뚱한 경부는 펜으로 OHP 위에 덧그리며 설명했다.

"그렇게 말씀드린 것은 약 2킬로미터 떨어진 교차로에서 동쪽으로 약 1킬로미터 지점에 편의점이 있는데 범인이 여기서 햄버거와 우유를 샀기 때문입니다. 가게 점원이 또렷이 기억하고 있었습니다. 그 후 행적은 알 수 없습니다만 아마도 이 근처를 헤맨 후 동남쪽으로 방향을 바꿔 히노 시(日野市)로 들어간 것으로 보입니다. 자전거는 히노 시 진메이의 가구센터 뒤 주차장에 버려졌습니다. 여기는 그 폭주족이 살해된 장소입니다."

경부는 거기까지 얘기하고 자기 자리로 돌아갔다.

"그 후 새벽 2시 조금 넘어 폭주족 중 하나가 나카노 구 야요이초 길거리에 쓰러져 있는 것이 발견됐습니다. 뒷머리를 강하게 얻어맞았습니다. 의사의 허가가 떨어지는 대로 전후 사정을 조사하겠습니다."

다시 스즈키 경시가 이렇게 설명하더니 좌중을 쭉 훑어보고 "그럼 히노 시에서 일어난 폭주족 살해에 대해"라고 말했다. 앞쪽에서 두 형사가 나란히 일어났다. 필시 히노 서에서 온 사람들일 것이다.

"폭주족 리더가 살해됐다는 전화가 히노 서에 걸려온 것은 새벽 0시 5분, 그리고 10분 후에 진메이 파출소 경관이 사체를 확인했습니다. 사체는 주차장 거의 중앙에 자는 것처럼 대자로 쓰러져 있었습니다. 앞가슴에 사입구, 등에 사출구가 있었습니다. 사입구에 오물과 화약 자국이 있는 것으로 보아 범인은 2미터 이내의 근거리에서 총을 쏜 것으로 여겨집니다. 탄환은 현재 찾고 있는 중입니다. 사망 시각은 발견된 시점에서 약 한 시간 전, 그러니까 14일 밤 11시경으로 추정됩니다. 근처 민가에서 들은 바에 따르면 마침 이때쯤 폭주족 같은 사람들이 시끄럽게 굴었다고 합니다. 사체 주위에는 오토바이 타이어 흔적이 여럿 남아 있어 동료들도 함께 있었던 것으로 생각됩니다. 또 조금 전 말씀했던 자전거는 사체에서 약 3미터 떨어진 곳에 쓰러져 있었습니다. 사체의 신원은 마키타 도미카즈. 주소는 ××××. 19세, 무직. '다크 파이어'라는 폭주족 리더입니다. 현재 일당을 찾고 있는데 놈들 모두 거처가 분명치 않아서 다소 시간이 걸릴 듯합니다."

"아마도 얽히는 게 두려워 도망 중이겠지."

스즈키 경시가 힘겹게 내뱉었다.

이때 한 형사가 손을 들고 질문했다.

"범인이 니와 준야를 살해한 게 9시 무렵이라고 하셨으니 이제까지의 얘기를 종합해보면 두 시간에 걸쳐 10킬로미터밖에 못 갔습니다. 폭주족과 얽힌 시간이 얼마나 되는지는 모르겠으나 자전거를 사용한 것치고는 얼마 못 갔네요."

이에 대해 조금 전 지도를 이용해 도주 경로를 설명한 경부가 대답했다.

"자전거를 훔치는 데 다소 시간이 걸렸을 수도 있습니다. 그리고 조금 전에 말씀드렸듯이 범인은 음식을 샀으니 그것을 먹는 데도 시간이 필요했을 겁니다. 그리고 무엇보다 상당히 헤맸을 거라 여겨집니다. 이 주변은 길이 몹시 복잡하니까요."

"11시 시점에서 10킬로미터 범위라면."

다른 곳에서 소리가 났다.

"긴급 검문이 실시된 경관의 눈에 띄지 않은 게 이상하군요. 그런 보고는 전혀 없었습니까?"

"범인을 봤다는 보고는 없었습니다."

뚱뚱한 경부는 이렇게 대답하고 다시 OHP의 스위치를 넣고 지도를 띄웠다.

"다만 한 가지 걸리는 얘기가 있습니다. 히노 시에 들어서자마자 이 지도에 표시된 S지점에서 보행자를 검문하고 있던 경관이 10여 명의 폭주족 그룹을 만났습니다. 아마 조금 전 이름이 거론된 일당일 것이라 생각합니다. 폭주족 그룹은 경관의 제지를 뿌리치고 사라졌습니다. 경관은 이 사건의 범인과 확연히 달랐기 때문에 그들을 추적하지 않았답니다."

"그 폭주족 그룹 안에 범인이 섞여 있었다고 생각하지는 않으십니까?"

"목격한 경관 말로는 그 안에 자전거를 탄 범인이 있다고는 도저히 생각할 수 없었답니다. 그러나 폭주족이 고의로 범인을 숨기려고 했다면 경관의 눈을 피하는 것도 가능했을 겁니다."

자신들의 실수일 수도 있기 때문에 뚱뚱한 경부의 말투가 모호해졌다.

"이어서 범인으로 생각되는 인물에 대해 야마나시 현경에서 설명해주시겠습니다."

스즈키 경시의 소개로 야마시나가 일어섰다. 그는 센도 고레노리 살해 사건부터 일련의 경과를 설명하고 범인은 분명 센도가 캐나다에서 데려온 여자 육상선수일 거라고 말했다.

"동기는 센도를 죽인 범인에 대한 복수가 아닐까, 저희는 그렇게 생각하고 있습니다. 지금 상황에서는 이 범인이 한 사람인지, 여럿인지 확인할 수 없습니다."

그리고 야마시나는 센도가 캐나다에서 스포츠과학을 연구한 것과 자살한 스키선수 오가사와라 아키라가 센도의 지도로 도핑을 했을 가능성이 있다는 것, 그에 대해 일본올림픽위원회가 조사에 나선 것 등을 설명했다.

야마시나에 이어 경시청 고데라 경부가 일어나서 안조 다쿠마의 살해 상황, 안조의 경력, 그리고 안조가 도핑을 했다는 소문에 대해 말했다.

"또한 야마나카 호수에서 센도가 살해된 이달 9일부터 10일에 걸쳐 안조는 거짓 알리바이를 만들었습니다. 따라서 안조는 자신이 현역 시절에 저지른 부정행위를 숨기기 위해 야마나카 호수의 센도 저택에 숨어들어 센도를 죽인 게 아닐까, 저희들은 그렇게 보고 있습니다."

이렇게 간략하게 설명하고 고데라는 자리에 앉았다.

이때부터 회의실 전체가 웅성거리기 시작했다. 수사관 대부분은 사건의 흐름을 몰랐던 탓에 유명 스포츠선수가 속속 연루된 구도에 놀랐을 것이다.

"조용히!"

스즈키 경시가 주의를 줬다.

"그럼 여기서 니와 준야의 약력을 설명하겠습니다."

"예!"라는 대답과 함께 까무잡잡한 형사가 일어섰다.

"니와의 출신지는 지바 현 가와사키 시 ×××. 단거리 육상선수로 현지 고교 육상부에 있을 때부터 주목을 받기 시작해 추천으로 N대학 체육부에 입학. 그 후 전 일본선수권과 전국체전 등에서 항상 상위에 입상했습니다. 전 일본선수권의 첫 우승은 4학년 때 200미터와 400미터에서 우승했습니다. 이후 국내에서는 거의 진 적이 없었고 가쓰라화학공업 입사 후에도 아시아선수권 1회, 올림픽에도 1회 출장했습니다. 3년 전 현역에서 은퇴하고, 이후 코치로 육상부에 남았습니다."

4학년 때부터 강해졌다는 말인가……. 시토는 그 이유를 생각했다. 그때부터 도핑의 효과가 나온 것은 아닐까. 다른 수사관들도 여기서 니와의 스포츠 전적이 소개되는 의미를 깨달은 듯했다.

"학창 시절, 니와가 캐나다에 간 적이 있나요?"

당연한 질문이 나왔다.

"현재 수사 중입니다. 회사 육상부 사람들은 그런 얘길 들어본 적이 없다고 하는데 본인이 숨겼을 가능성도 충분합니다."

그렇게 말하고 까무잡잡한 형사는 고개를 끄덕였다.

"이어서 최근 며칠간 니와의 행적을 설명해주게."

스즈키 경시가 지시했다.

"알겠습니다."

까무잡잡한 형사가 대답했다.

"우선 9일은 평소대로 연습에 참가했습니다. 기숙사 식당에서 저녁을 마치고 귀가. 그러나 고엔지 맨션으로 갔다는 증거는 없습니다. 어쨌든 혼자 사니까요. 10일과 11일에는 평상시대로 출근, 오후부터 육상부 연습에 나왔습니다. 12일에는 아침부터 연습에 참가. 13일은 쉬었습니다. 그리고 어제 14일에 니와는 아침부터 기숙사에 갔습니다. 짐을 옮기기 위해서랍니다. 그 말은 곧 니와가 어제부터 한동안 기숙사에서 머물기로 했기 때문입니다."

또 실내가 술렁였다.

"그것은 언제 결정된 겁니까?"

어디선가 소리가 났다.

"육상부 이부키 감독의 말로는 전날 니와에게 전화가 와서 내일부터 한동안 기숙사에서 지내겠다고 신청해왔다는 겁니다. 선수와 함께 있는 시간을 되도록 오래 가지고 싶다는 게 그 이유인 듯합니다."

"그렇다면 어젯밤은 그대로 하치오지에서 머물렀다는 겁니까?"

"그렇습니다."

피해자의 부자연스러운 행동에 의문을 품었는지 모두 웅성거리기 시작했다. 스즈키 경시가 일어서서 사람들을 진정시켰다.

"모두들 느꼈겠지만 이제까지의 보고로 미루어보아 니와가 도망치려고 했던 게 아닐까 하는 추론이 가능합니다. 안조 다쿠마가 살해되자 다음에 자신이 살해되지 않을까 두려웠던 겁니다. 니와 역시 센도 살해와 관련되어 있다고 보는 게 타당하겠죠."

경시의 말에 몇몇이 고개를 끄덕였다.

이후에도 세세한 보고가 이어졌고 그다음 수사방침이 정해졌다. 도중에 경시청 수사1과의 곤노 경시가 대신 지휘하기 시작했다. 완전한 합동수사체제가 된 것이다.

문제는 범인이 다음에 누굴 노리느냐는 거였다. 아무도 노리지 않는다면 좋겠지만 범인이 시부야 서점에서 여점원에게 보여준 메모에는 주소가 세 개 적혀 있었다고 한다. 세 개 중 하나가 니와의 것이었다면 아직 두 개가 남아 있다.

안조나 니와와 어떤 관계가 있는 전직 운동선수, 과거에 도핑을 했다는 소문이 있는 사람…… . 요컨대 그런 인물을 찾는 데 주력하자는 게 이날 결정된 수사방침이었다. 시토 일행은 센도의 주변을 다시 한 번 조사하게 됐다. 캐나다에서 정보를 수집하는 것은 경시청 본부가 맡기로 했다.

시토 일행은 긴 회의에서 풀려난 후 하치오지 서의 젊은 형사의 안내로 경찰서 1층에 있는 주차장으로 갔다. 거기에 살해된 니와 준야의 차가 있다고 들었기 때문이다. 네기시 일행도 따라나섰다.

"일단 볼 만한 가치는 있습니다."

젊은 형사가 쓴웃음을 지으며 말했다.

그의 말은 결코 지나친 것이 아니었다. 시토는 차를 본 순간 할 말을 잃었다. 그뿐만이 아니라 함께 있던 동료들도 그저 멍하니 자리를 지킬 뿐이었다.

평소에는 아주 튼튼하게 보였을 자동차가 한 사람의 힘으로 이 지경이 될 수 있다는 데 놀라움을 금치 못했다. 창 두 개가 깊이 꽂힌 차체는 거대한 짐승의 사체를 연상시켰다.

"괴물이네."

시토 옆에서 네기시가 중얼거렸다.

유스케는 칼을 산 후 고엔지에 있는 준야의 맨션에 가봤다.

뭔가 정보가 될 만한 것을 찾을 수 있을까 생각해서였다. 맨션 옆에는 경찰차 한 대가 서 있었고, 남자 몇 명이 방을 드나들었다.

유스케는 차를 세우고 근처 책방에 들어가서 책을 읽는 척하며 상황을 봤다. 한참을 그러고 있으니 형사 같은 남자들이 방에서 종이박스를 내왔다. 아마 저 안에 단서가 될 만한 것들이 들어 있겠지. 주소록도 있을지 모른다. 어쩌면 내 이름도 알게 되리라. 유스케는 각오했다.

얼마 후 경관들은 경찰차를 타고 사라졌다. 몇몇 구경꾼도 사라졌다.

유스케는 맨션에 들어가 준야의 옆집 인터폰을 눌렀다. 중년 주부가 도어체인 너머로 얼굴을 내밀었다.

"실은 이런 사람입니다만 잠깐 여쭙고 싶어서요. 잡지 기사로 쓰고 싶은데 절대 폐는 안 끼치겠습니다."

그는 알고 지내는 편집자의 명함을 내밀었다. 지갑 속에 넣고 다니던 것이었다. 본명을 말할 수 없는 터라 출판사 이름이 적혀 있는 게 말을 꺼내기에도 쉬웠다. 주부의 얼굴에서 경계심이 사라지고 도어체인이 벗겨졌다.

"별로 아는 게 없는데요."

"하지만 경찰에게서 뭔가 들은 게 있으시죠?"

"예, 뭐. 키 큰 여자를 본 적 없느냐고."

"보셨나요?"

"저는 못 봤는데 봤다는 사람은 있어요. 요 앞 술집 아저씨. 올려다볼 정도로 컸대요."

역시 그 여자가 여기에 온 모양이다.

"그밖에 어떤 질문을 했나요?"

"예. 니와 씨가 한동안 집을 비운다는 걸 알고 있었느냐고 해서 알고 있었다고 했죠. 문 앞에 연락처를 적은 종이가 붙어 있었으니까요."

"종이요?"

그랬구나! 유스케는 그제야 수긍이 갔다. 그래서 범인이 거처를 알아낸 거구나. 그러나 왜 그런 어처구니없는 짓을……. 유스케는 준야의 심리를 이해할 수 없었다.

"그리고 니와 씨에 대해 이것저것 물었어요."

유스케가 생각에 빠져 있자 오히려 주부가 말을 꺼냈다.

"어떤 사람들과 어울렸는지, 또 최근 상태가 어땠는지, 저는 사실 니와 씨와 만나면 인사나 나눌 정도여서 거의 아는 게 없지만 요즘 손님으로 보이는 사람들이 왔었다고 대답했죠."

"손님? 한 사람이었나요?"

"그렇지 않은 것 같아요. 둘 아니면 셋. 젊은 여자가 끼어 있었어요. 나오는 걸 본 적이 있어요."

유스케는 아마도 자신들을 말하는 것이라 짐작했다. 젊은 여자는 쇼코를 가리키는 거겠지. 경찰이 이 증언을 중요하게 여길 것은 분명했다.

유스케는 인사를 하고 얘기를 끝냈다. 주부는 이것이 기사화되는 잡지가 언제 발매되는지 물었다. 유스케는 적당히 둘러댔다.

그러고 나서 그는 쇼코에게 두 번 전화를 했지만 모두 자동응답 메시지만 들었을 뿐이다. 오늘은 노인의 날이라 공휴일이지만 그녀가 하는 일은 휴일과 상관없다.

순간 쇼코 역시 이미 살해된 게 아닐까 하는 생각이 뇌리를 스쳤다. 있을 수 없는 일은 아니었다. 아직 사체가 발견되지 않았을 뿐일지도.

그것을 확인할 방법을 생각해봤다. 제일 확실한 방법은 그녀의 맨션으로 가서 살펴보는 것이지만 그럴 만한 용기는 없었다.

지금 그 괴물이 그곳을 지키고 있을지도 모른다.

유스케는 오후 3시가 넘어서야 집으로 돌아왔다. 문을 열자 사요코가 불안한 표정으로 다가왔다.

"형사가 기다리고 있어."

"어……."

놀랐지만 얼굴에는 드러내지 않으려고 애썼다.

"오래 기다렸어?"

"아니. 조금 전에 왔어."

유스케는 고개를 끄덕이며 거실로 갔다. 평범한 샐러리맨으로 보이는 두 남자가 소파에 앉아 기다리고 있었다. 그들은 유스케를 보자 일어나 인사했다. 한 사람은 경시청 본부에서 온 형사였고, 또 다른 사람은 세이조 서 형사였다. 나이는 둘 다 마흔 전후로 보였다.

형사들은 우선 사건에 대해 아는지 물었다.

"알고 있습니다. 정말 놀랐습니다. 니와 군과는 육상경기를 하면서 친해졌으니까요."

어느 정도 사실을 말했다. 여기까지 온 이상 형사들도 이 정도는 알고 있을 것이다.

"그런 것 같더군요. 선생님은 허들이고 니와 씨는 단거리라는 차이점은 있지만 전 일본선수권대회 합숙에서 가장 친했다고 하던데."

경시청 형사가 물었다.

"예. 뭐."

벌써 그런 것까지 조사했나. 유스케는 경찰의 조직력에 내심 혀를 내둘렀다.

"실은 이번 사건과 관련해 그 당시 니와 씨가 약물을 복용했다는 말을 들었는데 그에 대해 아시는 게 있습니까?"

"약물을요? 설마."

유스케는 고개를 갸웃했다. 심장 고동 때문에 귓속이 울렸다.

"그가 그런 짓을 했으리라고는 믿을 수 없습니다만……."

"하지만 주변에서 누군가 도핑을 하고 있다는 소문은 없었습니까? 결코 딴 데 발설하지는 않겠습니다."

형사는 아첨하는 듯한 눈빛으로 물었다.

유스케는 고개를 흔들었다.

"들은 적 없습니다. 아무도 그런 짓은 안 했으리라 생각합니다."

"그렇군요."

형사는 납득했다는 표정을 지었다. 그들은 그 후에도 당시 상황과 최근 준야의 상황에 대해 두서없이 이리저리 물어댔다. 유스케는 틈을 보이지 않기 위해 신경을 쓰며 대답했다.

"그럼 요즘에도 니와 씨와 자주 만나셨나요?"

"자주라고 하기는 좀 그렇지만. 현재 육상계 상황에 대해 묻는 정도였죠."

"가장 최근에 만나신 건?"

"예. 그러니까."

유스케는 사요코가 없는 것을 슬쩍 확인하고 대답했다.

"한 달 전쯤입니다."

"히우라 씨 말고 니와 씨가 친하게 지낸 분은 어떤 분입니까?"

"글쎄요. 저는 잘 모르겠습니다만."

"그렇습니까?"

형사는 별로 안타깝지 않은 듯 고개를 끄덕였다.

약 한 시간이 흘렀다. 더 이상 질문할 게 없는 듯 형사들이 일어섰다. 그들을 현관까지 배웅하는데 옆방에서 사요코가 나왔다.

"죄송합니다. 폐 많이 끼쳤습니다."

두 형사가 인사를 하며 문을 열고 나가려는데 세이조 서 형사가 돌아보며 물었다.

"히우라 씨는 캐나다에 가신 적 있나요?"

"아니요……."

"캐나다요. 학창시절에라도."

"아뇨……. 없습니다."

"그래요. 실례가 많았습니다."

다시 인사를 하고 이번에는 정말로 집을 나섰다. 유스케는 팔을 뻗어 문을 잠그고 방으로 돌아가려 했다. 사요코가 그대로 선 채 물끄러미 그를 쳐다봤다.

"왜 그래?"

그가 물었다.

"왜 거짓말을 했어? 캐나다에 간 적 있잖아?"

"이것저것 물어볼 게 귀찮아서 그랬어."

유스케는 사요코 옆을 지나 서재로 들어가려 했다. 그러자 그녀가 뒤에서 말했다.

"없을 때 어떤 여자한테서 전화가 왔었어. 메모를 적어놨는데."

"고마워."

방에 들어와 책상 위를 봤다. 메모에 '기무라 쇼코 씨, TEL ×××××'라고 적혀 있었다. 쇼코가 틀림없다.

메모에 적힌 번호로 전화를 걸었더니 도심의 유명 호텔이었다.

기무라 쇼코라는 이름을 대자 잠시 기다리게 한 후 연결됐다.

"아! 다행이다. 무사했네."

쇼코의 목소리가 높아졌다.

"나야말로 걱정했어. 여러 번 전화했는데."

"미안! 하지만 어쩔 수 없었어. 그 맨션에는 이제 못 가."

"무슨 일 있었어?"

"왔어. 그 여자가."

쿵 하고 가슴이 뛰었다.

"……언제?"

"일요일 밤. 그러더니 니와한테 간 거야. 그날 밤 말이야. 주차장에서 기다리고 있었던 것 같은데 마침 차를 이용하지 않아서 나는 살았어. 그래서 니와를 먼저 노렸던 것 같아."

"어떻게 기다린 걸 알았어?"

"흔적을 남겼어. 그보다 앞으로의 일을 의논해야지. 내게 생각이 있어."

"무슨 생각?"

"전화로는 말 못 해. 지금 만나자."

"알았어. 장소와 시간을 말해."

쇼코는 호텔 근처 찻집을 알려주며 6시에 만나자고 했다.

유스케는 전화를 끊은 뒤 다시 외출할 준비를 하고 방을 나섰다. 부엌에서는 사요코가 저녁 준비를 하고 있었다.

"미안한데 또 나가야겠어. 편집자와 만나기로 했어."

그 말을 하고 현관으로 향하자 사요코가 그를 쫓아 나왔다.

"여보!"

유스케는 구두를 신고 아내를 돌아보다 그녀의 심각한 눈빛에 순간 움츠러들었다.

"왜 그래?"

"당신…… 나한테는 전부 말해줘."

유스케는 쓴웃음을 지었다.

"말할게. 이상한 걱정은 하지 마."

그가 현관문 손잡이를 잡았을 때 사요코가 말했다.

"조금 전 형사들이 묻더라. 9월 9일 밤, 남편이 어디 나가지 않았느냐고……"

유스케는 천천히 사요코의 얼굴을 바라봤다. 그녀의 눈가가 붉어졌다.

"그래서 나, 말했어. 줄곧 집에 있었다고. 그래서 다행이라고."

"사요코……"

유스케의 가슴속이 심란해졌다. 9일 밤 그는 취재차 집을 비웠던 것이다.

"갔다 올게. 조금 늦을지도 몰라."

그렇게 말하고 그는 문을 열었다.

"다녀와."

등 뒤에서 가는 목소리가 들렸다.

스테레오에 딸린 디지털시계가 오후 5시 30분을 가리켰다.

여자는 어두컴컴한 방에 웅크리고 앉아 방 주인이 돌아오기를 숨죽이고 기다렸다.

히우라 유스케…….

그는 틀림없이 이곳으로 돌아올 것이다.

어젯밤 오토바이에 탄 남자를 위협해 신주쿠까지 나온 그녀는 길가에서 하룻밤을 보냈다. 그렇게 하는 게 가장 안전하고 사람 눈에 띄지 않는다고 판단했기 때문이다. 신주쿠라는 거리는 잠들지 않는다. 낮과 마찬가지로 사람들이 배회하고 알코올과 오물 냄새가 뒤섞인 공기가 감돈다. 때로는 환호성을 지르고 폭력을 휘두르지만 사람들은 대부분 관심을 드러내지 않고 지나쳐갔다.

길가에 쭈그리고 앉거나 뒹구는 사람도 적지 않았다. 술에 취해 그러는 사람도 있었지만 대부분의 사람들은 달리 할 일이 없는 것처럼 보이기도 했다. 그녀는 적당한 장소를 찾아 앉았다. 물론 아무도 그녀에게 눈길을 주지 않았다.

그래도 두 팀이 말을 걸어왔다. 처음에는 일본인 남자 둘이었다.

뭐 하냐? 우리와 놀지 않을래? 그런 뜻의 얘기를 했다. 그녀가 무시하자 어깨를 으쓱하고는 어딘가로 사라졌다.

또 다른 한 팀은 흑인들이었다. 아니, 솔직히 말해 흑인 남자 셋에 일본인처럼 보이는 아가씨 둘이 함께였다. 아가씨들은 둘 다 옷걸이에 천을 걸쳐놓은 것처럼 말라 있었다.

그중 남자 하나가 그녀 옆에 앉아 파티에 같이 가지 않겠느냐고 영어로 물었다. 곧 호텔에서 시작해. 술은 마음대로 마실 수 있고 괜찮은 물건도 있지. 게다가 돈은 한 푼도 안 내. 일본인이 낼 테니까.

그녀는 거절했다. 하지만 남자는 쉽게 물러서지 않았다. 혼자지? 괜찮잖아, 함께 가자, 그렇게 말하며 몸을 기대왔다.

그러나 다음 순간 남자의 안색이 변했다. 점퍼 안에 들어 있는 것을 감촉으로 알아차린 모양이다. 그녀는 물끄러미 남자의 얼굴을 봤다.

그는 재빨리 몸을 빼고 애교 넘치는 웃음을 지으며 가볍게 두 손을 들었다. 오케이! 알았어, 누구나 혼자 있고 싶을 때가 있으니까, 그렇게 말하고 훌쩍 일어나 친구들에게 돌아갔다. 엄지로 그녀 쪽을 가리키면서 무슨 말인가를 했다. 친구들은 별로 놀라지도 않고 이상하다는 듯 한번 돌아볼 뿐이었다.

아침이 되자 사람들의 흐름이 이어졌다. 첫차를 타려고 역으로 가는 사람들이었다. 그녀는 주머니에서 지도를 꺼내 펼치고 사쿠라 쇼코와 히우라 유스케의 맨션 위치를 확인했다. 어느 쪽을 먼저 갈까 조금 생각한 후 히우라를 선택했다. 이틀 전에 사쿠라를 노렸다가 계획대로 되지 않았다는 사실이 여전히 뇌리에 남아 있었기 때문이다.

무사시노 시 기치조지미나미초.

그것이 히우라의 주소였다. 그녀는 이미 해가 기울기 시작한 도로를 천천히 걸었다. 기치조지에는 두 시간이 채 못 되어 도착했다. 그러나 그때부터가 문제였다. 그녀는 메모의 글자와 문패 같은 것을 번갈아보면서 히우라의 집을 찾아 나갔다.

이윽고 그녀는 2층짜리 연립주택을 발견했다. 외관은 그녀 고향에 많던 모텔과 흡사했다.

그린 하이츠. 그것이 건물 이름이었다. 여기 105호실에 히우라가 살고 있다.

그녀는 문 앞에 서서 약간 위쪽에 붙어 있는 명판을 다시 봤다.

거기 적힌 글자는 '히우라 유스케'가 아닌 것 같았다. 하지만 정말 다른지 아닌지는 단정할 수 없었다. 활자라면 몰라도 손으로 쓴 글자는 그녀에게는 선의 조합으로밖에 보이지 않았다.

그녀는 주위를 둘러봤다. 인적이 없는 거리인 데다 건물이 다닥다닥 붙어 있어서 누군가에게 들킬 염려는 없어 보였다.

점퍼 주머니에 손을 넣어 권총을 쥐고 다른 손으로 현관 벨을 눌렀다. 문이 열리고 상대방 얼굴을 확인하자마자 주저 없이 쏠 작정이었다. 만약 본인이 아니면 강제로라도 밀고 들어갈 것이다.

하지만 문은 열리지 않았다. 실내에서 사람이 움직이는 기척도 없다. 다시 한 번 눌렀지만 상황은 마찬가지였다.

일하러 갔으리라 추측했다. 히우라는 독신임이 틀림없다.

그녀는 문 앞에서 떨어져 건물 뒤로 돌아갔다. 반대편은 담이었다. 담 너머에는 큰 목조 가정집이 있었다.

105호실 창문 위치를 확인하고 담을 뛰어넘어 가정집 안으로 침입했다. 이쪽도 집 뒷마당이라 주인에게 들킬 염려는 없어 보였다.

발밑에 낡은 화분 몇 개가 굴러다녔다. 그녀는 그중에서 손바닥 크기 정도의 것을 주워들어 담으로 몸을 내밀었다. 그리고 105호실 창문을 향해 힘껏 던졌다.

격렬하게 창문 깨지는 소리가 났다. 그녀는 담 밑에 쭈그리고 몸을 숨겼다. 곧 다른 방 창문이 열렸다. 무슨 일인가 살피는 기척이 났다.

그런 상태가 몇 초간 이어진 뒤 마침내 그 방 주인도 문을 닫았다. 아무 일 없다고 여겼던지, 아니면 다른 방 창문이 깨진 것 정도는 별것 아니라고 생각했는지는 알 수 없었다.

그녀는 한동안 잠자코 있다가 이웃들이 술렁이는 기척이 없자 다시 담을 넘었다.

105호실 창문은 유리가 거의 사라지고 창틀만 남았다. 안쪽에 달린 커튼 레이스가 바람에 흔들렸다. 그녀는 창틀로 팔을 넣어 잠금장치를 풀었다.

방은 조그만 부엌이 달린 원룸이었다. 마룻바닥에 침대와 테이블, 오디오 기기 등이 놓여 있었고, 부엌 싱크대에는 아침식사 때 사용한 것으로 보이는 찻잔과 접시가 있었다.

시계를 보니 오전 10시 가까이 되고 있었다. 그녀는 냉장고에 있던 햄과 우유, 날달걀 다섯 개를 먹어치웠다. 그리고 침대에 누워 잠시 잠을 잤다. 제대로 된 곳에서 자는 것도 오랜만이었다.

한참 뒤 눈을 뜬 그녀는 샤워를 할까 생각했다. 그러나 히우라가 언제 들어올지 모르는 상황이라 그만두기로 했다.

시간은 6시가 되려 하고 있었다.

✦ ✦ ✦

6시가 되기 전에 쇼코와 약속한 찻집에 도착했다.

일과 관련된 미팅이 아니라면 들어갈 마음이 나지 않을 만큼 촌스러운 곳이었다. 유스케는 입구에서 안을 둘러봤다. 볼품없는 허연 테이블이 놓여 있었고 대부분 회사원으로 보이는 남자들이 그곳에 앉아 있었다. 분명히 업무 상담 중일 것이다.

안에서 두 번째 테이블에 짙은 선글라스를 끼고 파란 모자를 쓴 사쿠라 쇼코가 앉아 있었다. 선글라스도 모자도 주변 사람들에게 정체를 들키지 않기 위해 꾸민 차림일 것이다.

눈으로만 인사를 건네고 말없이 그녀 앞자리에 앉았다. 곧 웨이트리스가 다가와 커피를 주문받았다.

"여기 커피, 정말 맛없어."

쇼코는 그렇게 말하면서 맛없는 커피를 한 모금 마셨다.

"그 여자가 맨션에 왔었던 게 확실해?"

유스케는 조금 전 전화로 말한 내용을 확인했다. 쇼코는 선글라스 속의 눈에 심각한 빛을 담아 끄덕였다.

"틀림없어. 흔적을 남겼다고 했잖아."

그녀는 주차장에 있던 차에 수상한 여자가 있었다는 주민의 말과 배뇨 흔적에 대해 말했다.

"그랬군."

유스케는 한숨을 쉬었다.

"확실히 그 여자 짓일 것 같군."

"위험천만한 일이었어. 조금 늦게 깨달았다면……. 하지만 대신 니와가 살해됐으니 기뻐할 수만도 없지. 그건 그렇고 그 여자, 어떻게 그가 있는 곳을 알았을까?"

쇼코는 고개를 살짝 갸웃했다.

"메모를 붙였어. 문에. 연락처를 적어놨더군. 그 여자가 그걸 본 것 같아."

"……그랬구나."

"정말 어처구니없는 일이야. 준야가 왜 그런 짓을 했는지 전혀 모르겠어."

"글자를 못 읽을 거라고 생각했겠지."

"그랬을까."

웨이트리스가 커피를 가져왔다. 유스케는 블랙으로 마셨다. 아무래도 맛있다고는 할 수 없었다.

"다음은 내 차례일 거야."

쇼코가 나지막이 말했다.

"자기의 새로운 주소는 아직 모를 게 분명하니까. 어쩌면 오늘 밤이라도 전처럼 주차장에서 기다릴지 모르지. 아니, 이미 기다리고 있을 가능성도 있어."

"맨션에 안 가면 되지. 계속 호텔에 있으면."

거기서 쇼코가 갑자기 입을 열었다.

"언제까지 그러고 있겠어? 범인이 체포될 때까지?"

"그럴 수도 있지."

"그럴 순 없지."

쇼코는 심각한 얼굴로 옆을 바라봤다. 그리고 다시 유스케 쪽을 봤다.

"잘 생각해봐. 그녀가 체포되면 끝이야. 경찰도 그녀가 센도의 복수를 하고 있다는 것쯤은 간파했을 거야. 그녀에게서 우리 이름이 나오면 모든 게 끝이야."

"그녀는 이미 많은 사람을 죽였어. 잘만 되면 경찰의 총에 맞아 죽을지도 모르지. 그렇게 되면 모든 게 묻히는 거고."

"그렇게 되면? 쇼코 혼자 센도를 죽였고 자신은 관계없다고 할 셈이야?"

"그런 말 하지 마. 그 일은 연대책임이야."

"연대책임이지."

쇼코는 희미하게 웃었다.

"그런 말 자주 들었지. 선수 때 말이야. 누가 불상사를 일으키면 연대책임이라며 코치에게 혼났잖아."

"어쨌든 혹시 경찰에 우리 이름이 드러나면, 있는 그대로 솔직히 얘기하는 수밖에 없어. 총을 꺼낸 건 센도였고 그렇

게 하지 않았다면 우리가 살해됐을 테니까 정상 참작될 여지
가 있겠지."

그러나 쇼코는 다시 슬쩍 웃음을 흘렸다.

"이번 일에 대해서 말이야, 나도 나름대로 알아봤어. 그런
데 그 상황에서는 어떻게 생각해도 우리에겐 여지가 없어.
반대로 센도가 우리를 죽였다 해도 정당방위가 성립된대. 이
유는 간단해. 우리가 절도범이니까. 절도방지법이라는 게 있
어서 절도를 목적으로 침입한 사람을 공포와 흥분 상태에서
죽여도 그 죄를 묻지 않는다더군. 알아? 우리는 강도 살인범
일 뿐이야."

그녀의 얘기에 유스케는 꿀꺽 숨을 삼켰다. 적당한 답변이
떠오르지 않았다.

"저기, 유스케."

쇼코는 오른손을 뻗어 테이블 위에 놓인 그의 왼손에 얹
었다.

그녀가 그의 이름을 내뱉은 것도 오랜만이었다.

"힘을 합쳐야지. 둘이 힘을 합치면 이 위기를 반드시 이겨
낼 수 있을 거야."

"……어떻게?"

유스케가 물었지만 그 대답은 물론 자신이 더 잘 알고 있
었다.

"안조 군이 말했잖아."

쇼코가 목소리를 낮춰 말했다.

"그 여자가 경찰에 잡히기 전에 우리 손으로 처리하는 수밖에 없어."

"죽이자고?"

유스케는 주위 사람들을 의식하며 말했다.

"처리한다는 말이 그 말이지. 그거 말고 다른 방법 있어?"

"아니……."

유스케는 고개를 흔들었다.

"그럼, 동의하는 거지?"

쇼코는 선글라스 너머로 물끄러미 유스케의 눈을 응시했다. 가타부타를 말할 수 없는 절박감이 느껴졌다. 유스케는 침을 삼키려 했지만 입 안이 바짝 말라 있었다.

내 자신을 지키기 위해 상대를 죽이는 일이라면 그도 이미 생각하고 있었다. 그래서 튼튼하고 잘 드는 칼을 산 것이다. 그러나 입을 열어 "죽이자!"고 말하는 것은 여전히 망설여졌다.

"어떡할 거야?"

쇼코가 다시 물었다.

유스케는 결심했다.

"알았어. 동의해."

'좋았어!'라고 얘기하듯 그녀가 고개를 끄덕이고 한숨을 쉬었다.

"잘됐다. 자기한테 배신당하면 어떡하나 했는데."

"배신하느니, 배신당하느니 하는 문제가 아니잖아."

"니와는 배신했잖아."

쇼코가 날카롭게 말했다.

"배신하고 도망친 거야. 그게 오히려 그에게 나쁜 결과가 됐지만."

"준야 얘기는 이제 그만하자."

"그러자. 죽은 사람 얘길 해봐야 소용없으니까."

쇼코는 계산서를 들고 의자에서 일어났다.

"내 방으로 가자. 아무래도 이런 곳에서 상의할 내용은 아니잖아."

유스케도 일어섰다.

밤 8시.

여자는 여전히 히우라가 돌아오기를 기다리고 있었다. 밖은 확연히 어두워졌고 깨진 창문으로 들어오는 바람도 차가

웠다. 그녀는 냉장고 위에 있던 바게트 빵을 씹고 있었다.

빵을 다 먹었을 때 입구 쪽에서 소리가 났다.

열쇠 구멍에 열쇠가 꽂혔다. 그리고 자물쇠가 열리는 소리. 여자는 욕실로 들어가 어둠 속에 몸을 숨겼다.

문이 열리고 불이 켜졌다. 그녀는 점퍼 주머니 속의 권총을 쥐었다.

"어머!"

여자 소리였다. 창문이 깨진 걸 발견한 모양이다. 젊은 여자가 잰걸음으로 방 가운데 나타났다. 그녀는 권총을 겨눴다.

여자가 그녀 쪽으로 돌아섬과 동시에 눈을 부릅뜨고 먹이를 먹는 물고기처럼 입만 뻐끔거렸다.

그녀는 권총을 겨눈 채 천천히 다가갔다. 여자는 조건반사처럼 양손을 들어올렸다.

"돈이라면, 백에……."

여자는 어깨에 걸고 있던 백을 테이블 위에 던졌다. 그녀는 그것을 집어 안에서 지갑을 꺼냈다. 안에 있는 신용카드로 이름을 확인했다. 히우라와는 전혀 다른 이름이었다. MIEKO SUZUKI라고 되어 있다.

"현, 현금은, 그, 그게 다……."

젊은 여자는 턱을 덜덜 떨었다. 무릎도 부들부들 가늘게 떨렸다.

그녀는 지갑에서 1,000엔짜리 두 장을 꺼내 점퍼 주머니에 쑤셔 넣었다. 그리고 히우라의 주소가 적힌 메모지를 꺼내 여자에게 내밀었다. 여자는 양손을 든 채 시선만 떨어뜨렸다.

"분명히, 이건, 여기 주소인데…… 이름은 전혀 모르는 사람이에요. 제 이름은 미에코 스즈키. 10개월 전에, 이, 이사했어요. 그 사람은 아마도, 그전에, 여기서 살던 사람이 아닐까요."

그녀는 알아들었다. 그리고 다시 메모 위의 '히우라 유스케'라는 글자를 검지로 가리키며 거기에 물음표를 그렸다.

"이 사람 지금 주소요? 그건, 모르죠. 한 번도 만난 적이 없으니까…… 헉!"

여자가 이상한 소리를 낸 것은 그녀가 권총으로 여자의 가슴을 꾹 눌렀기 때문이다. 테이블 위에 무선전화가 있는 것을 발견하고 그것을 여자에게 내밀었다.

"전화로 조사해보라는 거예요? 하지만 어디에 걸어야……."

그녀는 잠자코 총구를 들이댔다.

"잠깐만요! 쏘지 마세요."

미에코라는 여자는 몸을 비틀며 쥐어 짜내듯 말했다.

"잠, 잠깐만요. 생각 좀 하게요. 뭔가, 뭔가 방법이 있을지 몰라요."

미에코는 마음을 가라앉히기 위해 눈을 감았다. 그렇게 잠시 생각한 다음 마침내 눈을 떴다.

"맞다. 부동산에 물으면 혹시 가르쳐줄지도 모르겠다. 연락처는 알 테니까."

그녀는 고개를 끄덕이고 턱으로 전화하라고 지시했다. 미에코는 손끝을 떨며 전화 버튼을 눌렀다.

"시간이 시간인지라, 아무도 없을지 모르지만……."

미에코는 미리 선수를 쳤지만 그녀가 코끝에 총구를 들이밀자 숨을 멈췄다.

신호음이 세 번 울리고 네 번째 신호음 중에 수화기를 드는 소리가 났다.

"아, 여보세요. 저기, 전, 미나미초 ×××그린 하이츠에 사는 스즈키라고 하는데요, 묻고 싶은 게 있어서요. 실은 전에 여기 사시던 분의 현재 연락처를 알고 싶은데요. ……그게, 히우라 씨 친척 분이 오셨어요. 애써 여기까지 오셨는데 이사를 해서 행방을 알수 없다고…… 예, 그래서 빨리 조사해주셨으면 해서요. ……아, 그래요? 예, 그럼 기다리겠습니다. 여기 전화번호는 ××××입니다. 그럼 부탁드릴게요."

미에코는 전화를 끊고 그녀를 봤다.

"다행이에요. 아직 직원이 남아 있네요. 조사해서 다시 전화해준대요."

그녀는 침대에 걸터앉아 머리를 흔들었다. 그리고 여자에게도 앉으라고 손으로 지시했다. 미에코는 하반신에서 온 힘이 다 빠져나간 것처럼 털썩 주저앉았다.

그 후 몇 분이 침묵 속에 지나갔다. 이윽고 입을 연 것은 미에코였다.

"이거 전부, 당신이 먹었어요?"

테이블 위에 흩어진 우유팩과 햄 포장지를 보며 물었다. 그녀는 끄덕였다.

"배가 고팠군요. 괜찮다면 냉동 피자가 있는데."

그녀는 조금 망설이다 고개를 끄덕였다. 배가 고픈 건 확실했다.

미에코는 총구를 신경 쓰면서 일어나 부엌 앞으로 다가갔다. 냉동고에서 꽁꽁 언 피자를 꺼내 알루미늄 포일에 싸서 오븐토스터에 넣는다.

"당신…… 그 범인이에요?"

미에코는 고개를 비틀어 그녀 쪽을 보고 물었다.

"역도선수랑 육상 코치를 죽였다는……."

그녀는 잠자코 있었다. 그러나 부정하지 않는 것으로 미에코는 확신을 얻은 듯했다.

"어째서 사람을 죽였어요? 증오했어요?"

그래도 그녀는 입을 열지 않았다. 총을 겨눈 채였다. 미에코는 한숨을 내쉬었다.

"맞아요. 나하곤 관계없는 일이니까."

피자가 다 구워졌다. 미에코가 접시에 옮겨 그녀 앞에 놓자 그녀는 그것을 손에 쥐고 허겁지겁 먹었다. 얼마 있지 않아 전화벨이 울렸다. 여자가 수화기 스위치를 눌렀다.

"아, 예, 스즈키입니다. 조금 전엔 죄송했어요. 아셨어요? ……예, 미타카시. ……예, 그래요? 알겠습니다. 정말 감사합니다."

전화를 받으면서 미에코는 옆에 있던 신문 전단지에 주소를 적었다. 그리고 전화를 끊은 후 "여기인 것 같아요"라며 적은 것을 테이블 위에 놓았다.

그녀는 메모를 봤지만 한자는 거의 읽지 못했고 읽을 수 있다 해도 어느 주변의 지명인지 모를 게 분명했다. 점퍼 주머니에서 지도를 꺼내 미에코 앞에 놓았다.

"뭐, 이거? 어딘지 체크하라고요?"

그녀는 고개를 끄덕였다. 미에코는 자신이 적은 메모를 보면서 볼펜으로 지도 위에 표시했다.

"아마 여기일 거예요."

그녀는 메모와 지도를 받았다. 히우라가 현재 살고 있는 곳은 여기서 엎어지면 코 닿는 거리였다. 여자는 일어섰다.

"저기요."

미에코가 말했다.

"이번에도 그 사람을 죽일 거예요?"

'입 다물어!'라고 얘기하는 대신 여자는 상대의 뺨에 총구를 들이댔다. 미에코의 얼굴이 다시 경련을 일으켰다.

그녀는 미에코에게 몸을 돌리라고 손짓했다. 상대가 등을 돌리자 그녀는 권총을 입에 물고 여자의 두 손목을 옆에 떨어져 있던 타월로 묶었다. 그리고 그대로 앉은 상태에서 역시 발목도 고정 했다.

"살려주세요. 제발!"

미에코는 애원했다.

"경찰에는 절대 말하지 않을게요. 죽이지 말아요."

죽일 생각은 없었다. 그녀는 타월을 한 장 더 가져와 여자의 입을 막았다. 그리고 여자의 몸을 들어 올려 침대에 던지고 담요를 덮었다. 시간은 9시가 가까워지고 있었다. 그녀는 창을 통해 밖으로 나왔다.

6장

악마의 실험

＊＊＊

"센도의 연구에 대해 생각난 게 있어."

쇼코는 창가 소파에 앉아 목욕 가운에서 뻗어 나온 가녀린 다리를 꼬면서 말했다. 호텔로 돌아오자마자 몸에 담배 냄새가 난다며 샤워를 했다.

"어떤 건데?"

유스케가 물었다.

"약을 사용한 일시적 도핑이 아니라 본질적으로 신체를 개조하는 연구였어. 들은 적 없어?"

"아니."

유스케는 고개를 저었다.

"나는 그때 내 일만으로도 벅찼으니까."

"나도 그랬어."

쇼코가 어깨를 으쓱했다.

"어떤 연구인데."

"예컨대 스테로이드 아기 연구. 자세히 말하자면 임산부에게 스테로이드를 투여해 태아 자체를 개조한다는 거야."

"아아, 그러면……."

유스케는 얼굴을 찡그리면서 이야기했다.

"그런 자료를 읽은 적 있어. 분명 나치의 인체 실험에 관한 자료였는데 그걸 센도도 했단 말이야?"

"그것을 바탕으로 발전시키려고 했던 것 같아. 하지만 그 연구는 동물 실험 단계에서 중단한 것 같아. 대부분 조기 유산했거나 사산. 무사히 태어난 아이도 많은 결함을 가지고 있었고."

유스케는 감상을 얘기할 마음도 없어서 그저 잠자코 고개만 끄덕였다.

"센도는 그것 말고도 여러 가지 연구를 한 것 같지만 그중에서도 특히 주력한 게 임신에 따른 자연 육체 개조 연구였어. 여자가 임신을 하면 근력을 증강시키는 물질이 평소보다 몇 배 더 분비된대. 아이를 키우는 데 체력이 필요하니까 본능적으로 그렇게 되나 봐. 그래서 여자 선수를 일부러 임신시켜 근육이 붙기 쉬운 상태로 만들어 트레이닝을 하고 일정 시기가 되면 중절을 하는 거야."

"그 얘기도 들은 적 있어. 동유럽에선 실제로 행해졌다는 말도 있었지. 약을 사용한 게 아니니까 검사에 걸릴 염려는 없지. 혈액 도핑처럼 악마의 짓이야."

"그러고 보니 센도는 혈액 도핑의 몇 안 되는 기술자이기도 하니까. 아! 해본 적 있어?"

"아니, 그것까지는……."

"맞아. 그건 좀 무섭지."

쇼코는 가볍게 팔짱을 끼고 고개를 끄덕였다.

혈액 도핑은 시합이 있기 20일쯤 전에 선수의 몸에서 1,000cc 정도의 혈액을 빼내 냉동 보관했다가 경기 직전에 적혈구만 다시 주입하는 방법이다. 다량의 산소 섭취가 가능해진 근육은 지구력이 30퍼센트나 향상된다. 스웨덴의 스톡홀름 체육연구소에서 개발한 기술이다.

"그런데 그 임신 중절 방법은 어떻게 됐는데?"

유스케는 이야기를 재촉했다.

"센도는 스테로이드 연구를 통해 어떤 종류의 스테로이드를 여성에게 일정 기간 투여하면 그 여성은 조기 유산하는 체질이 된다는 것을 발견했어. 이게 무서운 게, 스테로이드 투여를 중단한 후에도 그 특수한 체질은 바뀌지 않는다는 거야. 임신을 해도 3개월 전후로 반드시 유산해. 그것도 몸에 거의 부담을 주지 않고 자연스럽게 된다는 거야."

"그럼, 아이를 낳을 수 없게 된다는 거야?"

유스케는 소름이 돋았다.

"맞아. 하지만 임신은 해. 센도는 그 점을 제일 주목한 거지. 임신은 하니까 늘 근육이 생기기 쉬운 상태로 있을 수 있는 거야. 게다가 근육 증강 물질의 분비가 통상적인 임신 때보다 더 늘어난다는 덤까지 붙으니까. 즉 이런 여성은 항상도핑을 하는 것과 같아. 게다가 스테로이드 투여는 중단하니까 절대로 발각되지 않지."

"……역시."

현재 아내가 임신 중인 유스케로서는 그런 실험을 하는 사람의 심리를 도무지 이해할 수 없었다. 하지만 그만큼 광기어린 행위야말로 센도의 인간성을 제대로 설명할 수 있었다.

"그렇다면 그 여자는."

유스케가 과감히 입을 뗐다.

"그 연구의 실험 대상이라는 말이야?"

"그렇지 않겠어?"

"센도는 그 여자를 어릴 때부터 돌봤다는 말이 있어. 그래서 둘도 없는 부녀지간 같은 관계를 형성했을 거라고 생각하는데……."

"그런 게 아닐지도 몰라."

쇼코는 심각한 눈빛으로 말했다.

"임신하려면 섹스를 해야만 해. 즉 남자가 필요하지. 그 남자가 센도 자신이라고 생각하는 게 타당한 것 같은데."

"그 여자가……."

유스케는 침을 삼켰다.

"센도의 아이를 가졌다가 유산했다는 말이야?"

"유산하고 또 임신하고…… 트레이닝이지."

"지독한 말이군."

유스케는 고개를 절레절레 흔들다 곧 동작을 멈췄다.

"자신에게 그런 일을 한 사람인데 그녀는 왜 이렇게까지 복수를 하려는 걸까?"

그러자 쇼코는 작게 한숨을 내쉬고 물끄러미 유스케의 얼굴을 바라봤다.

"모르지. 아마도 그녀는 자신이 왜 유산하는지 이해하지 못하고 있을 거야. 그녀는 그저 센도가 말한 대로 했을 뿐이야. 그녀에게 센도는 신이야. 자신을 행복으로 이끌어줄 거라 믿고 있었겠지. 예전에 우리가 그를 믿고 약을 사용했던 것처럼 말이야."

"나는 그렇게까지는……"

"혼자만 착한 사람인 척하지 마."

쇼코는 쏘는 듯한 눈으로 말했다.

"당신도 마찬가지야. 당신도 똑같아. 안조도 니와도 모두. 그 괴물 같은 여자와 다를 게 하나도 없어."

대답할 말을 찾지 못해 유스케는 잠자코 시선을 떨구었다.

"그녀는 지금, 복수 말고는 아무것도 생각하지 않겠지. 내일도 미래도 없이 그저 증오를 풀기 위해 계속 죽일 거야."

"우리를 죽일 때까지 말이야?"

"우리를 죽일 때까지."

유스케는 자신의 얼굴을 문질렀다. 손바닥이 기름으로 번들거렸다.

"다음에 그녀가 나타난다면 당연히 내 맨션이겠지."

쇼코는 테이블에 턱을 괴고 말했다.

"하지만 보안 시스템이 있어서 방까지는 못 들어올 거야. 그렇다면 당연히 주차장에서 기다리고 있겠지."

"벌써 왔었다고 했잖아."

"하지만 그녀로선 다른 데 갈 곳이 없잖아."

"그럼……."

유스케는 잠시 숨을 멈추었다가 다시 말했다.

"앞으로 둘이서 네 맨션으로 가자는 거야? 그리고 그 괴물과 싸우자고?"

"그런 데서 소동을 일으키면 누군가에게 들킬지 모르지. 혹시 다행히 죽이는 데 성공한다고 해도 사체를 그대로 둘 수 없어. 그 맨션에 사는 스포츠 관계자는 빤하니까 경찰에게 들통날 거야."

"그럼 어떻게 하자고?"

"그녀를 어떡해서든 다른 곳으로 유인해야 해. 인적이 없고 사체 처리도 쉬운 곳으로."

쇼코는 팔짱을 끼고 다시 턱을 지그시 기울이며 생각에 잠겼다.

마치 식사 메뉴를 결정하는 것처럼 살해 방법을 궁리하는 모습에 유스케는 그녀의 냉혹한 내면을 발견한 것같았다.

"유인하려면 우리 자신이 덫이 되는 게 가장 확실해. 그녀는 우리만 쫓을 테니까."

"문에 연락처를 적은 종이를 붙이는 바람에 니와의 거처가 드러났던 걸 잘 이용하면 어떻게 될지도 모르겠는데."

"요컨대 내가 어디에 있는지 그녀에게 알린다는 말이군. 하지만 어떻게 알리지? 그녀는 네 맨션 주차장에 무턱대고 엎어져 있을 텐데."

"그러게 말이야. 뭔가 좋은 방법이 없을까."

쇼코는 자신의 엄지를 깨물었다. 생각할 일이 있을 때마다 하는 습관이다.

"유스케가 이사하지 않았다면 그곳으로 갈 테니 문에 메모를 붙여놓으면 되겠지만."

"아아, 그야 그렇지……."

유스케는 대답하면서 이상하게 나쁜 예감에 사로잡혔다.

"잠깐, 기다려……."

"왜?"

"그녀가 전에 내가 살던 맨션, 기치조지 쪽으로 가지 않으리라는 보장이 없지. 내가 이사했다는 걸 모르는 이상, 간다고 생각하는 게 좋지 않겠어?"

"그럴지도 모르겠다."

쇼코도 금세 수긍했다.

"하지만 마찬가지야. 자기가 이미 거기에 안 산다는 건 그녀도 곧 알 테니까."

"어떻게 알아?"

"그거야."

쇼코는 입을 내밀었다.

"문패를 보면 알 거 아니야."

"문패를 못 읽으면? 아니, 이름이 다르다는 걸 알아도 그렇게 쉽게 물러날까. 일단 거기에 사는 사람 얼굴 정도는 보려고 하지 않을까."

"그야…… 그럴지도 모르지."

"확인하겠지. 어쩌면 벌써 왔다 갔을지도."

유스케는 윗주머니에서 수첩을 꺼내 주소록을 펼치면서 나이트 스탠드 옆 전화를 들었다.

"어디다 전화해?"

"전에 살던 맨션 관리를 맡고 있는 부동산. 지금 사는 사람의 전화번호를 물어보려고."

누군가 곧 전화를 받았다. 9시 전인데 아직도 일이 남아 있나 보다. 유스케는 신분을 밝히고 전에 자신이 살던 그린 하이츠 105호실에 사는 사람과 연락하고 싶다고 말했다. 이상하게 여길 거라 생각했는데 상대는 뜻밖에도 선뜻 응했다.

"아아, 조금 전 얘기 때문이군요. 친척 분과는 연락이 되신 건가요?"

"예! 무슨 말씀이신가요?"

"아니, 아직 연락이 안 갔나요? 현재 살고 계시는 스즈키라는 여성이 전화를 하셨는데요, 손님 친척 분이 이사한 줄 모르고 찾아왔다면서 이사한 주소와 전화번호를 가르쳐달라고 저희한테 전화하셨거든요. 예, 10분쯤 전이었던 것 같은데요."

유스케는 손이 떨리는 걸 멈출 수 없었다. 거칠게 전화를 끊자마자 전화버튼을 눌렀다.

"어디에 거는 거야?"

쇼코가 물었다.

"우리 집. 그 여자가 아마도 우리 집으로 가고 있는 것 같아. 새 주소를 알아냈어."

"어떻게……?"

"지금 살고 있는 사람을 협박해서 알아낸 것 같아. 적을 너무 얕봤어."

수화기를 드는 소리가 났다.

"여보세요!"

사요코의 목소리가 들렸다.

"나야."

유스케가 말했다.

"당신…… 지금, 어디야?"

"시내야. 그건 그렇고 지금 바로 거기서 떠나. 짐을 챙겨서 친정에 가 있어."

"잠깐…… 잠깐만. 무슨 소리야, 갑자기."

"설명할 여유가 없어. 일단 거기 있으면 안 돼. 곧 데리러 갈 테니까, 일단 처갓집으로……."

"싫어."

사요코가 내뱉었다.

"나는 여기에 있을 거야. 무슨 일이 일어나든 설명을 듣기 전까진 움직이지 않을 거야."

"설명할 틈이 없어. 부탁이니까 제발 집에서 나가."

"그럼, 지금 데리러 와. 당신과 함께라면 어디든 갈 테니까."

"안 되는데. 아……."

수화기 놓는 소리가 들렸다. 유스케는 고통스러운 표정을 지으며 수화기를 내려놓았다.

"부인이 이해를 못 하는 것 같네."

쇼코가 약간 차갑게 말했다.

"최근 내 행동 때문에 의심을 품은 것 같아."

유스케는 자리에서 일어섰다.

"말하고 있을 틈이 없어. 돌아가야겠다."

"기다려."

쇼코는 호텔 메모지와 볼펜을 꺼냈다.

"10분만 기다려."

"그렇게 기다릴 순 없어. 지금 바로 돌아가도 시간이 맞을지 안 맞을지 모르는데."

유스케는 설마 사요코를 살해하지는 않겠지 생각하면서도 가만히 있을 수가 없었다.

"그럼, 5분, 5분만 기다려."

쇼코는 미간을 잔뜩 찌푸리고 생각에 잠기더니 이윽고 메모지에 뭔가를 적었다.

"뭘 쓰는 거야?"

"자, 여기 있어."

쇼코는 종이를 내밀었다. 유스케는 그것을 보고 저절로 신음을 흘렸다.

"무슨 소리야?"

"다른 좋은 데가 떠오르지 않아. 부인을 데리고 집을 나설 때 이 종이를 눈에 잘 띄는 곳에 붙이거나 놔두면 돼."

"여기서 기다리고 있겠다고?"

"응. 유스케도 부인을 친정에 데려다주고 와."

"……아, 알았어."

유스케는 종이를 윗주머니에 넣었다. 그리고 문을 향하려는데 쇼코가 그의 팔을 잡았다.

"유스케, 꼭 와야 해."

그녀는 심각한 눈빛으로 말했다.

"나 혼자라도 반드시 해치울 테니까. 배신하지 마."

"약속해."

쇼코는 유스케의 머리에 양팔을 두르고 입술을 맞댔다. 예전에는 여러 번 맛봤던 입술의 감촉이었다.

"자, 갈게."

유스케는 먼저 입술을 떼고 재빨리 문 쪽으로 걸어갔다.

호텔을 나와 택시를 탔을 때는 저녁 9시 정각이었다. 유스케는 머릿속으로 계산했다. 부동산 직원 얘기로는 유스케의 새 주소에 관한 문의가 온 것은 그가 전화하기 조금 전이었다. 그렇다면 범인은 현재 미타카로 향하지 않을까. 지금까지 나온 정보로 보면 여자는 공공교통기관을 이용하지 않는다. 대체로 도보나 자전거로 이동한다. 기치조지 맨션에서 현재 집까지는 약 4킬로미터 거리. 여자의 체력을 고려하면 30분 남짓이면 도착할 것이다. 그러나 가본 적이 없는 곳에서 주소만으로 원하는 건물을 찾는 것은 외국 여자에게 쉽지 않을 것이다. 최저 30분, 아니 한 시간 정도는 헤매지 않을까.

10시까지 도망칠 수만 있다면 될 것 같은데…… 유스케는 그렇게 결론을 내렸다.

9시 38분, 택시가 맨션 앞에 도착했다. 유스케는 주변을 살피면서 차에서 내렸다. 어둠 속에서 여자가 덮칠 것만 같았다. 건물 안으로 들어가 엘리베이터를 이용하지 않고 허둥지둥 계단을 뛰어 올라갔다.

문을 열고 사요코! 아내 이름부터 불렀다. 안에서 그녀가 나왔다. 무사했구나. 유스케는 일단 안심했다.

"당신, 도대체 무슨 일이에요?"

사요코가 창백한 얼굴로 물었다.

"설명은 나중에 할게. 일단 어서 짐을 챙겨."

"조금은 대답해줘야지. 왜 도망쳐야 하는데? 무엇으로부터 도망치는 건데?"

"사요코……."

유스케는 아내의 얼굴을 보다가 천천히 고개를 흔들었다.

"지금은 묻지 말아줘. 부탁이니까 일단 내가 하자는 대로 해. 우리 목숨을 지키기 위해서야. 우리와 배 속에 있는 아이……."

"목숨?"

사요코는 숨을 멈추고 자신의 배를 양손으로 감쌌다. 그리고 마음을 진정시키려는 듯 눈을 감고 심호흡을 했다.

"친정에는 며칠이나 있으면 돼?"

"이틀이나, 길어야 사흘 정도야."

"그래……. 그렇다면 짐을 많이 쌀 필요는 없겠네."

그녀는 그렇게 말하며 안쪽 방으로 들어갔다.

유스케는 자기 방으로 들어가 활동하기 편한 옷으로 갈아입고 낮에 산 칼을 점포 안주머니에 꽂았다. 그리고 무기가 될 만한 게 또 있는지 둘러봤다. 그러나 그의 눈에 들어온 것은 무기가 아니라 창가에 늘어선 트로피와 상장들이었다.

이런 걸 원했던 게 아닌데. 스스로에게 말했다. 봐! 이런 것들은 아무 쓸모없는 것들이야, 잡동사니일 뿐이지.

불을 끄고 방을 나왔다.

침실에서는 사요코가 재빨리 짐을 싸고 있었다.

"가방 하나면 돼?"

"응. 아직 더워서 옷이 두껍지 않아 다행이야."

"내 것은 필요 없어."

유스케의 말에 그녀의 손길이 멈추더니 "그래도 속옷은 챙길 거야"라고 말한 후 다시 짐을 싸기 시작했다.

유스케는 시계를 봤다. 10시를 10분 정도 넘어서고 있다. 그 여자는 지금 어디쯤 있을까. 금방이라도 문을 박차고 들어

설 것만 같아 제정신이 아니었다.

유스케는 사요코가 가방 닫는 것을 기다리지 못하고 그녀의 가방을 잡았다.

"자, 가자. 서둘러!"

"기다려. 뜨개질 도구를 잊었어."

"다시 사면 돼."

유스케는 가방을 들고 그녀의 팔을 끌어 현관으로 향했다. 먼저 그녀를 밖으로 내보내고 조금 전 쇼코에게 받은 종이를 신발장 위에 올려놓은 뒤, 자신도 밖으로 나왔다.

"서두르자."

"문을 안 잠갔어."

"괜찮아."

유스케는 아내의 등을 밀었다.

유스케가 사는 맨션에 가까이 온 듯했지만 정확한 위치는 찾을 수 없었다.

같은 곳을 빙빙 돌고 있다는 느낌도 들었지만 조금씩 주위 풍경은 달라지고 있었다. 너무 오래 찾지 못하니까 미에코라는 여자가 거짓말을 했나 하는 생각이 들 정도였다.

그러나 주소가 잘못된 게 아니라는 걸 증명하듯이 그녀는 마침내 찾고 있는 건물을 발견했다. 그 건물 앞이라면 여러 번 오갔는데 명판이 너무 구석에 붙어 있어서 발견하지 못했다.

그녀는 정면 현관을 지나 안으로 들어갔다. 사쿠라 쇼코의 집처럼 대단한 보안 시스템은 없는 것 같았다.

계단 앞에서 메모를 보고 호수를 확인했다. '324호'. 아마도 3층이겠지 짐작하며 계단을 올랐다.

복도는 조용했다. 각 세대 호수를 순서대로 보며 걸었다. 324라는 숫자가 붙은 집 앞에서 걸음을 멈췄다.

여기도 초인종이 붙어 있어서 벨을 눌렀다. 문에 귀를 대고 안의 상황을 들어보지만 사람이 움직이는 기척이 없다. 다시 한 번 눌러봐도 마찬가지였다. 그렇다면 히우라도 부재중인가.

그녀는 실내로 숨어 들어갈 방법을 고민했다. 오늘 아침은 1층이라 뒤로 들어갔지만 3층까지 기어오르려면 사람들 눈에 띄지 않을 시간까지 기다려야 한다.

그녀는 손잡이를 손으로 비틀어봤다. 뜻밖에도 문이 스르르 열렸다. 일본인이 다른 나라에 비해 문단속이 허술하다는 얘기는 들었지만 이 정도일지는 몰랐다.

그녀는 주저 없이 실내로 들어갔다. 현관에만 불이 켜져 있었다.

안은 캄캄했다. 가장 앞쪽 방에 숨기로 결정했을 때 바로 옆 신발장 위에 종이 한 장이 놓여 있는 걸 발견하고 그녀는 그것을 집어 들었다.

AM 1:00 □□시 □□초 □□□□□□SS

그녀가 읽을 수 있는 건 이게 다였다. 그러나 이것만으로도 의미는 파악할 수 있었다. 새벽 1시에 이곳으로, SS라는 인물이 기다리고 있다는 말이겠지.

그리고 SS는 SYOKO SAKURA일 거라고 확신했다. 그 일당이 아니라면 이런 시간에 만날 약속 같은 건 하지 않을 테니까.

그녀는 바닥에 쭈그리고 앉아 지도를 펼쳤다. 읽을 수는 없지만 글자 모양으로 장소를 찾아내야겠다고 생각했다.

꼬박 한 시간에 걸쳐 훑어보고서야 메모에 적힌 지명을 그런대로 지도에서 찾아낼 수 있었다. 그곳은 고마에 시라는 장소였다.

여기에서 남쪽으로 8킬로미터 떨어진 곳이다. 바로 옆에 작은 강이 흐르고 있다.

그녀는 장소를 적은 종이를 둥글게 말아 주머니에 넣었다. 그때 신발장 옆에 롤러스케이트가 놓여 있는 걸 발견했다. 운동화를 벗고 신어보니, 조금 꽉 끼긴 했지만 고통스러울 정도는 아니었다.

그녀는 롤러스케이트를 신은 채 방을 나와 계단도 그대로 내려갔다. 인적이 없어서 다행히 아무에게도 들키지 않고 건물을 나왔다.

바깥 도로로 나오자 그녀는 남쪽을 향해 기세 좋게 미끄러져 나갔다.

"가스페 반도라는 지명을 들은 적 있어?"

파제로를 운전하던 유스케가 가와시마 시내에 들어서자 말을 꺼냈다. 거기까지 오는 동안 그는 거의 말을 하지 않았다.

"가스페? 아니, 몰라."

사요코는 조수석에서 고개를 젓는다. 그녀도 지금까지 남편이 말문을 열기를 묵묵히 기다린 듯 자신이 먼저 묻지는 않았다.

"가스페는 대지의 끝이라는 뜻이래. 캐나다 퀘벡 주 동쪽

끝에 있는 반도야."

"간 적, 있어?"

"아, 응."

유스케는 대답했다.

"몇 번……."

"좋은 데야?"

"응. 아주 좋아. 북쪽에는 세인트로렌스 강, 프랑스어로는 생 로랭이라는 큰 강이 흘러. 강이라기보다 바다라는 편이 낫겠지. 동해를 연상시키는 큰 파도가 언제나 해안을 두드리지. 사실 그 강은 대서양으로 흘러 들어가. 도로를 끼고 강 반대편은 절벽인데 금방이라도 무너질 것 같은 암벽이 드러나 있어. 도로 끝에는 예전에 무너져 내린 것 같은 거대한 바위가 군데군데 굴러다니고 있지."

"사람도 살아?"

"물론이지. 그런 절벽과 강을 끼고 계속 달리면 수십 킬로미터쯤에 작은 마을이 나타나. 프랑스 브르타뉴 지방에서 이민 온 사람들이 전통적인 생활을 유지하며 살고 있지. 마치 과자로 만든 집처럼 알록달록하고 귀여운 집들이 들어서 있어."

"가보고 싶네."

"아, 그래. 언제 같이 가면 좋겠다."

그때까지 살 수 있으면, 이라는 말을 유스케는 다시 삼켰다.

"반도의 가장 끝에 페르세라는 마을이 있는데 그 근처가 제일 유명한 관광지야. 그래봐야 1차선 도로 양쪽에 모텔이나 레스토랑, 선물가게가 모여 있는 정도지. 명물은 페르세 바위인데 별것 아니야. 가운데 구멍 뚫린 바위가 바다에 불쑥 솟아올라 있는 것뿐이야. 썰물 때 그 바위로 건너가는 게 관광객들의 가장 큰 재미지."

"당신도 건너갔어?"

"응. 건넜어. 쉬는 날에."

"쉬는 날?"

"트레이닝이나 실험이 없는 날."

"실험……?"

유스케는 차의 속력을 더욱 높였다. 사요코의 친정은 요코하마에 있다.

"마을이나 거리 대부분은 해안가를 따라 흩어져 있어. 내륙은 깊은 숲으로 덮여 있으니까. 그렇다고 산속에 사람이 전혀 살지 않는 건 아니야. 반도를 가로지르는 길이 두 개 있고 그 길을 따라가면 드물긴 하지만 마을이 있어. 무국적 애니메이션의 무대가 될 법한 환상적인 마을이지. 역이 마치 박물관 같은 고색창연한 곳이야. 그러나 그 길에서 벗어난 곳에도 사람이 사는 데가 있어. 그것도 아주 많은 사람이."

유스케는 정면을 바라보며 침을 삼켰다.

"내가 그곳에 간 것은 대학교 4학년 여름이었어. 일본 허들 종목에서는 최고라고 자부했지만 아무래도 세계무대에서는 먹히질 않는다는 초조감에 애를 태우고 있었어. 바로 그때 센도 고레노리에게서 제의를 받았어. 약을 사용해보지 않겠느냐고……."

"약이라니, 그럼……."

"도핑이야."

유스케는 일부러 무미건조하게 말했다.

유니버시아드가 끝나고 얼마 지나지 않았을 때였다. 센도가 유스케를 찾아와 "자네 능력을 세계에서 통할 수 있게 하는 데 도움을 주고 싶다"는 얘기를 건넸다.

도핑을 말하는 거구나. 유스케는 곧 깨달았다. 센도라는 인물에 대한 소문은 이미 몇 번 들었기 때문이다. 그래도 딱 잘라 거절하지 못했던 것은 바로 전 유니버시아드에서 외국 선수와의 격차를 뼈저리게 체감했기 때문이었다. 그리고 막연하게나마 느꼈다. 녀석들은 도핑을 하고 있는 거다. 그래서 강한 거다. 나도 같은 짓을 하면 놈들에게 지지 않을 거라고…….

"혹시 관심이 있으면 연락하게."

그렇게 말하고 센도가 유스케에게 건넨 명함에는 캐나다 퀘벡의 주소가 적혀 있었다.

"반드시 자네를 강하게 만들어주겠네"라고 그는 단언했다.

그로부터 약 2개월 후 열린 일본전국대회에서 유스케는 참패라고 해도 좋을 결과를 얻었다. 외부적으로는 슬럼프였지만 일부에서 수군대듯 재능의 한계일 수 있었다. 유스케는 센도에게 편지를 썼다. 그것이 끝없이 빠져드는 늪에 첫발을 들여놓은 일이었다.

숙박은 자신이 책임질 테니까 일단 1개월 일정으로 자기에게 오라는 답장이 왔다. 유스케는 깊이 고민한 끝에 아무에게도 의논하지 않고 캐나다로 건너갔다. 대학 육상부에는 잠시 쉬겠다고 얘기했다.

센도가 아닌 남자 둘이 토론토 공항까지 마중을 나왔다. 놀랍게도 버스에는 이미 다섯 명의 젊은이가 타고 있었다. 모두 스포츠 선수인 듯 단단한 체형을 가지고 있었다. 그러나 지금 이대로 가면 자신과 마찬가지로 결코 일류가 되지 못할 선수이겠거니 혼자 상상했다.

그리고 내내 버스 안에서 흔들리며 갔다. 두 남자가 교대로 운전을 했는데 밥을 먹을 때나 화장실 때문에 멈추는 것 빼고는 계속 달리기만 했다. 그런데도 꼬박 이틀 가까이 걸렸다. 그렇게 도착한 곳은 깊은 숲속에 지어진 거대하고 흰 건물 앞이었다.

"잘 왔네."

유스케의 얼굴을 본 센도는 기뻐하며 말했다.

"여기까지 온 것을 결코 후회하지 않을 거야."

버스로 함께 온 일행들은 다른 곳으로 안내됐다. 그들은 어디로 가는 거냐고 물었다.

"그들은 자네와 달리 지금부터 여기서 생활할 거야. 엄중한 관리 아래 초인적인 육체를 만들기 위한 훈련을 받지."

"기간은 얼마나 걸리나요?"

"글쎄, 본인이 하기 나름이겠지. 목표치를 달성하면 빨리 돌아갈 수 있네. 몇 개월에 끝나는 사람도 있고 몇 년이 지나도 안 되는 사람도 있어."

그렇게 말하고 센도는 씩 웃었다.

"오래 있는다고 좋은 건 아니네. 우리에게 관리를 받는다고 무조건 효율적인 것도 아니고. 가장 중요한 건 본인의 의지지. 그것을 자네가 증명했으면 하네."

"제가요?"

"우선 자네 능력을 검사해보지. 그것에 기초해서 우리도 매뉴얼을 작성하거든. 그 매뉴얼에 따라 훈련한 다음 다시 체크하고 매뉴얼을 조금씩 조정하네. 그 과정을 반복해서 매뉴얼을 완벽하게 만드는 거야. 그리고 그 매뉴얼 활용 방법을 자네가 마스터할 수 있도록 하는 게 앞으로 1개월의 스케줄이라네."

"그 매뉴얼이라는 건?"

"물론 도핑 매뉴얼이지."

센도는 시원스레 대답했다.

말하자면 그것은 신체 개조 프로그램으로 불리는 것이었다. 그것을 일본으로 가지고 돌아와 개인적으로 훈련을 지속하고, 그 과정을 1개월마다 센도에게 보고하면 그에 맞는 지시를 다시 내려 주는 방식이었다. 센도는 이런 맞춤식 시스템 확립을 연구 주제로 삼고 있었다.

"1개월 동안의 트레이닝에 약만 있었던 건 아니야. 하지만 강해져야 한다는 생각으로 견뎠어. 지금 생각하면 바보 같은 짓이었지만 그때는 무척 심각했어."

"알 것 같아."

사요코는 가녀린 목소리로 말했다.

"그리고 일본으로 돌아왔는데 그 후 센도의 지도를 받는 게 나 하나만이 아니라는 걸 알았어. 다른 동료 네 명이 있었지. 우리는 정기적으로 모여야 했어. 센도가 보내는 약물을 받아야 했기 때문이야. 약은 특수한 경로로 우선 동료 중 하나에게 배달됐어."

그게 바로 오가사와라 아키라였다. 그가 센도와 가장 오래 교류했고 연구 성과를 가장 잘 활용한 선수였다. 유스케 일행은 그의 거처에 모여 자신의 약과 처방전을 받았다. 얼마 후 곧 다섯 명 사이에 동료의식이 생겼고 개인적으로 어울리기도 했다. 같은 육상 선수였던 니와 준야와는 더욱 긴밀히 정보를 교류하게 됐다.

"실험 성과는 눈부셨어. 전원이 각자 자신의 종목에서 우수한 성적을 거뒀지. 그때까지 국내에서조차 거의 톱에 오르지 못했던 사람이 세계무대에서 활약하게 됐으니까. 센도의 연구가 무엇보다 대단했던 건 우리 중 누구도 도핑 테스트에 걸리지 않았다는 거야. 우리는 하늘로 솟아오를 듯 기뻐했어."

그러나 정신을 차릴 순간이 찾아왔다. 도핑의 악영향이 겉으로 드러나기 시작했던 것이다. 그 증상은 제일 먼저 오가사와라 아키라의 몸에서 일어났다. 자각 증상을 느끼기 시작한 그는 유스케 일행에게 그 사실을 말했다. 그만두는 게 좋겠다고, 그건 악마의 약이라고.

세계 스포츠계에서 도핑 테스트를 엄격하게 적용하기 시작한 것도 그들에게 영향을 주었다. 유스케 일행은 모두 은퇴를 결의했다. 약을 사용하지 않고 선수생활을 계속할 경우 자신들의 실력이 드러나게 될 것이다. 솔직히 두려웠다. 얻을 수 있는 것은 이미 모두 얻었다는 계산도 있었다.

센도와의 관계를 끊고 얼마 안 있어서 캐나다 가스페의 연구소도 문을 닫았다는 말을 들었다. 이로써 모든 과거가 청

산됐구나 생각하고 안심했다.

하지만 뜻밖의 곳에서 더러운 과거가 폭로될 위기를 맞았다. 오가사와라 아키라의 자살이었다. 그의 유서를 계기로 일본체육회와 JOC가 움직이기 시작했다.

당황한 유스케 일행은 오가사와라를 제외한 네 명이 모여 대책을 강구했다. 센도에게서 자신들의 자료가 나오면 과거의 영광은 물론 현재의 지위도 잃을 위험이 있었다.

그의 집에 숨어 들어가 자료를 훔쳐내자는 것이 최종 결론이었다. 고통스럽고 내키지 않은 일이었지만 다른 방법이 없었다.

그리고 그날 밤 사건이 벌어진 것이다. 계획했던 대로 상황이 진행되지 않았다. 센도에게 들킨 것도 계산 착오였고 그를 죽인 것도, 자료를 찾지 못하고 저택에 불을 지른 것도 모두 예상치 못한 일이었다.

그러나 가장 큰 오산은 그 여자의 존재였다. 그녀가 복수를 결심하고 자신의 생명을 걸고 유스케 일행을 죽이리라는 사실은 꿈에도 생각하지 못했다.

"그 여자가 우리 집으로 오고 있다는 확증이 있어. 그래서 사요코를 도피시켜야만 했어. 그 여자는 목적을 위해서 수단을 가리지 않으니까……."

사요코는 남편 얘기를 말없이 듣기만 했다. 아마 상당한 충격을 받았을 게 분명하다. 믿었던 남편이 부정한 방법으로 영예를 얻은 것도 그렇고, 직접은 아니지만 센도 고레노리를 죽이는 데 관여했다는 것도 그녀를 틀림없이 절망으로 몰고 갔을 것이다.

"사실은 계속 숨길 작정이었어. 하지만 이렇게 된 이상 적당히 둘러댄다고 당신이 납득할 것도 아니고. 나도 더 이상 숨길 수 없다고 생각했어."

잠시 침묵이 이어졌다. 사요코는 생각에 잠긴 모양이었다. 모든 것을 털어놓은 유스케는 홀가분했다.

"누구에게나."

사요코가 입을 열었다.

"누구에게나…… 과거는 있어. 좋지만은 않은 과거."

"그 과거에 당신을 끌어들이고 싶지 않았어. 앞으로도 마찬가지야. 어느 정도 정리되면 이혼 수속을 밟자."

"이혼이라니…… 그런 거 난, 전혀 생각하지 않아."

사요코는 딱 잘라 말했다.

"저기, 경찰서에 가자. 살인사건에 관여한 이상 죗값을 치러야겠지만 당신이 저지른 일도 아니니까 그렇게 무거운 죄는 아니라고 생각해. 나, 언제까지나 기다릴 테니까."

그녀의 말 하나하나가 유스케의 마음을 격렬하게 흔들었다. 혹시 정말로 그녀가 기다려준다면 경찰에 출두해 그만한 대가를 치르는 것도 나쁘지 않다고 생각했다.

하지만 유스케는 생각했다. 그런 식으로 사요코를 전과자의 아내로 만드는 것이 정말 현명한 처사일까. 물론 도덕적으로는 옳은 일이지만 사요코를 고생시킬 게 분명했다. 배 속에 있는 아기도.

"여보, 내가 말한 대로 해."

사요코가 다시 한 번 말했다.

"알았어. 당신이 말한 대로 할게."

일단 유스케는 그렇게 대답했다.

"정말이지? 정말 경찰에 알릴 거지?"

"응. 하지만 그건 내일 일이야."

"내일? 왜?"

"그때까지 할 일이 있어. 이번 사건에 관여된 사람이 나 혼자가 아니니까."

"다른 사람과 의논해야 한다고?"

"맞아. 동료 하나가 남아 있거든."

유스케는 사쿠라 쇼코라는 이름만은 밝히지 않았다.

"다른 사람이라면 어떤 사람?"

"그건, 말할 수 없어."

유스케는 더 이상 사요코가 따지는 걸 막기 위해 일부러 단호한 표정을 짓고 그녀에게서 고개를 돌렸다. 그리고 아무

말 없이 운전을 계속했다.

　요코하마의 처가 앞에서 그녀를 내려줬다.

　"내일, 연락할게."

　차를 돌리면서 유스케가 말했다. 그러나 사요코가 그의 손을 잡았다.

　"어디로 가는 거야?"

　"아까도 말했잖아. 동료에게 갈 거야. 약속했거든."

　"그 사람한테도 자수를 권할 거지?"

　그녀는 예리한 눈빛으로 남편을 올려다봤다. 유스케는 미소를 지으며 고개를 끄덕였다.

　"아, 물론 그럴 생각이야."

　"얘기 끝나면 곧장 데리러 와. 나, 안 자고 기다릴 테니까."

　"몸에 안 좋으니까 그러지 마. 괜찮아. 내일 데리러 올게."

　"정말?"

　"정말이야. 빨리 집에 들어가. 좀 쌀쌀하네."

　그래도 사요코는 움직이려 하지 않았다. 유스케는 그녀의 손을 뿌리치고 차에 올라탔다.

　"여보."

　그녀는 운전석 창을 통해 불렀다.

　"정말, 정말로 데리러올 거지."

　"날 믿어."

유스케는 그러겠다고 하며 시동을 걸었다. 그리고 차를 천천히 출발시켰다. 룸 미러에 사요코의 불안한 얼굴이 비쳤다.

그래, 다음에는 이혼 서류를 가지고…… 거울 속 아내와 자기 자신에게 말했다.

❖ ❖ ❖

자정 0시가 조금 넘었을 때였다.

기치조지에 사는 여성이 연쇄살인사건의 범인으로 추정되는 여자에게 해를 당했다는 정보가 세이조 서 수사본부에 들어왔다.

피해자는 손발이 단단히 묶인 데다 재갈까지 물린 상태여서 도움을 요청하기 위해 등으로 계속 벽을 두드렸던 모양인데 옆집 사람이 늦게 귀가하는 바람에 이 시간에서야 신고하게 된 것이다.

이쪽에 남아 합동수사에 참여하고 있던 시토는 임시 숙직실 대신 유도장에 누워 있다가 네기시에게서 얘기를 듣고 벌떡 일어났다.

"피해자 이름은 스즈키 미에코. 미나미초의 그린 하이츠라는 원룸 맨션에 사는 26세 회사원. 스즈키의 증언에 따르면 침입자가 그 여자인 건 틀림없는 것 같아."

고데라 경부는 힘차고 빠르게 상황을 설명했다.

"범인의 목적은 이전에 그곳에 살던 히우라 유스케다. 범인이 맨션을 나간 게 9시 조금 전이니까 이미 히우라한테 갔을지도 몰라."

"우리도 곧 가야죠?"

네기시가 제안했다.

"이미 네 명이 출동했네. 미타카 서에 연락해 형사를 붙였지. 그전에 근처 파출소에서 경찰이 상황을 보러 갔는데……."

경부가 채 말을 끝내지 않았을 때 책상 위 전화벨이 울렸다. 경부는 재빨리 수화기를 들었다.

"여보세요. 나다. ……뭐라고? 어디로 간 건가? ……응. ……응. 좋아, 알았다. 거기서 대기하고 있어."

전화를 끊은 고데라 경부는 심각한 얼굴로 일동을 둘러봤다.

"히우라의 집은 텅 비었다는군. 현관도 잠겨 있지 않고."

"범인에게 당한 후란 겁니까?"

세이조 서의 형사가 물었다.

"아냐, 그렇다면 지금까지의 사건처럼 사체가 있어야지. 실내가 흐트러져 있지도 않고 히우라의 차도 없다고 하네."

"도망친 걸 수도 있겠네요."

시토가 말했다.

"안조와 니와가 살해되니 자신도 위험하다고 느꼈겠지. 다만 현관을 잠그지 않았다는 게 걸리네요."

"서두르다 보면 잊을 수도 있지."

네기시가 말했다.

"그럴지도 모르죠."

시토가 수긍할 때 다시 전화가 울렸다. 관례대로 고데라가 받고 두세 마디 후 수화기를 내려놓았다.

"히우라가 도망친 것은 아무래도 확실한 것 같군."

"예?"

시토가 물었다.

"기치조지의 맨션을 관리하는 부동산 직원의 얘기에 따르면, 스즈키 미에코의 증언대로 8시 30분쯤에 그녀로부터 전 입주민에 대한 문의가 있었다는군. 그리고 조금 있다 이번에는 히우라가 전화를 걸어서 거꾸로 현재 사는 입주민에 대해 물었다는 거야."

일동이 술렁였다.

"왜 그런 문의를?"

네기시가 물었다.

"아마 히우라 자신도 범인의 행동을 생각했겠지. 범인이 자신이 이사한 곳을 알려면 당연히 전 맨션에 갈 것이다. 그래서 상황을 알아보기 위해 현재 입주민에게 연락을 취하려 했던 거겠지. 그런데 부동산을 통해 누군가 자신의 주소를 알려고 했다는 얘기를 들었으니 범인이 다가오고 있다는 것을 알아챈 거야."

"역시, 그래서 도망쳤군요."

네기시는 주먹으로 책상을 내려쳤다.

"현관까지 잠그는 걸 잊어먹었군."

"시간으로 봐서 범인은 이미 히우라의 집을 다녀갔을 겁니다. 그렇다면 그가 없다는 것을 알고 어디로 갔을까요?"

시토의 의견에 고데라 경부는 마뜩치 않은 표정으로 끄덕였다.

"아마 그랬겠지. 그래도 일단 오늘 밤은 잠복해보지."

경부는 세 형사에게 현지 형사와 함께 잠복과 주변 탐문을 하도록 명령했다.

"기치조지의 맨션에서 범인은 주인이 돌아올 때까지 실내에서 기다렸다는 거죠."

세이조 서의 형사가 말했다.

"만약 범인이 히우라의 집에 들른 후라면 왜 이번에는 방에서 기다리지 않았을까요?"

"그도 그러네."

고데라가 고개를 갸웃했다.

"왜 그랬을까?"

"히우라가 도망쳤다는 걸 알았을지 모르죠."

시토가 말했다.

"그런 흔적이 방에 남아 있었던 게 아닐까요?"

"물론 그럴 수도 있지. 어쨌든 히우라가 간 곳을 알아내는 게 선결과제야."

고데라 경부는 부하 하나에게 눈짓을 했다.

"오늘 저녁, 히우라의 집에 갔었다고 했지?"

"예. 현역 시절에 니와와 가깝게 지냈다고 해서요. 니와가 도핑을 했을 가능성에 대해 물어보러 갔습니다. 그런데 그도 같은 부류였다니…… 정말 죄송합니다."

중년의 고참 형사는 분한 듯 고개를 숙였다.

"니와와 관련된 스포츠 인사만 100명이 넘어. 그 전원에게 미행을 붙이는 건 어렵지. 그러니 신경 쓰지 말게. 그보다 그때 히우라의 상태를 말해보게. 겁먹거나 이상할 정도로 흥분했다거나 하지 않았나?"

"심각한 표정이었던 것만은 확실합니다. 그러나 그야 지인의 죽음 때문이라고 해석했죠."

"아내는 어땠나? 남편의 목숨이 위험하다는 눈치를 챈 것 같았나?"

"형사가 와서 불안해하긴 했지만 도망칠 준비 같은 건 없었습니다. 게다가 임신 중이라."

"임신 중이라……."

고데라 경부는 주먹을 입에 대고 한숨을 내쉰 뒤 네기시를 지목하며 말했다.

"히우라 부인의 친정을 조사하게. 그리고 히우라의 본가도."

"알겠습니다."

"그리고 순찰을 강화해서 히우라의 차를 수배하게. 이런, 늘 꽁무니만 따라다니는 꼴이군."

고데라는 손가락을 튕겼다.

7장

함정

❖ ❖ ❖

오전 0시 48분.

유스케는 다마 강 옆에 차를 세웠다. 차에서 내려 가로등
이 거의 없는 어슴푸레한 길을 걸어서, 철조망이 둘러쳐진
공원 옆으로 나왔다.

이곳이 쇼코가 지정한 장소였다.

공원 안으로 들어가 산책로를 따라 걸었다.

그리 큰 공원은 아니었다. 작은 연못과 분수가 있고 그 주
위를 에워싸듯 잔디가 심어져 있다. 그 바깥쪽에는 화단이
꾸며져 있다.

한밤중이라 그런지 분수는 작동되지 않고 있었다. 유스케
는 연못 옆에 앉아 주위를 둘러봤다. 인적은 전혀 없었다. 젊
은 남녀가 오기에는 너무 트인 공간인 듯했다. 그보다 너무
늦은 시간이었다.

어디선가 자동차 엔진 소리가 들리더니 금세 가까워졌다 순
식간에 멈췄다. 유스케는 소리가 나는 쪽으로 시선을 돌렸다.

누가 오고 있다. 그는 주머니에 손을 넣어 칼을 잡았다. 동

시에 옆 벤치 뒤로 몸을 숨겼다.

그러나 나타난 그림자가 확연히 작은 것을 보고 한숨을 내쉬며 밖으로 나왔다. 그러자 이번에는 상대가 놀란 모양이다. 꿀꺽 침을 삼키는 소리가 났다.

"……놀라게 좀 하지 마. 그 여잔 줄 알았잖아."

쇼코가 가슴을 쓸어내리며 말했다.

"차로 왔어?"

"응. 그 여자가 유스케의 집에 갔다는 건, 내 맨션은 무사하다는 말이니까. 일단 거기로 돌아가서 차를 끌고 왔어."

"그랬군."

유스케는 그녀가 들고 있는 것으로 시선을 돌렸다. 금속 방망이였다.

"TV 프로그램에서 야구 시합을 한 적 있는데 그때 연습용으로 받은 거야."

쇼코는 그의 시선을 느꼈는지 그렇게 말했다.

"흠……."

이런 허접한 무기로 싸울 셈인가. 유스케는 서글픈 기분이 들었다.

"사실은 할 얘기가 있는데 네 차로 안 갈래?"

"지금?"

"응. 그 여자가 오기 전에 말해두고 싶어."

쇼코는 잠시 생각한 뒤 곧 알았다고 했다.

"좋아. 아무래도 아직 안 온 것 같으니까."

그녀의 뒤를 따라 걷다 보니 공원 옆에 빨간 자동차가 세워져 있는 게 보였다. 두 사람밖에 탈 수 없는 날렵한 차였다.

"사실은 제안이 있어."

차에 타서 유스케는 말했다.

"이런 일, 그만했으면 해. 경찰에 알리는 게 좋을 것 같아."

쇼코가 미간을 찌푸렸다.

"왜 난데없이 그런 얘길 해?"

"그게 서로를 위한 일이라고 생각했어. 아무리 생각해도 사람을 죽일 수 있을 것 같지 않아. 만약 그랬다 해도 경찰 눈을 속일 순 없어. 오히려 죄만 무거워질 뿐이야."

"몇 번이나 똑같은 말을 하게 만드는 거야. 지금 경찰에 신고하면 모든 게 끝이야."

"처음부터 다시 시작하면 돼."

"처음부터라고?"

쇼코는 절레절레 고개를 흔들었다.

"자기는 아무것도 몰라. 이 나라는 말이야, 처음부터 다시 시작할 수 있는 나라가 아냐. 특히 나 같은 일을 하는 사람에게는 말이야. 사라지면 잊히고, 그다음에는 아무것도 남질 않아."

그녀는 유스케의 눈을 똑바로 응시했다.

"자기도 마찬가지야. 모든 걸 잃는 거야. 그래도 좋아? 부인은 어쩔 셈인데?"

"그녀와는."

유스케는 후유, 하고 한숨을 내쉬었다.

"그녀와는 헤어질 생각이야."

"뭐……."

쇼코는 그의 얼굴을 뚫어져라 보다 고개를 천천히 좌우로 흔들었다.

"다정하네. 여전히. 그때와 하나도 변한 게 없어."

유스케는 순간 말문이 막혔다.

그때라면 현역 선수였을 때다. 도핑 시대라고 해야 할지도 모르겠다. 강한 동료의식이 어느새 남녀 감정으로 변하면서 그때는 그것을 연애감정이라고 믿었다. 결혼상대로 신중하게 생각한 적도 있다.

그러나 그것은 진짜 사랑이 아니었다. 공범끼리의 연대의식이 착각을 일으켰던 것이다. 결국 도핑을 그만두고 선수생활에서 물러나면서 둘 사이도 급격히 차가워졌다.

"그 여자가 기치조지 맨션에 갔으니 경찰은 아무래도 날 의심할 거야. 그러니 대충 얼버무리는 건 무리야."

"그래. 그럼, 유스케만 경찰에 가면 되겠네. 하지만 난 안 가. 나는 그녀와 싸울 거야."

쇼코는 유스케로부터 시선을 피하고 정면을 응시했다. 혼자만 도망치지 못하는 유스케의 성격을 잘 알고 있기에 한 말이었다.

그는 그녀의 의도를 알지만 역시 그녀를 내버려둘 수 없었다.

"그만해. 오히려 당하고 말 거야."

"수렁에 빠지느니 죽는 게 낫겠어."

"시동 걸어. 같이 가자."

"그냥 내버려둬!"

쇼코가 노려봤다. 유스케도 마주 봤다. 눈빛이 부딪힌 가운데 몇 초가 흘렀다. 서로의 눈빛에 변화가 찾아왔다. 어디선가 기묘한 소리가 들려왔기 때문이다. 쉭, 쉭, 어디선가 들은 적 있는 소리였다.

"저건……"

유스케는 숨을 멈췄다.

"롤러스케이트 소리야!"

쇼코가 앞으로 몸을 내밀고 큰 눈을 더욱 크게 떴다. 유스케는 어금니를 깨물었다. 롤러스케이트라면 짐작이 간다. 한동안 열중했던 터라 신발장 옆에 놓아뒀었다. 수십 미터 앞에 검고 큰 그림자가 나타났다. 예상을 훨씬 뛰어 넘는 크기에, 그것이 인간의 그림자라는 것을 확인하기까지 조금 시간이 걸렸다.

"그 여자야!"

"도망치자!"

유스케가 날카롭게 말했다.

쇼코는 자동차 시동을 걸었다. 그와 거의 동시에 롤러스케이트를 신은 거대한 그림자가 움직임을 멈추고 이쪽 상황을 살피기 시작했다.

"단번에 녀석의 옆으로 빠져 도망치자."

유스케가 소리 질렀다. 그러나 핸들을 쥔 쇼코는 천천히 고개를 흔들었다.

"아니, 도망치지 않아."

그리고 기어를 넣고 엔진을 공회전시켰다.

"그만해! 쇼코!"

"꽉 잡아."

그렇게 말하고 쇼코는 자동차를 발진시켰다. 유스케는 등이 뒤로 젖혀지는 것을 느끼면서 거대한 사람 그림자가 다가오는 것을 바라봤다.

그녀는 빨간 스포츠카가 무서운 속도로 다가오는 것을 보고 그들이 분명하다고 확신했다.

히우라 유스케와 사쿠라 쇼코. 그들은 도망치는 게 아니라 그녀를 치어 죽이려 하는 게 분명했다.

자동차의 헤드라이트가 눈앞까지 왔을 때 왼쪽으로 피했다. 스치고 지나간 스포츠카는 타이어를 미끄러뜨리며 유턴해 다시 달려왔다.

그녀는 몸을 구부린 채 타이밍을 계산했다. 처음부터 도망이나 다닐 생각은 없었다. 도망쳐선 상대를 쓰러뜨릴 수 없다.

빨간 차가 전속력으로 다가왔다. 그녀는 무릎을 구부리고 숨을 멈췄다. 차가 2~3미터 정도 앞에 왔을 때 과감히 뛰어올랐다. 다음 순간 그녀의 롤러스케이트는 자동차 앞 유리창 위를 미끄러져 달리고 있었다. 앞 유리창에서 루프로 순식간에 이동했다. 하지만 뒤 창문으로 내려올 때 균형을 잃고 말았다.

그래도 그녀는 떨어지지 않았다. 리어 스포일러를 잡고 롤러스케이트를 신은 채 다리를 지면에 딱 붙였다. 차는 여전히 달리고 있었고 수상스키를 하듯 그녀는 차에 매달린 형태였다.

그 순간 그녀는 권총을 꺼냈다. 뒤 창문 너머로 두 사람의 모습이 보였다. 왼손으로 리어 스포일러를 잡은 채 오른손으로 권총을 겨눈다.

✦✦✦

"엎드려! 권총을 겨누고 있어."

리어램프에 빨갛게 비친 여자를 보고 유스케가 소리 질렀다. 하지만 쇼코는 벌겋게 충혈된 눈으로 전방을 주시하고 있을 뿐이었다. 그리고 액셀러레이터를 밟은 채 핸들을 좌우로 격렬하게 꺾었다. 여자를 떨어뜨리려는 심산이었다.

"머릴 숙여!"

유스케가 손을 뻗어 쇼코의 머리를 누르려 할 때였다.

"밟는다!"

이번에는 반대로 쇼코가 소리쳤다. 유스케는 순간 앞으로 뻗은 두 발에 힘을 줬다. 다음 순간 그녀는 과감히 브레이크를 밟았다.

타이어가 굉음을 내면서 유스케는 몸 전체가 앞으로 쏠리는 걸 느꼈다. 안전벨트가 어깨를 파고들었다.

등 뒤에서 시끄러운 소리가 난 걸 보니 리어 스포일러를 잡고 있던 여자가 쓰러진 모양이다.

쇼코는 차가 멈추자마자 기어를 후진에 놓았다.

"부숴버리겠어."

그녀는 빨간 입술을 일그러뜨리며 웅얼거리고는 액셀러레이터를 밟았다. 몸이 시트에서 붕 떴다. 차는 엄청난 속도로 후진하기 시작했다.

유스케는 몸을 둥글게 말아 충격에 대비했다. 쇼코는 차를 어딘가에 충돌시켜 여자를 끼워 죽이려고 했다. 격렬한 소리가 나고 차가 어딘가에 부딪혔다. 유스케는 시트에 부딪힌 충격으로 순간 정신을 잃었다.

그는 몸을 틀어 조심스럽게 뒤를 돌아봤다. 자동차 뒷부분이 공원 철조망을 들이박았다. 여자의 모습은 없었다.

여자가 없어…… 그렇게 말하려는 순간 머리 위에서 큰 소리가 났다. 유스케는 놀라서 앞을 봤다. 롤러스케이트를 신은 다리가 앞 유리를 내려가고 있었다.

여자는 차에서 뛰어내린 기세로 10미터쯤 달린 후 빙그르 유턴했다. 그리고 이번에는 맹렬한 속도로 유스케 일행을 향해 달려 왔다.

엔진은 멈춘 상태였다. 쇼코가 서둘러 키를 돌린다. 그러나 엔진이 켜지기 전에 여자가 자동차 왼쪽으로 다가와 문을 열려고 했다. 문이 잠겨 있다는 것을 깨달은 여자가 유리창 너머로 총을 겨누는 게 보였다.

바로 그 순간, 유스케는 자신들을 죽이려는 여자의 모습을 처음으로 가까이서 봤다. 그녀는 이미 몇몇 목격자가 말한 대로 훌륭한 육체를 지니고 있었다. 그야말로 센도 고레노리의 걸작이었다.

아름답다고도 할 수 있는 이목구비에 아직 어린 티가 남아 있는 점이 육체와 불균형을 이뤄 인공적인 조형물임을 다시 한 번 각인시켰다.

"도망쳐, 쇼코!"

순식간에 생각을 끝낸 유스케가 소리쳤다. 그리고 도어 록을 풀고 상대를 향해 힘껏 문을 열어젖혔다. 여자는 놀란 듯 뒤로 재빨리 물러섰다.

그 직후, GTO의 시동이 걸렸다. 여자는 유스케를 먼저 쓰러뜨릴까, 빨간색 스포츠카를 쫓을까 잠깐 고민하다 차에 타고 있는 쪽을 먼저 처리하는 게 낫다고 판단했는지 차가 출발하기 전 반쯤 열린 문을 잡았다.

GTO가 괴성을 지르며 달리기 시작했다. 그 측면에 쭈그려 앉은 채 여자는 롤러스케이트를 타고 매달려 있었다.

권총에 남은 총알이 한 발뿐인데 상대가 둘이라는 것이 여자의 행동을 제한했다. 사격에는 자신이 없었다. 쏠 때에는 상대를 확실하게 조준할 수 있는 상황이 필요했다. 주행하는 차에 매달린 채 유리 너머로 상대의 급소를 노린다는 것은 사실상 불가능했다.

운전하고 있는 여자는 틀림없이 사쿠라 쇼코일 것이다. 쇼코는 문에 매달린 여자를 떨어뜨리려고 격렬하게 차를 지그재그로 운전하고 있었다.

여자는 속도에 뒤처지지 않게 두 다리로 단단히 버티면서 문을 연 다음, 균형이 무너지지 않도록 조심하며 억지로 상반신을 들이밀었다.

쇼코는 비명을 질렀다. 핸들을 쥔 채 몸을 틀어 뒷자리에 놓아둔 금속 방망이를 꺼내려 했다. 그러나 그것은 좁은 차 안에서 쓸 만한 무기가 아니었다.

쇼코는 급브레이크를 밟았다.

상반신을 차 안에 넣고 있던 여자는 관성에 의해 앞쪽으로 내동댕이쳐졌고 앞 유리와 프레임에 격렬하게 부딪친 뒤 그대로 차 밖으로 나가떨어졌다.

그러나 그녀는 문을 잡고 다시 일어나 포획물의 행방을 눈으로 좇았다. 쇼코는 차에서 나와 강 제방 쪽으로 달리고 있었다.

여자는 롤러스케이트를 신은 채 상대를 추격했다. 중간에 계단이 있었지만 개의치 않고 뛰어올랐다. 덜그럭덜그럭, 롤러스케이트 소리가 울렸다.

쇼코는 제방을 따라 조금 달린 후 강변으로 내려갔다. 포장

이 전혀 안 되어 있어서 잡초가 무성한 땅 여기저기에는 큰
돌이 굴러다녔고 잡목도 솟아 있었다.

그래도 그녀는 개의치 않고 롤러스케이트로 그 위를 달렸
다. 앞에서 달리던 쇼코가 돌아보며 눈을 크게 떴다.

"다가오지 마!"

쇼코는 절규하며 강을 따라 계속 달렸다. 강변이 가까워지
자 돌들이 작아져 모래사장 같은 느낌이 들었다. 그녀는 거
기서 재빨리 롤러스케이트를 벗고 맨발로 다시 쇼코를 쫓기
시작했다.

쇼코는 큰 바위로 오르기 시작했다. 주변에도 바위들이 꽤
많았다. 그녀는 바위 하나를 별 어려움 없이 뛰어오르더니
성큼성큼 다음 바위로 옮겨가며 쇼코를 추월했다.

어쩔 수 없이 쇼코는 다시 강 쪽으로 도망쳤다. 마침내 더
이상 도망칠 곳이 없어지자 쇼코는 돌아서 애원했다.

"부탁해. 살려줘. 죽이지 말아줘."

그러나 이 소리는 여자의 마음에 아무런 영향을 주지 못했다.

그날 밤 센도 고레노리가 살해됐을 때부터 복수만을 생각
해왔던 것이다.

그녀는 천천히 권총을 꺼내 방아쇠에 손가락을 걸었다.

❖❖❖

총성이다! 유스케는 그 소리를 듣고 생각했다. 버려진 GTO 주위를 어슬렁대고 있을 때였다.

소리가 어느 방향에서 났는지 확신이 서지 않았다. 그러나 거의 직감적으로 강 쪽일 거라고 짐작했다.

유스케는 제방을 건너 강가로 내려갔다. 어두운 데다 무성한 잡초가 바람에 나부끼고 있어서 인기척을 느끼기는 몹시 어려웠다.

그는 몸을 낮추고 조심스럽게 앞으로 나아갔다.

눈이 어둠에 익숙해지자 땅이 보이기 시작했다. 이윽고 그는 땅 위에서 새 신발 끈 몇 개를 발견했다. 롤러스케이트의 끈이라는 걸 금세 깨달을 수 있었다.

그 흔적을 따라가니 모래사장이 나왔다. 마침 그곳에 스케이트가 버려져 있었다.

유스케는 전후좌우를 살피면서 그대로 나아갔다. 전방에 바위 몇 개가 놓여 있었다. 설마 쇼코가 저기에 기어올라 도주하려 했다고는 생각할 수 없었다. 아무리 체조선수여서 행동이 민첩하다고 해도 그 거구의 여자를 이길 수는 없다. 곧 추월당할 게 분명한데 쇼코가 그 사실을 모를 리 없다.

유스케는 방향을 바꿔 돌아오려 했다. 그때 바로 옆에서 무슨 소리가 들렸다. 순간 숨을 멈추고 긴장했다. 바위 뒤에서 검은 그림자가 나타났다.

"나야."

그림자가 말했다. 쇼코였다.

오전 1시가 조금 넘었다.

시토는 경시청의 네기시와 함께 히우라 사요코의 친정집인 야마시타 댁을 방문했다.

"정말, 정말로 행선지를 말씀하지 않으셨나요?"

네기시는 벌건 눈으로 현관 앞에 서서 사요코에게 물었다. 그녀는 부들부들 떨면서 가만히 끄덕였다.

"동료가 있는 곳⋯⋯이라고만 했어요."

목소리도 떨렸다.

그녀는 시토 일행이 설명하지 않아도 대강의 사정을 알고 있는 듯했다. 남편의 고백을 들은 모양이다.

"그 동료의 이름은 못 들으셨어요?"

시토가 다시 물어봤지만 그녀는 고개를 저었다.

"물어봤지만 가르쳐주지 않았어요. 하지만 한 사람이라

고…… 하나가 더 남았다고 했어요."

"한 사람이 더…… 또 하나가."

네기시는 신경질적으로 머리를 헝클었다.

"나머지 한 사람에 대해 짚이는 게 없으세요? 아무리 사소한 거라도 괜찮습니다."

그러나 사요코는 고개만 흔들었다. 사소한 기억을 더듬을 여유 같은 게 없어 보였다.

"부인!"

시토는 그녀가 조금이라도 안정을 되찾도록 노력하며 천천히 물었다.

"오늘 밤 맨션을 나올 때 현관을 잠그지 않으셨는데 알고 계세요?"

이 질문을 던진 것은 그 점이 내내 마음에 걸렸기 때문이다.

"알고 있어요. 제가 현관을 잠그려고 했는데, 그 사람이 괜찮다고 해서……."

"괜찮다고요? 안 잠가도 괜찮다는 말씀이세요?"

"예."

시토와 네기시는 마주 봤다. 문을 잠그지 않은 것은 일부러 범인을 방으로 유인하려는 것이었을까. 그렇다면 목적은?

"그러고 보니, 그때……."

사요코가 낮게 중얼댔다.

"무슨 종이 같은 것을 신발장 위에 놓아둔 것 같았어요."

"종이? 메모 같은 거 말입니까?"

"그런 것 같아요."

"거기에 행선지가 적혀 있겠군."

네기시가 목소리를 높였다.

"범인을 그곳으로 불러낼 작정이었겠지."

시토도 동의했다. 시간으로 보아 이미 히우라 일행은 범인과 대결했을 것이다. 사체 발견이라는 정보가 곧 본부에 들어오지 않을까.

"범인을 불러내다니…… 그런 위험한 일을."

사요코는 가슴 위에 두 손을 단단히 모았다.

"범인은 지금까지 몇 명이나 죽였나요? 무서운 인간이죠? 엄청나게 크고 괴물 같다고, 신문에서……."

"무서운 상대인 것만은 확실합니다."

시토는 단언했다.

"하지만 아마 남편 분과 동료는 범인을 쓰러뜨릴 수 있다고 생각했을 겁니다. 강력한 무기가 있으니까요."

"강력한 무기?"

사요코는 촉촉해진 눈동자로 시토를 바라보았다.

"그게 뭔가요?"

"권총입니다. 야마나카 호숫가 별장에서 센도 고레노리를

324

살해했을 때 사용한 겁니다. 탄환이 고레노리의 몸에서 적출됐지만 총은 불탄 저택에서 발견되지 않았습니다."

수사당국은 초동수사에서부터 그 총을 추적하고 있었는데 안조 다쿠마와 니와 준야의 방에서는 발견되지 않았다. 그렇다면 히우라 유스케나, 나머지 한 사람이 가지고 있다는 말이 된다.

"남편 일행이 그걸로 상대를 쏘겠다고……."

"아마 그렇겠죠."

시토는 고개를 끄덕였다.

범인의 총에도 총알이 하나 남아 있다. 쐈을까, 맞았을까. 아니, 이미 결론이 났을지도 모른다. 그러나 그 사실을 이 부인 앞에서 입 밖에 낼 수는 없었다.

쇼코를 본 유스케는 안도감과 놀라움이 교차했다.

조금 전 총성을 듣고 그녀가 맞았으리라 단정했기 때문이었다.

"쇼코, 무사한 거야?"

저절로 목소리가 높아졌다.

"응. 어쨌든."

쇼코의 목소리는 반대로 차분했다. 너무 낮은 목소리여서 오히려 놀라웠다.

"녀석은?"

유스케가 물었다.

쇼코는 헐떡이던 숨을 멈추고 그의 얼굴을 보더니 후유, 천천히 심호흡을 하고 가볍게 눈을 감은 채 말했다.

"죽었어."

"죽어? 네가 했어?"

유스케는 자신의 뺨에 경련이 일어나는 걸 느꼈다. 쇼코가 눈을 떴다.

"응. 그래. 내가 죽였어."

"어떻게? 총성이 들렸는데."

"이거야."

쇼코는 오른손을 내밀었다. 그 손에는 검은 물체…… 두말할 것 없이 권총이 놓여 있었다.

"이건…… 녀석에게서 빼앗은 거야?"

권총의 종류를 전혀 모르는 유스케는 도대체 무슨 짓을 하면 그 괴물에게서 권총을 뺏을 수 있는지 의아해하며 물었다. 쇼코는 입술만 움직여서 씩 웃었다.

"기억 안 나? 이 권총. 센도 고레노리가 가지고 있던 거야.

그날 밤, 이걸로 우리를 위협했잖아. 결과적으로 자기 목숨을 잃고 말았지만."

아! 유스케의 입이 벌어졌다.

"그 권총이야? 그건 저택에 버렸잖아……."

그러고 보니 그날 밤 해야 할 일이 너무 많아 권총까지는 신경 쓰지 못했다.

"일단 사체 옆에 버렸어. 그런데 나중에 내가 가져왔지."

"그랬던 거야? 하지만 언제?"

"저택에 불을 붙이러 갔을 때. 등유를 붓고 밖으로 나오면서 오일라이터를 가지고 나만 다시 들어갔잖아."

"아, 맞다. 그때……."

원래는 준야가 불을 놓으려 했다. 그런데 쇼코가 자기가 가겠다고 했다. 자신이 센도를 죽였으니 모두에게 폐를 끼치고 싶지 않다며.

"하지만 왜?"

유스케는 눈을 찌푸리며 쇼코를 봤다.

"왜 권총을 주워왔어? 그때는 그 여자가 복수하러 올 거라고 생각하지 못했을 텐데."

"그냥 어쩌다. 호신용이라고 해야 하나."

"뭐, 그야 그렇지만…… 덕분에 살았네. 하지만 더 이상 이걸 사용하진 마."

쇼코는 유스케에게 권총을 내밀었다.

"잠깐 들어볼래?"

유스케는 권총을 받아들었다. 금속의 서늘한 감촉이 느껴졌다.

보기보다 무게가 더 나갔다.

"지금까지 왜 말 안 했어?"

유스케가 검게 빛나는 총신을 보면서 말했다.

"이게 있다고 말했으면 대처 방법도 달라졌을 텐데."

"어떻게 달라졌을까? 서로 빼앗으려고 하지 않았겠어? 권총은 하나밖에 없고 상대는 누굴 덮칠지 모르는 상황이었으니까."

쇼코는 방금 전 사람을 죽였다고는 생각되지 않을 정도로 냉정함을 드러내며 되물었다. 유스케는 대답할 말이 떠오르지 않아 나직이 한숨을 내쉬었다. 그녀 말이 맞을지도 모른다.

"녀석의 사체는?"

화제를 바꿨다.

"강 속에."

쇼코가 대답했다.

"그녀도 총탄에는 못 이기나 봐. 고통스러워하면서 떨어졌어. 옆구리에 명중한 것 같은데 아마 살아나진 못할 거야."

"그렇군."

그는 한숨을 지었다.

"그러면 앞으로 어떻게 할 거야?"

"사후처리가 남았지."

"사후처리?"

"우선 이거."

그렇게 말하며 그녀가 꺼낸 것은 조금 전 권총이었다.

"그 여자가 강에 떨어지기 직전에 떨어뜨린 거야. 아직 총
알이 하나 남아 있어."

"그걸 어쩔 셈이야."

쇼코는 그의 질문에 대답하는 대신 손에 든 총을 가만히 내
려다봤다.

"왜 그래?"

그가 다시 말을 걸었다.

"유스케."

쇼코는 얼굴을 들고 그를 봤다.

"응?"

"미안해."

그녀의 중얼거림이 끝남과 동시에 들고 있던 총이 불을 뿜
었다.

유스케는 순간 무슨 일이 벌어졌는지 모른 채 뒤로 쓰러졌
다. 마치 강력한 힘에 부딪혀 나가떨어진 것만 같았다. 일어

나려고 했지만 몸에 아주 무거운 것이 매달린 것처럼 상체는 조금도 움직여지지 않았다. 게다가 온몸이 심하게 경직됐다.

총에 맞았다는 것을 깨닫는 데까지 조금 시간이 걸렸다. 그 동안 그는 눈앞에 펼쳐진 밤하늘을 바라보며 내일 비가 오면 우산을 가지고 가야겠다는 생각을 했다.

쇼코가 곁으로 다가와 그의 옆에 주저앉았다.

"미안해."

그녀는 슬픈 표정을 지으며 낮게 읊조렸다.

"하지만 이렇게 할 수밖에 없어."

"왜……."

유스케는 오락가락하는 의식을 필사적으로 붙잡으며 쇼코에게 물었다.

"이렇게 하지 않으면 경찰은 납득하지 않아. 그 여자의 사체가 발견되면 부검이 이뤄지겠지. 그럼 그 여자의 몸에서 나온 탄환으로 센도를 죽인 범인이 그녀도 죽였다는 걸 알게 될 거야. 수사는 끝나지 않고 내가 체포될 때까지 형사가 계속 움직일 테지. 가스페 연구소와 그곳에 갔던 멤버도 밝혀 낼 테고. 그럼 곤란해. 나, 붙잡히고 싶지 않아."

유스케는 복부를 중심으로 전신이 타는 듯 뜨거워지는 것을 느꼈다. 가슴이나 복부에 맞은 것 같다. 고통보다는 마비와 비슷한 강렬한 감각이 묵직한 덩어리가 되어 그 부근을

압박했다. 어쨌든 그것은 곧 걷잡을 수 없는 고통으로 변할 것이다. 죽고 싶지 않다는 마음 한구석에는 고통이 엄습하기 전에 숨이 끊어졌으면 하는 생각도 들었다.

"그랬군. 그래서 내게 권총을……."

"맞아. 일부러 쥐게 한 거야. 이걸로 경찰은 당신과 그 여자가 서로 쏜 것으로 판단할 테니까."

"언제부터, 그런 걸, 생각……했어?"

"언제부터였을까. 그래. 그 여자, 타란툴라의 존재를 알았을 때부터였을까. 나를 지키기 위해선 이렇게 할 수밖에 없다고 생각했어. 여자를 죽이고 그 죄를 우리 가운데 누군가에게 덮어씌운다.

그것도 여자가 남은 두 사람을 죽인 후면 가장 이상적이라고 생각했지. 결과는 기막히게 내 생각대로 됐어."

"어째서?"

"그래야 내 과거를 아는 사람이 모두 이 세상에서 없어지는 거니까. 타란툴라를 잘만 이용하면 되겠다 싶었어."

쇼코는 별것 아니라는 듯 말했다.

"그럼…… 다쿠마와 준야가 차례로 살해된 게…… 네겐 행운이었다는 말이야?"

"그런 셈이지."

쇼코는 태연히 인정했다.

"하지만 단순히 행운만은 아니었어. 사실 그 둘은 어쩌면 살해되지 않았을 수도 있었으니까."

"뭐⋯⋯."

유스케는 눈을 떴다. 그 순간 마치 전기가 통하듯 머리끝에서 발끝까지 격렬한 통증이 전해졌다.

"우선 안조는 말이야, 그가 타란툴라와 대결할 때 나도 거기 있었어. 그 헬스클럽에 말이야."

"뭐라고?"

"그날 밤, 안조가 내게 전화했어. 자신에게 전화했었느냐고 묻더라. 집에 정체불명의 여자가 전화를 걸어 그가 있는 곳을 물었다는 거야. 나는 바로 알아챘어. 그 여자가 온 거라고. 그래서 전화를 끊은 후 곧바로 헬스클럽으로 향했어. 주차장에 이미 수위가 쓰러져 있기에 내 예감이 적중했다는 걸 알았지. 트레이닝 플로어로 갔더니 둘이 싸우고 있더라."

쇼코의 말이 빨라졌다. 당시를 회상하니 흥분되는 모양이었다.

"역시 안조더라. 그는 그녀에게서 권총을 뺏는 데 성공했어. 그녀는 어둠 속에 숨어 있었지만 안조가 절대 유리했지. 나는 망설였어. 이대로 그가 타란툴라를 죽이게 둘까. 아니면 타란툴라가 그를 죽이게 할까. 하지만 결국 그를 죽게 하기로 했지. 수위가 그 여자를 본 이상 아무리 사체를 잘 숨겨도 안조는 경찰의 추궁을 피할 순 없을 테니까. 게다가 그 역시 내 과거를 아는 사람이야.

나는 뭐든 하려고 어둠 속을 살폈어. 바닥 위에 아령이 떨어져 있더군. 안조가 바로 전까지 무기로 사용하던 거야. 나는 그것을 주워들고 입구 옆에 몸을 숨겼어. 필시 불을 켜려고 오리라 생각했거든. 예상대로 그는 내 쪽으로 왔어. 하지만 내가 있다는 건 꿈에도 몰랐겠지. 그가 조명 스위치에 손을 댄 순간 나는 일어나 아령을 휘둘렀어. 안조도 기척을 느꼈지만 내가 먼저 그의 머리를 내리쳤지. 그는 그 자리에 쓰러졌어. 그것을 확인하고 나는 도망쳤어. 건물을 나왔을 때 총성이 들렸어."

유스케는 믿을 수 없는 심정으로 쇼코를 바라봤다. 하지만 그 얼굴도 조금씩 흔들렸다.

"니와 사건도 내가 일을 좀 꾸몄어."

"종이…… 붙인 거."

"그래. 그가 하치오지로 도망치자 초조했어. 게다가 그 여자가 먼저 내게 왔었잖아. 다행히 살아났으니 확실히 운이 좋긴 했지.

그만큼 그 행운을 제대로 쓰고 싶었어. 곧장 니와 맨션으로 가서 그 종이를 붙였어. 결과는 아는 대로고."

"나…… 도."

"응. 맞아."

유스케가 말하고자 하는 바를 쇼코도 알아차린 듯했다.

"자기가 이렇게 죽는 것도 내 시나리오대로야. 물론 자기가 정말 그 여자에게 살해되고 내가 그녀를 죽이는 것도 좋았지. 그러는 편이 자기도 덜 억울하고 나도 죄책감을 덜 수 있으니까. 하지만 그녀가 나를 먼저 죽이려고 했으니 어쩔 수 없었지."

어느새 쇼코의 표정은 상기되어 있었다. 마치 재미있는 장난에 성공한 것처럼 보였다. 미쳤구나! 유스케는 마침내 깨달았다.

"조금 전, 센도의 권총을 어쩌다 주웠다고 했지만 그건 거짓말이야. 사실은 그때부터 너희들 셋을 죽일 생각이었어. 아니, 훨씬 오래전부터 내 과거를 아는 사람은 전부 없애고 싶었어."

"그럼…… 센도도."

"맞아. 갑자기 쏘긴 했지만 지금 생각해보니 한편으로는 머릿속에 계산이 있었던 것 같아. 여기서 죽이는 편이 낫지 않을까."

너는 미쳤어……. 그렇게 말하려 했지만 소리가 나오지 않았다.

의식이 흐려지기 시작했다.

"유스케, 죽는 거네."

쇼코의 목소리가 아주 멀리서 들렸다.

"유스케, 유스케, 가엾어라. 미안해. 정말 미안해. 날 원망
하지 마."

유스케의 뇌리에 회색 막이 덮였다. 그 막 너머로 하얀 생
물이 움직이는 게 보였다. 이단평행봉 연기를 하는 쇼코의
모습이었다.

빙글빙글 요정처럼 바 사이를 날아다닌다.

유스케는 도핑을 하면서 그녀를 만났다. 당시 그녀는 고교
생이었다. 그녀는 그가 그때까지 알고 지내던 어떤 여성보다
화사했고 싱그러운 매력이 넘쳤다. 유스케는 곧 그녀에게 푹
빠졌다. 쇼코도 그를 사랑해줬다.

사실 그녀는 센도의 실험 대상 중에서도 특이한 존재였다.
그들 중 가장 나이가 어렸고 유일한 여성이었다. 하지만 무
엇보다 큰 차이는 쇼코가 센도를 찾은 것은 그녀의 의사가
아니라 그녀 어머니의 희망이었다는 점이었다.

그녀의 어머니 역시 체조선수였는데 한 번도 주목을 받지
못하고 은퇴했다고 한다. 딸에게 자신의 꿈을 걸었던 그녀
어머니는 센도의 소문을 듣고 그에게 쇼코의 지도를 맡겼던
것이다. 물론 센도의 정체를 알고 있었을 것이고 딸에게 어
떤 짓을 할지 각오도 했을 것이다. 그렇게 해서라도 쇼코를

성공한 체조선수로 만들고 싶었을 것이다. 그리고 당연히 반대했을 아버지는 이미 세상을 떠난 상태였다.

유스케도 자세한 내막은 모르지만 쇼코가 센도에게 받은 약물은 정신을 조절하는 약이었다. 센도는 그녀의 경기 능력을 높이기 위해서는 정신을 개조하는 게 가장 빠른 길이라고 판단했다.

그녀가 뛰어난 성적을 거두자 그녀의 어머니도 만족한 듯했다.

유스케도 그녀의 어머니가 늘 시합마다 응원하러 온 것을 기억하고 있다. 어머니는 쇼코가 유스케와 친해지는 걸 싫어했다. 선수 생활에 방해가 된다고 생각했기 때문이었다. 그래서 유스케는 어머니 앞에서는 쇼코에게 가까이 가지 않았다.

"약은 먹었느냐고 묻는 게 엄마의 입버릇이야."

쇼코가 재미있다는 듯 말한 적이 있다. 그녀가 그렇게 빈번히 약물을 복용했다는 말이 된다. 그런 거 자주 안 먹는 게 좋아. 유스케는 이렇게 말하려다 입을 닫았다. 자신에게는 그런 말을 할 자격이 없다는 생각이 들었기 때문이다.

그 어머니도 그녀가 선수생활에서 은퇴하자마자 세상을 떠났다. 유스케는 무엇이 원인이었는지 기억하려 했지만 기억이 희미해졌다. 도대체 그 사람은 왜 죽었을까?

미안해, 라는 소리가 또 희미하게 들렸다.

너는 미쳤어……. 유스케는 마음속으로 중얼거렸다.

하지만 어쩔 수 없어. 모든 게 약 때문이야.

시토가 우려했던 대로 16일 새벽, 고마에 시에서 히우라 유스케의 사살된 사체가 발견됐다.

다마 강변에 쓰러져 있는 것을 근처 주민이 발견했다.

고마에 서 관할이지만 세이조 서 수사본부에 머물고 있던 수사관들도 현장으로 달려갔다.

"이런 데서 살해되다니. 이상하군. 우리 수사본부에서 엎어지면 코 닿을 곳이니."

고데라 경부가 실려 가는 사체를 보내며 씁쓸하게 내뱉었다. 얼굴에 분한 심정이 고스란히 드러났다. 어젯밤은 간선도로를 중심으로 광범위한 순찰과 검문이 이뤄졌는데 그것이 모두 허사로 돌아간 것이다.

시토는 히우라 사요코를 생각했다. 그녀는 마음속 깊이 남편을 사랑하는 것 같았다. 그녀가 이 참극을 안다면 얼마나 슬퍼할까.

그는 그녀에게 남편의 죽음을 알릴 경관이 안쓰러웠다.

"이것으로 범인의 총에는 더 이상 탄환이 없습니다."

네기시가 말했다.

"그렇지."

고데라가 부루퉁한 표정으로 끄덕였다. 수사관 입장에서는 모든 탄환을 쓰게 해버린 게 부끄러울 수밖에 없었다.

네기시가 시토 쪽을 바라봤다.

"히우라가 가지고 있던 총인데 센도 고레노리 살해에 이용된 것으로 생각해도 되겠죠?"

"감식 결과를 기다려야겠지만 아마 틀림없을 겁니다. 구경도 일치합니다."

"S&W죠."

"예. 히우라 일행이 전부터 가지고 있었을 것 같진 않고 센도가 어떤 경로를 통해 외국에서 가지고 들어왔겠죠."

얼마 후 또 다른 권총이 사체에서 수십 미터 떨어진 바위 밑에서 발견됐다. 야마나시 현경의 요시무라 순사가 도난당했던 권총으로 확인됐다.

더욱이 그곳에서 몇 미터 떨어진 암벽에 혈흔이 붙어 있었다.

히우라가 총에 맞고 걸어간 흔적이 없었기 때문에 그것은 범인 혹은 범인이 노린 마지막 한 사람의 것으로 생각됐다.

또 주변을 탐문수사한 결과 몇몇 정보가 들어왔다. 우선 어젯밤 공원 부근에서 차가 부딪히고 주변을 돌아다니는 소리를 몇몇 주민이 들었는데 모두 폭주족이 난동을 부리는 거겠지 하며 대수롭지 않게 생각했다고 한다.

수사관들이 조사한 결과 공원 철조망에는 뭔가가 부딪힌 것 같은 움푹 팬 흔적이 남아 있었고 바로 옆 도로에는 타이어가 미끄러지면서 생긴 짧은 스키드 마크가 여러 개 있었는데, 얼마 전에 생긴 것으로 보였다.

시간적으로 보아 유스케 피살사건과 관련이 있는 것으로 여겨졌다. 또 조금 떨어진 곳에는 히우라 유스케가 탄 것으로 보이는 파제로가 주차되어 있었다. 그러나 타이어 폭을 살펴보았을 때 미끄러진 타이어 흔적은 분명 파제로가 남긴 게 아니었다. 히우라의 마지막 동료가 탔던 차가 아니겠느냐는 것이 수사관 전원의 일치된 견해였다.

총성 같은 소리가 들렸다는 증인도 셋이나 찾아냈다. 한 사람은 학생이고 다른 둘은 회사원이었다. 모두 젊어서 충분히 믿을 만한 청력의 소유자들이었다. 그들의 증언에 따르면 총성은 두 번 울렸다고 한다.

"암벽에 붙은 혈흔은 범인의 것으로 생각해도 무리가 없을 듯하군. 녀석은 총상을 입었어."

세이조 서 수사본부로 돌아온 후 고데라 경부가 확신에 찬 표정으로 말했다.

"총성이 두 번 울렸다는 것은 히우라도 권총을 쐈다는 말이다. 범인의 총에는 탄환이 한 발밖에 남아 있지 않았으니까. 필시 히우라가 쏜 탄환에 범인이 맞았을 것이다."

"서로 쐈다는 말인가요?"

세이조 서 형사가 물었다.

"아니, 그런 것 같진 않아. 증언에 따르면 두 발의 총성 사이에는 10분 가까운 간격이 있었다. 먼저 히우라가 범인을 쏜다. 이게 첫 번째다. 범인은 부상을 입었지만 죽진 않았다. 다음으로 범인은 히우라를 쏜다. 이것이 두 번째 총성이다. 이번에는 히우라가 죽는다. 뭐, 이렇게 된 게 아니었을까?"

"히우라의 동료는 어떻게 됐죠?"

"아마 도망쳤겠지."

그 동료에 대해서는 중요한 실마리를 얻었다. 자동차가 부딪힌 흔적으로 생각되는 공원 철조망의 움푹 팬 곳에서 빨간색 도장(塗裝) 파편이 발견된 것이다. 도로에 남은 타이어 흔적으로 스포츠카 종류라는 게 확인됐기 때문에 차종을 알아내는 것은 시간문제였다.

"범인은 그 사람을 쫓고 있겠군요?"

다른 형사가 물었다.

"그럴 수도 있지. 일단은 어딘가로 도망쳤다가 다시 노릴 속셈이겠지."

"근처에 숨어 있을 가능성도 크다고 생각합니다. 부상을 입었으니까요."

네기시가 말했다.

"보통은 그렇지. 그러나 이 범인에게는 상식이 통하지 않아."

한숨 섞인 고데라의 말에 모두 동감하는 표정으로 끄덕였다.

"무엇보다 나머지 한 명을 찾아내는 게 급선무겠네요."

"그렇지."

고데라가 팔짱을 꼈다.

그때 형사 하나가 손에 보고서 같은 것을 들고 들어왔다.

"경부님, 감식반에서 이상한 얘기를 하네요."

"이상한 얘기?"

"총알이 들어오고 나간 흔적에 대한 견해입니다. 탄환은 히우라의 명치로 들어가 그대로 관통했답니다."

젊은 형사는 자신의 손과 몸을 사용해 설명했다.

"그게 어떻다고?"

"탄환의 각도로 보면 권총은 상당히 낮은 위치에서 발사된 것 같습니다. 이번 범인처럼 보통 사람보다 훨씬 큰 경우 허리를 굽혔거나 무릎을 꿇은 상태에서 쏜 거죠."

"오호……."

그렇게만 말하고 고데라는 한동안 입을 다물었다. 감식 결과가 의미하는 것을 되짚어보는 얼굴이었다.

마침내 그가 입을 열었다.

"별로 상관없지 않나. 범인이 앉아서 쏘나, 서서 쏘나."

"하지만 말입니다."

젊은 형사는 보고서로 시선을 떨어뜨렸다.

"보고에 따르면 1미터 이내의 근거리에서 발사됐다는 겁니다. 그렇게 가까이에서 범인은 왜 쭈그리고 앉았을까요?"

"잠깐 보여주게."

고데라는 심각한 표정으로 부하에게서 보고서를 빼앗았다. 그리고 재빨리 훑어 내려갔다. 시토는 그 눈빛이 점점 더 예리해지는 것을 지켜봤다.

"근거리 발사라는 게 마음에 걸리네요."

경부가 아무 말도 하지 않자 네기시가 발언했다.

"지금까지의 피해자와 달리 히우라는 권총을 가지고 있었습니다. 아무리 범인이라도 멍청하게 다가가진 않았을 게 분명합니다. 그런데 정면에서, 그것도 1미터 이내에서 쐈다니 대체 어떻게 된 걸까요?"

"그렇게 다가올 때까지 히우라가 아무것도 안 했다는 것도 이상합니다. 설마 깨닫지 못했다고 할 수도 없고."

젊은 형사가 말했다.

"일반적으로 살인범이 코앞에 있으면 정신없이 쏘게 마련입니다. 저라면 그랬을 겁니다."

"권총에 탄환이 남아 있었습니까?"

다른 형사가 질문했다. 여기에는 시토가 대답했다.

"아직 열 발이 남아 있습니다. 히우라가 가지고 있던 권총은 열다섯 발이나 장전할 수 있는 겁니다."

이런! 여기저기 탄성이 터져 나왔다.

"연사용입니다."

네기시가 옆에서 덧붙였다.

"정교한 명중보다 일단 무턱대고 쏘기 위한 총입니다. 아마 센도가 가지고 있던 것 같은데 호신용으로는 그런 게 좋을 수도 있죠."

"그런데 히우라는 한 발밖에 쏘지 않았다는 말인가?"

고데라가 모두를 둘러봤다. 대답하는 사람은 없었다.

"한 가지 생각이 있긴 합니다만."

시토가 발언했다.

"히우라를 쏜 사람은 범인이 아닐 수 있다는 겁니다."

"뭐라고?"

고데라가 눈을 크게 떴다.

"그럼, 누가 죽였다는 말인가?"

"근접 거리에 적이 있는데 쏘지 않았다는 것은 생각할 수 없습니다. 즉 거기에 있던 사람은 히우라에게 적이 아니라 동료가 아니었을까요?"

"설마!"

경부는 고개를 흔들었다.

"만약 그랬다면 그 사람은 왜 히우라를 배반했나?"

"물론 이 단계에서 경찰 수사를 중단하기 위해서겠죠."

"그때 그 장신 여자는 뭘 하고 있었을까요?"

네기시가 옆에서 질문했다.

"옆에서 얌전히 지켜보고 있었을 리는 없고 히우라가 살해될 때는 이미 그곳에 없었다고 봐야겠죠. 역시 첫 번째 총성은 히우라 일행이 여자를 쏜 걸 겁니다. 그 상처 때문에 여자는 일단 도망칠 수밖에 없지 않았을까요?"

음, 신음 소리와 함께 고데라는 입을 다물었다. 시토의 설명이 마음에 들지 않아서가 아니라 가능성을 생각하고 있는 게 분명했다.

"혹시 히우라를 쏜 사람이 장신의 여자가 아니라면 감식의 의문도 풀립니다."

네기시가 고데라에게 말했다.

고데라는 보고서를 보며 끄덕였다.

"분명히 그렇다. 하지만 그래도 의문이 없는 건 아니야."

"어떤?"

"이 보고서를 보면, 범인이 자연스럽게 선 상태에서 권총을 쐈을 경우 범인의 추정 신장은 1미터 60센티미터 이하라고 되어 있다."

"160센티미터?"

네기시의 눈이 휘둥그레졌고 모두들 웅성댔다.

"어때, 이번에는 너무 작지 않나? 특히 스포츠 선수치고는."

"하지만 여자라면?"

시토의 말에 고데라는 숨을 멈추는 것처럼 보였다. 경부의 얼굴을 보며 시토는 계속했다.

"여자가 아니라는 보장은 없습니다."

"여자……라."

경부가 신음 같은 소리를 냈을 때 또 다른 형사가 돌아왔다.

"차를 찾아냈습니다. 1990년식 미쓰비시 GTO. 색은 물론 빨강입니다."

"좋아!"

고데라는 옆 책상을 내리쳤다.

"등록 차를 모두 조사하게. 체크할 점은 연령과 스포츠 경력이야!"

8장

희생자들

❖ ❖ ❖

수사관들은 내내 사요코의 방을 수색했다.

마지막으로 남은 유스케의 동료가 누군지 그 실마리를 찾으려는 것이다. 사요코는 어두컴컴한 침실에 틀어박혀 밖에서 들려오는 남자들의 말소리를 다른 세계의 얘기처럼 듣고 있다.

그쪽은 어떤가, 다시 한 번 찾아봐! 이런, 반드시 어딘가에 뭔가 있을 거야…….

그녀는 침대에 누워 베개를 끌어당겼다. 그것이 유스케의 베개라는 걸 깨닫자 다시금 커다란 덩어리가 가슴을 눌렀다. 오늘 아침부터 몇 번이나 이런 감각에 사로잡혔다. 유스케의 죽음을 경관에게서 들은 순간부터.

여전히 현실로 믿어지지가 않았다. 이렇게 가혹한 현실이 자신에게 닥치리라고는 2~3일 전까지 상상도 못 했던 일이다. 자신과 유스케 앞에는 화사하고 밝고, 안정된 미래가 열려 있다고 믿었다.

그 유스케가 죽었다. 게다가 살해됐다.

어젯밤 그에게서 진실 고백을 들었을 때 한동안 그와 떨어져 살아야 할지 모른다고 각오했다. 그의 이혼 이야기를 단칼에 거절했지만 그가 떠난 후 사요코는 태어나는 아이를 위해서라면 그쪽이 나을지 모르겠다고 다시 생각해보기도 했다. 한심하지만 프리랜서 작가로서의 장래에 대해서도 생각했다.

하지만 이 모든 것은 그가 살아 있을 때의 일이다. 그가 죽은 지금 사요코에게는 어떤 선택의 여지도 없었다.

문을 노크하는 소리가 났다.

"들어오세요."

그녀가 대답했다.

나이가 꽤 들어 보이는 형사가 고개를 내밀었다.

"이 방도 조금 보고 싶은데요."

"아……예, 그러세요."

사요코는 눈물을 닦으며 침대에서 일어섰다.

역시 침실이라 마음이 쓰였는지 형사들은 일일이 그녀의 허락을 얻고 서랍을 열거나 문을 열었다. 하지만 결국 여기서도 실마리는 얻을 수 없었다.

"조금 전 본부에서 연락을 받았습니다. 나머지 한 사람은 여자일 가능성이 크답니다."

나이 든 형사가 사요코에게 말했다.

"어떠세요. 꼭 스포츠 분야가 아니어도 남편 분과 교류가 있던 여성 중 짚이는 분이 있으신가요?"

"아니요. 없습니다."

사요코는 오늘 아침부터 똑같은 대답을 되풀이했다.

"그런가요."

형사의 말투도 그리 안타까운 것 같지는 않았다. 아내가 남편에 대해 모르는 게 당연하다고 여기는 세대일 것이다.

형사들은 방 안을 샅샅이 뒤졌지만 쓸 만한 단서 하나 쥐지 못한 채 돌아갔다. 되는대로 정리를 해놓은 것 같은데 사요코의 눈에는 모양이 맞지 않는 조각을 억지로 끼워 맞춘 퍼즐로밖에 보이지 않았다. 이 집에 있는 모든 것은 그녀가 정한 규칙에 따라 수납되어 있었다.

하지만 이젠 아무래도 상관이 없다. 여기가 자신들의 보금자리였던 시간은 끝났다. 그녀는 침실로 돌아와 옷장 앞에 앉아 정성껏 화장을 했다. 그리고 머리를 다듬고 유스케가 마지막으로 사준 원피스로 갈아입었다. 임산부용 원피스라 복부에 따라 허리둘레를 조절할 수 있었다. 아직 입을 계획이 없었는데 오늘은 특별하다.

그리고 사요코는 부엌 전자레인지 옆에서 노트 하나를 꺼냈다.

거기에는 그녀가 자신 있게 내놓을 수 있는 요리들의 조리

법이 적혀 있다. 유스케가 좋아하는 요리가 반 이상이었다.

하지만 지금 그녀에게 필요한 것은 특제요리법이 아니라 이 노트의 마지막 페이지였다. 형사들도 이 노트에는 전혀 관심이 없어 보였다.

그녀는 그 페이지를 찢어 전화기 있는 곳으로 갔다. 거기에는 다음과 같은 메모가 있었다.

시나가와 구 기타기나가와 ××××사쿠라 쇼코 03 3××× × ×××

사요코는 심호흡을 두 번 하고 수화기를 들어 번호를 눌렀다.

그녀가 집에 있기를 바랐다. 혹시 부재중이면 다시 걸 용기를 낼 수 있을지 자신이 없었다.

신호음이 계속 울린다. 다섯 번째 신호음부터 그녀는 포기하기 시작했고 여섯 번째 신호음이 끝날 때쯤 귀에서 수화기를 떼려고 했다. 그런데 일곱 번째 중간에 신호음이 갑자기 끊어지고 전화 받는 소리가 났다.

"여보세요."

말끝을 조금 높여 상대가 물었다. 그 목소리는 분명히 사쿠라 쇼코였다.

"저기, 사쿠라 쇼코 씨 되시나요?"

잠깐의 침묵. 그 후 낮은 목소리로, 그렇습니다만, 역시 뒤에 의문부호가 붙어 있다.

"전, 히우라 유스케의 아내입니다."

사요코의 말에 상대는 침묵했다. 놀랐다는 것을 충분히 알수 있었다. 동시에 적의를 보이기 시작했다는 것도.

"히우라……씨? 저기, 어느?"

"속일 생각은 마세요. 당신이 어젯밤 남편과 함께 있었다는 걸 알고 있어요. 하지만 저, 경찰에는 당신에 대해 말하지 않았습니다. 얘기하고 싶어서요. 하지만 당신이 계속 발뺌하면 지금부터 경찰에 연락하겠어요."

침착을 유지하려고 노력했지만 조급한 마음이 말투에 묻어났다. 사쿠라 쇼코도 당황한 듯했다.

"무슨 말씀을 하시는지 모르겠습니다만."

쇼코는 오히려 느긋하게 말했다.

"만나러 오시겠다면 상관없습니다. 오늘 밤이라도."

"예, 오늘 밤이 좋겠네요. 저는 언제든 좋은데요."

"그래요. 그럼……9시쯤에."

"9시. 알겠습니다. 그럼, 어디로 가야……"

"이 번호를 안다는 건, 주소도 안다는 말일 텐데요."

"예."

"그럼 집에 있을 테니 맨션에 도착하면 보안 시스템 앞에서 전화 주세요."

"알겠습니다. 그럼 9시에."

"기다리겠습니다."

이상하게도 밝은 사쿠라 쇼코의 목소리가 사요코의 귓가를
맴돌았다.

쇼코는 수화기를 놓고 저도 모르게 입술을 일그러뜨렸다.
그 여자가 전화를 걸다니 뜻밖이었다. 유스케와 자신의 관계
를 전혀 모르고 있을 거라 생각했기 때문이다. 하지만 어쩌
면 유스케가 말을 흘렸을지도 모른다. 오지랖 넓고 매사에
철저하지 못한 점이 그의 결점이었다.

쇼코로서는 그녀가 경찰에 연락하기 전에 만나고 싶다고
얘기한 것은 행운이었다. 떠들어대면 오히려 도망칠 틈이
없다.

죽이는 수밖에 없겠지……. 너무나 당연한 일인 것처럼 결
심했다. 그 여자를 살려둬서 좋을 게 하나도 없다.

하지만 어떻게 죽일까. 그녀는 사요코를 방으로 불러들인
후를 상상했다. 독 같은 건 없고 총도 이젠 가지고 있지 않다.

있다 해도 이런 데서 총을 쐈다간 큰 소동이 날 게 틀림없다.

의자에 앉게 한 다음 방심한 틈을 타 뒤에서 목을 조를까 생각했는데 교살 사체는 실금하는 경우가 많다는 얘기를 떠올리고 포기했다. 방이 더러워지는 건 싫었다. 그런 점에서는 칼로 찌르는 것도 마찬가지지만 찌른 다음 빼지 않으면 피가 그렇게 많이 나지 않는다는 말을 들은 적이 있다.

순간 쇼코는 살짝 손바닥을 쳤다. 옷장 서랍을 여니 접이식 나이프가 들어 있었다. 칼 길이가 20센티미터 가까이 된다.

히우라 유스케의 죽음을 확인한 후 그의 주머니에서 빼온 것이다. 예전에 사랑했던 남자의 유품을 하나쯤은 맡아두고 싶었다.

그러나 실은 더 큰 이유가 있었다는 것을 지금에서야 비로소 깨달았다. 그것은 칼, 전투 도구였기 때문이다. 그때 이미 쇼코는 아직 싸움이 끝나지 않았다는 것을 본능적으로 느꼈던 것이다.

이것을 사용하자. 쇼코는 결정했다. 유스케의 칼로 죽는다면 그 여자도 여한이 없겠지.

일단 칼을 넣어두고 화장을 시작했다. 히우라 사요코와 만나려면 평소보다 정성을 다해야 한다. 쇼코는 틀림없이 사요코도 더 정성껏 화장하고 나타나리라 짐작했다. 아름다움을 강조해 유스케가 자기 남자였음을 드러내려 하겠지. 장난이 아니다. 그런 여자에게, 그 정도 여자에게 그런 식으로 취급되는 것은 참을 수 없다.

바로 내가, 예전부터 쭉 스포트라이트를 받아온 내가, 그런 촌스러운 여자에게 바보 취급당하는 일은 결코, 결코 있을 수 없다…….

쇼코는 한 시간 이상을 들여 화장을 끝내고 벽 한 면을 가득 채운 옷장을 모두 열어 오늘 밤 입을 옷을 둘러봤다. 옷을 결정하고 나서는 액세서리를 고르는 데 시간을 들였다. 결국 그녀가 몸단장을 끝냈을 때에는 약속 시간이 가까워져 있었다.

쇼코는 거울 앞에 서서 빠진 곳이 없는지 꼼꼼히 점검했다. 아주 조금이라도 그 여자에게 흠 잡힐 구석이 없어야 한다.

그녀는 하나씩 살펴본 후 다시 칼을 꺼내 날을 들여다봤다. 날카롭게 반짝이는 날을 보고 있자니 정신이 빨려 들어갈 것만 같았다. 이것으로 그 여자의 가슴을 찌르는 상상을 해보자 공포보다 쾌감에 가까운 느낌이 온몸에 퍼졌다.

그러는 와중에 칼을 든 손이 떨리기 시작했다. 멈추려고 했지만 멈춰지지 않았다. 쇼코는 입술을 일그러뜨렸다. 하필 이럴 때.

그녀는 세면대로 가서 선반 맨 아래 서랍을 열고 쓰다 놓아둔 주사기와 조그맣게 접힌 은박지 하나를 꺼냈다. 은박지를 펼치자 안에는 귓밥 하나 크기의 무색 분말이 들어 있었다. 옆에 있던 생수 0.5cc를 거기에 부어 약을 녹인 다음 주사기로 왼쪽 어깨를 찔렀다. 팔목 안쪽에 주사하지 않은 것은 역시 사람들의 눈을 의식해서였다.

효과는 곧 나타났다. 쇼코는 온몸에 퍼지는 쾌감을 즐기듯 일부러 천천히 약을 넣었다. 머리가 맑아지고 신경이 예민해지는 게 느껴졌다. 이 약은 쇼코를 위해 조제된 것이었다. 그것도 벌써 몇 년 전 일이다. 그때는 경기력을 높이기 위해서였지만 지금은 새로운 인생을 열기 위해 사용하고 있다. 체조에서 은퇴한 후에도 쇼코는 센도와 연락을 취하며 특별 조제약을 공급받았다. 그러나 이제는 슬슬 더 이상 의존해선 안 된다고 생각하고 있다. 이미 센도도 이 세상 사람이 아니니까. 그것을 각오하고 센도를 죽였으니까.

자신에게 약은 도대체 무엇일까……. 쇼코는 거실에서 도쿄의 야경을 내려다보면서 생각했다. 그것은 분명 자신의 꿈을 이루게 해주었다. 영광을 가져다주었고 화려한 세계로 이끌어주었다. 물론 잃은 것도 적지 않았다. 그러나 모든 일에는 좋은 점과 나쁜 점이 있다. 꿈을 이루기 위해 다소 잃는 게 있더라도 어쩔 수 없다고 생각했다. 약과 만난 것을 후회한 적은 없다.

오히려 깊이 후회한 사람은 그녀를 이렇게 만든 어머니였다. 은퇴 후에도 쇼코가 계속 약을 사용하고 있다는 사실을 안 어머니는 그때서야 비로소 정신을 차렸다. 고민 끝에 어머니는 어느 비 오는 날 트럭에 뛰어들어 목숨을 끊었다. 더이상 약을 사용하지 말라는 유서를 쇼코의 방에 남겨두고 나서였다.

엄마가 잘못한 건 없는데. 당시 쇼코가 느꼈던 심정이다. 엄마 덕분에 나는 최고가 됐는데.

"여기서 물러설 수 없어."

도쿄의 야경을 바라보며 쇼코가 중얼거렸다. 애써 여기까지 올라왔는데 이쯤에서 떨어지고 싶지 않아. 더욱더 높은 곳을 향해 올라갈 수밖에 없어. 누구든 방해하게 둘 순 없어.

히우라 사요코를 죽이는 거야. 그걸로 모든 게 다 잘될 거야.

전화가 울렸다.

시계를 보니 9시 2분 전이었다.

사요코는 맨션 엘리베이터 승강장으로 걸음을 옮기면서 '이런데 사는 사람도 있구나' 생각하며 솔직히 놀랐다.

호텔 같은 입구에 로비 천장에는 샹들리에가 달려 있다. 이런 곳에도 자신이 사는 건물과 마찬가지로 맨션이라는 이름이 붙어 있다는 게 믿어지지 않았다.

사쿠라 쇼코는 이런 세계에 사는 사람이었다. 그러나 열등감을 느낄 필요는 없다고 사요코는 자신을 타일렀다. 그녀도 유스케와 같은 죄를 저지른 사람일 뿐이다.

사요코는 유스케가 오래전 사쿠라 쇼코와 교제했었다는 사실을 1년 전인 신혼 초부터 알고 있었다. 그 사실을 알려준 것은 니와 준야였다.

"그야 저 녀석도 옛날에 헤어진 여자 하나 정도는 있죠."

신혼집에 놀러 온 준야는 유스케가 자리를 비웠을 때 술에 취한 김에 사실을 말해버렸다. 그곳에서 사요코는 교묘하게 말을 끌어냈다. 상대가 전 체조선수인 사쿠라 쇼코라는 이름을 듣고서도 그다지 놀라지 않았다. 역시 스포츠 선수끼리라 끌렸구나 하고 생각 했을 뿐이다.

그런데 니와 준야는 쇼코와 유스케가 어떻게 만났는지에 대해서는 얼버무렸다. 그리고 자신이 한 말을 유스케에게는 비밀로 해달라며 간곡하게 매달렸다.

사요코도 과거에 교제했던 남성이 없던 것도 아니었던 터라 옛 연인 일로 유스케를 추궁할 마음은 조금도 없었다. 사실 그녀에 대해 유스케와 무슨 얘기를 나눈 기억은 전혀 없었다. 그저 그녀가 TV에 나올 때 오늘 옷은 멋지다든가, 화장이 예쁘다고 말한 적은 있다. 그리고 유스케의 반응을 보며 재미있어하는 짓궂은 장난 정도가 다였다.

새삼스레 그 여자의 이름을 의식하게 된 것은 어제 낮, 유스케에게 걸려온 전화 한 통 때문이었다. 여자는 기무라 쇼코라고 밝히고 연락처 번호를 일러줬다. 그 이름을 듣고 사요코는 사쿠라 쇼코가 아닐까 생각했다. 그래서 사요코는 자신이 일했던 출판사에 전화를 걸어 옛 동료에게 사쿠라 쇼코의 주소와 전화번호를 알려달라고 했다. 그런데 그 번호는 기무라 쇼코가 말한 것과 달랐다. 내친김에 그녀는 그 번호로 전화를 걸었는데 그곳은 호텔이었다. 그녀는 상황을 깨달았다. 사쿠라 쇼코가 가명을 대고 숙박한 것이다.

그 후 유스케에게 모든 사정을 들었고 그때서야 사요코는 마지막으로 남은 동료가 사쿠라 쇼코라는 것을 간파했다. 그가 완강히 숨긴 것도 그녀의 추리를 뒷받침했다. 게다가 조금 전 형사가 마지막 한 사람은 여자일 가능성이 크다고 말했다. 더 이상 의심할 여지가 없었다.

사쿠라 쇼코의 방 앞에 도착한 사요코는 숨을 고르고 벨을 눌렀다. 몇 초 후, 문이 조용히 열렸다.

"기다렸어요."

사요코는 사쿠라 쇼코의 시선이 재빠르게 자신의 온몸을 훑는 것을 느꼈다. 아마도 값을 매기고 있겠지. 사요코가 본 쇼코는 TV에서 볼 때보다 훨씬 아름다웠다.

"안녕하세요."

사요코는 잔뜩 기가 죽어 겨우 입을 열었다.

사요코는 야경이 보이는 거실로 안내됐다. 소파가 직각으로 놓여 있고, 테이블 위에는 브랜디 병과 잔이 놓여 있었다.

"마실래요?"

쇼코가 물었다.

사요코는 잠자코 고개를 저었다. 그러자 쇼코는 시선을 아래로 떨어뜨리고는 '흥!' 하고 코웃음을 쳤다.

"아. 그렇구나. 아이에게 좋지 않겠네요."

유스케에게 임신한 얘기를 들은 모양인데 그 사실이 사요코를 불쾌하게 했다.

쇼코는 잔에 브랜디를 따르고 한 모금 마신 후 후유, 하고 긴 숨을 내쉬었다.

"할 얘기란 게 뭐죠?"

"어젯밤에 있었던 일을 가르쳐줘요. 같이 있었죠?"

쇼코는 잔을 테이블에 놓고 허공을 응시했다.

"숨겨도 소용없겠죠. 맞아요. 같이 있었어요. 같이 싸웠죠. 그 괴물과."

"남편은 어떻게 죽었나요?"

"어떻게라니…… 총에 맞아 죽었죠."

"왜 남편만?"

"예?"

쇼코는 사요코를 봤다.

"무슨 뜻이죠?"

"왜 당신은 살았느냐고요. 남편만 죽고."

사요코는 유스케의 옛 애인을 응시했다.

왜 그만 죽은 건가……. 그것이 제일 큰 의문이었다. 그것을 스스로 밝히고 싶어서 경찰의 힘을 빌리지 않고 이곳에 혼자 온 것이다.

"그거야 뭐…… 어쩌다 보니."

쇼코는 어깨를 살짝 으쓱해 보였다.

"그가 권총을 쥐고 있었다는 얘긴 들었겠죠? 그는 자신이 총에 맞으면서 동시에 상대 여자를 쐈어요. 그러자 여자는 비틀대다가 강으로 떨어졌죠. 아직 사체가 발견되지 않은 것 같은데 아마 살아남진 못했을 거예요. 그래서 나만 살았어요."

그러나 사요코는 고개를 저었다.

"그 사람은 다른 사람에게 총을 쏠 사람이 아니에요. 그건 내가 가장 잘 알아요."

"자신이 총에 맞을 수 있는 순간이에요. 아무리 마음이 약해도 쏘게 마련이죠."

쇼코는 화가 난 것 같았다. 사요코는 그 반응을 보며 자신이 옳다고 확신했다.

"아니요, 자신이 총에 맞을 지경이라면 상대를 쓰러뜨리기보다 먼저 도망쳐야겠다고 생각했을 겁니다. 그 사람은 그런 사람이에요."

"하지만 그때는 쐈어요. 내가 그 자리에 있었으니까 틀림없는 사실이에요."

"범인인 여자를 쏜 것은 당신이라고 생각해요."

사요코가 똑부러지게 말했다.

"당신이 쏘고 권총을 남편에게 쥐어준 거예요."

"그런 증거가 어디 있죠?"

사쿠라 쇼코는 테이블을 두드렸다.

"알아요. 그 사람에 대해선 뭐든지."

"웃기는 소리 그만해!"

쇼코는 잔에 든 술을 사요코에게 끼얹었다.

"유스케와 결혼했다고 우쭐대지 마. 당신이 그에 대해 뭘 알아! 나와 그는 말이야, 악마에게 영혼을 팔았던 사이야. 도핑이라는 악마지. 그에 대해선 당신보다 내가 더 잘 알아!"

"그런 사인데 왜 버렸나요?"

"버려?"

"경찰이 그러더군요. 그 사람은 배를 맞았지만 병원으로 빨리 데려갔으면 살 수도 있었다고. 그런데 당신은 남편을 버리고 도망쳤어요. 왜 그랬죠?"

사요코의 추궁에 쇼코는 얼굴을 피했다. 아래를 보고 무릎 밑에서 뭔가를 더듬어 찾았다.

"당신은 내 남편에게 죄를 뒤집어씌우기로 한 거야. 남편이 총에 맞아 죽은 걸 이용해……"

거기까지 얘기하다 사요코는 숨을 멈췄다. 지금까지 생각해본 적 없는 일이 갑자기 뇌리에 떠올랐다.

"어쩌면 당신이 남편을……"

쇼코가 사요코를 마주 봤다. 눈에 적의가 담겨 있었다. 위험하다고 느낀 순간, 쇼코가 칼을 휘두르며 다가왔다.

여자가 눈을 떴을 때는 이미 밤이 되어 있었다.

그녀는 트럭 짐칸에 산처럼 쌓여 있는 박스 위에 있었다. 트럭이 움직이기 시작했다. 아무래도 엔진 소리 때문에 눈을 뜬 모양이다.

강에서 나와 비틀비틀 걷고 있다가 제방 옆에 서 있던 트럭을 발견하고 포장이 쳐진 짐칸으로 들어왔다. 그리고 정신을 잃었다.

그게 새벽이었으니까 열 시간 이상이나 잠들어 있었던 셈이다. 그녀는 천천히 일어났다. 왼쪽 옆구리를 중심으로 격렬한 통증이 느껴졌다. 게다가 온몸이 지독하게 나른해졌다.

사쿠라가 총을 가지고 있었던 것은 그녀로서도 전혀 뜻밖의 상황이었다. 일본에는 총이 없다고 생각했기 때문이었다.

검은색 윈드브레이커는 강 속에서 벗어버렸다. 제대로 헤엄을 칠 수 없었기 때문이다. 그래서 그녀는 지금 검은 레오타드에 레이싱 바지 차림이었다. 게다가 맨발이다.

그녀는 일어나 운전석을 훔쳐봤다. 중년 남자가 운전을 하고 있는데 조수석에는 아무도 없었다.

그녀는 몸을 숨긴 채 주먹으로 운전석 뒤쪽을 두드렸다. 얼마 후 트럭이 멈췄다. 그녀는 상자 뒤에 몸을 숨겼다.

남자가 짐칸 뒤에 타는 기척이 났다. 짐 상태를 점검하는 듯했다. 남자가 바로 옆으로 왔을 때 그녀는 일어섰다. 중년 남자는 놀란 표정으로 뒤로 물러섰다. 그녀는 남자의 사타구니를 힘껏 차고 그가 신음하며 몸을 웅크리자 목을 잡아 짐칸 모서리에 머리를 두 번 박았다. 그걸로 남자는 기절했다.

남자는 회색 작업복을 입고 있었다. 그것을 벗겨 레오타드 위에 입었다. 꽤 짧았지만 폭이 넓어서 그런대로 입을 수 있었다. 운동화는 뒤축을 꺾어 신었다. 상의 주머니에 꽂혀 있던 같은 색 작업용 모자도 썼다.

왼쪽 상반신에 또 격렬한 통증이 찾아왔다. 기는 포즈로 고통이 가라앉기를 기다렸다.

트럭은 도로 왼편에 세워져 있었다. 그녀는 밖으로 나가 주위를 둘러봤지만 여기가 어딘지 짚이는 구석이 없었다. 그녀는 차에 타서 지도를 찾아냈다. 여러 번 검토했던 터라 사쿠라 쇼코의 거처만은 지도에서 금방 찾을 수 있었다.

그 페이지를 찢는데 사이드 미러를 통해 트럭 바로 뒤에 승용차가 멈춰 서는 게 보였다. 운전석에서 젊은 남자가 내렸다.

그녀도 다시 트럭에서 나왔다. 젊은 남자는 자동차 시동을 걸어 놓은 상태로 길가 자동판매기에서 담배를 사고 있었다.

그녀는 승용차로 다가가 재빨리 뒷자리에 올라타고 몸을 낮췄다. 남자가 곧 문을 열고 운전석에 앉자, 그녀는 몸을 일으켜 오른손으로 젊은 남자의 목덜미를 졸랐다. 남자가 헉! 소리를 낸다.

그녀는 지도를 보여주고 사쿠라의 집 근방을 손가락으로 가리켰다.

"여기, 여기로 가자고?"

그녀는 고개를 끄덕이고 남자의 목에 왼손도 얹었다. 남자는 떨기 시작했다.

"아, 알았으니까, 그만해. 시나가와면…… 그, 금방이니까."

남자는 갑자기 출발하면 그 탄성으로 목이 졸릴지도 모른다고 생각했는지 아주 조심스럽게 차를 출발시켰다.

그녀는 끔찍한 통증으로 의식이 끊어지려는 것을 참아내며 두 손으로 남자의 목을 감쌌다.

쇼코는 칼을 마구 휘둘렀다.

아무리 봐도 정상적인 정신 상태가 아닌 듯했다.

사요코는 필사적으로 피하며 현관으로 도망치려 했지만 쇼코는 짐승 같은 속도로 그녀를 앞질렀다.

"내게서 도망 못 가!"

쇼코는 입술을 추하게 일그러뜨렸다.

"나는 달까지도 공중회전 할 수 있는 사람이야. 그런 내 속도를 너같이 둔한 여자가 이길 수 있다고 생각해?"

"이런 데서 날 죽이면 사체는 어떻게 처리할 건데?"

뒤로 물러서며 사요코가 말했다.

"그건 내가 알아서 하지. 토막토막 내서 택배로 집에 보내도 돼."

쇼코가 히죽 웃었다.

"미쳤군."

사요코가 고개를 흔들었다.

"다가오지 마. 소릴 지를 거야."

"그러서. 이 방은 노래 연습을 할 수 있게 방음장치가 되어 있거든. 소리가 조금 새어나갈 수 있을지 몰라도 내가 또 레슨을 받나 보다 할 거야."

도와줘요! 도와줘요! 사요코는 두 번 소리쳤다. 그러나 마음만 초조할 뿐 소리가 되어 나오지는 않았다.

"내가 여기 온 건, 경찰도 알아."

"그런 빤한 거짓말로 속일 수 있다고 생각해?"

쇼코가 다시 공격해왔다. 사요코는 실내를 열심히 돌아다니며 도망쳤다. 눈에 띄고 손에 잡히는 대로 마구 던져봤지만 공포에 질린 나머지 생각대로 팔이 움직이지 않아 말도 안 되는 방향으로 날아가 버렸다.

"적당히 하고 포기하시지. 더 이상 도망칠 곳도 없어."

쇼코는 칼을 든 채 서서히 다가왔다. 사요코는 침실 쪽으로 몰려 들어갔다.

"그만해!"

"울어도 돼. 흥, 뭐야? 여봐란듯이 임부복을 챙겨 입었네. 재미있는 얘기 하나 해줄까? 이 칼은 말이야, 유스케 거야. 그가 사람을 죽이려고 가지고 왔던 거지. 그걸로 죽으니 여한은 없겠지?"

괜찮은 결말이라며 쇼코가 덮쳤다. 사요코는 칼을 든 쇼코의 손을 필사적으로 움켜쥐었고 두 사람은 그대로 침대에 쓰러졌다.

하지만 사요코는 체력에서 적수가 되지 못했다. 쇼코 밑에 깔린 채 팔도 옴짝달싹할 수 없었다. 죽는구나! 그렇게 생각하고 눈을 감았다. 각오를 하고 몸에 힘을 주면서도 어떡하든 배 속의 아이만은 살릴 수 없을까 생각했다.

꺅! 그때 인간의 소리라고는 생각할 수 없는 비명이 들렸다. 사요코가 눈을 뜨자 쇼코가 남자 셋에게 제압되어 있었다.

"아…… 형사님."

그들은 어젯밤 요코하마 친정으로 찾아왔던 형사들이었다. 네기시라는 형사가 쇼코의 팔에 수갑을 채웠다.

"사쿠라 쇼코, 살인미수 현행범으로 체포한다."

아니야! 아니야! 그녀는 울며 절규했다.

"가만히 있어!"

네기시 형사가 무섭게 말했다.

"다치진 않으셨습니까?"

"예…… 괜찮습니다."

그녀는 숨을 가다듬고 침대에서 일어섰다.

"어떻게 여길 아셨어요?"

"차를 찾아낼 단서가 있었습니다. 같은 차가 그리 많지 않았고 스포츠 관계자로 대상을 좁히니 사쿠라 쇼코만 남았습니다."

"……그랬군요."

"갑자기 들이닥쳐야겠기에 관리인에게 부탁해 보안 시스템을 그대로 통과해서 와보니 아무래도 상황이 이상해서 마스터키로 열고 들어온 겁니다."

"덕분에 살았습니다."

사요코는 온몸에서 힘이 빠지면서 그 자리에 주저앉고 말았다.

"이번에는 저희가 여쭐 차렙니다. 부인이 왜 여기 계십니까?"

"예……. 다 말씀드릴게요."

사요코는 힘없이 고개를 숙였다.

네기시는 쇼코를 연행하고 시토가 사요코를 부축했다. 또 다른 젊은 형사가 경찰차 수배를 맡아 수화기를 들었다.

"아직 부르지 말아요!"

쇼코가 날카롭게 말했다.

"나가기 전에 화장을 고칠 거야. 그리고 경찰차를 지하 주차장으로 불러요. 정면 현관으로 나가는 건…… 이런 내가 수갑을 차고 나갈 순 없어…… 그런 일은 절대 안 해!"

젊은 형사는 당혹스러운 표정으로 네기시를 봤다.

"원하는 대로 해주게."

시토가 끄덕이며 말했다.

사쿠라 쇼코가 화장을 고치는 동안 시토와 네기시는 거실 소파에서 기다렸다.

쇼코는 젊은 다카야마 형사가 지키고 있었다. 히우라 사요코는 배를 감싸듯 등을 구부리고 앉았다. 얼굴은 아직도 창백하다. 엄청난 공포였으리라 시토는 생각했다. 무리도 아니다.

시토는 그녀가 어떤 경로로 여기에 왔는지 전혀 짐작할 수 없었다.

그러나 경찰의 눈을 속이면서까지 범인과 대치하려던 마음에는 남편에 대한 깊은 애정이 있음이 분명했다.

'당신, 참 바보군……'

시토는 마음속으로 읊조렸다.

물론 그녀의 남편 히우라 유스케에게 한 말이었다.

쇼코가 화장을 끝내고 돌아왔다. 그 얼굴을 본 순간 시토는 경악을 금치 못했다. 서양 인형을 연상시키는 화장은 어두운 표정과 어울려 고혹적인 매력을 발산하고 있었다.

"오래 기다리셨죠."

그녀는 형사들에게 말했다.

"이제 경찰차를 불러도 괜찮겠나?"

네기시가 말했다.

"예, 하지만 정문으로 부르면 절대 안 나갈 거예요."

"알았네."

"전화하게."

네기시가 다카야마에게 지시했다.

"당신에게 묻고 싶은 게 많아."

엘리베이터 안에서 시토가 쇼코에게 말했다.

"할 말 같은 거, 없어."

쇼코는 시토의 얼굴을 보지도 않고 대답했다.

지하 주차장에 내렸는데 경찰차가 아직 도착하지 않았다. 만약을 위해 다카야마 형사가 주차장 입구 쪽으로 걸어갔다. 남은 네 사람은 엘리베이터 앞에서 기다리기로 했다.

네기시가 담배를 꺼내 불을 붙이고 한 모금 깊이 빨아들였다.

담배 연기가 채 사라지기 전에 쇼코가 느닷없이 물었다.

"사체는 발견됐어?"

"히우라 유스케?"

시토가 말했다.

"그게 아니라."

그녀가 그렇게 말했을 때였다. 어디선가 남자의 신음 소리가 들렸다. 시토는 네기시와 얼굴을 마주 봤다.

"뭐지? 이 소리는."

네기시는 불안한 듯 말하면서 젊은 형사가 걸어간 쪽을 봤다.

길이 왼쪽으로 구부러져 있어서 앞이 보이지 않았다.

"잠깐 보고 올게요."

그렇게 말하고 시토가 걷기 시작했다.

형광등이 켜져 있었지만 주차장은 그리 밝지 않았다. 그는 고급 차들이 쭉 늘어선 통로를 걸어갔다.

모퉁이를 돌았을 때 앞쪽에 사람이 쓰러져 있는 게 보였다. 시토가 달려가 보니 다카야마 형사였다. 뒷머리에서 피가 나고 있지만 호흡이 있는 것으로 보아 실신한 듯했다. 바로 옆에 녹슨 쇠파이프가 떨어져 있었다. 양복을 뒤져보니 권총이 없어졌다.

시토는 일어나 소리쳤다.

"녀석이 왔어! 빨리 엘리베이터를 타요!"

하지만 네기시의 대답 대신 여자들의 비명이 겹쳐 들렸다. 히우라 사요코와 사쿠라 쇼코의 목소리 같았다. 시토는 전력 질주했다.

돌아왔을 때 제일 먼저 눈에 들어온 것은 엄청나게 큰 검은 그림자였다. 그 그림자가 네기시의 목을 뒤에서 조르고 있었다. 여자들이 시토의 반대편으로 도망치는 게 보였다.

"물러서! 물러서지 않으면 쏜다!"

시토는 총을 꺼내 겨눴다. 그러나 사실 상대가 네기시와 너무 붙어 있어서 방아쇠를 당길 수도 없었다.

그런 사실을 아는지 장신의 여자는 한쪽 팔을 네기시의 목에 감은 채 또 다른 팔을 천천히 시토를 향해 뻗었다. 손에는 권총을 들고 있었다.

시토는 위험을 느끼고 순간적으로 옆 차 뒤로 몸을 날렸다. 그순간 총성이 났지만 탄환은 전혀 엉뚱한 곳으로 날아간 것 같았다.

시토는 차에서 얼굴을 내밀었다. 엘리베이터 앞에 네기시가 쓰러져 있었다. 시토는 몸을 낮춰 옆으로 달려갔다. 혹시나 했는데 조금 전 탄환이 네기시 몸에 맞은 것 같지는 않았다. 다카야마와 마찬가지로 머리에 타박상이 있었다. 총신으로 내리친 듯했다.

그는 총을 겨눈 채 천천히 그 자리를 떠났다. 주위에는 차들만 있고 인기척은 없었다. 사요코와 쇼코는 장신 여자로부터 몸을 지키기 위해 숨어 있을 테고, 그 여자는 기회를 엿보기 위해 몸을 숨기고 있을 게 분명했다.

시토가 몇 걸음 더 걸어갔을 때 갑자기 주위가 어두워졌다. 여자가 조명 스위치를 내린 듯했다. 그는 재빨리 몸을 낮추고 그대로 숨을 멈췄다.

귀를 기울였지만 인기척은 전혀 느껴지지 않았다. 이마의 땀이 뺨에서 턱으로 흘렀다. 그런데도 입술은 바짝 말라 있었다.

시토는 호흡을 가다듬고 발소리에 세심한 주의를 기울이면서 움직이기 시작했다. 여자도 이 어둠 속 어딘가에서 다음 행동을 준비하고 있는 게 틀림없다.

네기시를 습격하던 여자의 모습이 되살아났다.

상상했던 것보다 훨씬 거대하고 단련된 육체였다. 그야말로 센도 고레노리가 모든 열정을 쏟아부어 만들어낸 사이보그다.

시토는 무릎을 꿇고 숨을 죽인 채 차와 차 사이를 하나씩 확인하며 나아갔다. 순간 묘지 안에 있는 것 같은 착각이 들었다.

달그락 소리가 바로 옆 차 건너편에서 났다. 그는 움직임을 멈추고 귀를 기울였다. 사람의 숨소리가 희미하게 들렸다.

그는 마른 입술을 핥고 권총을 고쳐 잡았다. 그리고 두 번 호흡한 후 과감히 자동차 건너편으로 나갔다.

헉! 소리가 났다. 두 개의 작은 그림자가 벽에 달라붙어 있었다.

시토는 초점을 맞추려 애썼다. 히우라 사요코와 사쿠라 쇼코였다.

그는 살짝 고개를 끄덕이며 총구를 밑으로 내렸다.

"죽여버려!"

이때 쇼코가 외쳤다.

"빨리 저 녀석을 죽여버려!"

"입 다물어!"

시토가 낮게 주의를 주는 순간 공기가 움직이는 게 느껴졌다.

그는 돌아보며 주위를 살폈다. 두 대 옆 승용차 뒤에서 거대한 그림자가 총을 겨누고 있었다.

"엎드려!"

그의 말과 거의 동시에 상대의 총구가 불을 뿜었다. 탄환이 콘크리트에 맞는 소리가 났다. 꺅! 쇼코가 날카로운 비명을 질렀다.

이번에는 시토가 총을 겨눴다. 하지만 여자는 짐승 같은 속도로 옆으로 사라졌다.

"아! 발이, 발이 아파!"

무릎을 안고 쇼코가 애걸했다. 피가 뿜어져 나오고 있었다. 총알이 스친 모양이다.

"가만히 있어."

그렇게 말하고 시토는 차 사이를 빠져나왔다. 주변을 봤지만 어디에도 여자는 없었다.

어디로 사라졌지……. 그렇게 생각하고 총을 내린 순간 머리 위에서 기척이 느껴졌다. 다음 순간, 엄청난 중량이 그의 상체에 실렸다. 그리고 어마어마한 힘으로 두 팔과 상반신을 조여왔다.

시토가 상대의 팔을 뿌리치려는 순간 갑자기 적의 모습이 사라졌다. 잠시 안도하자마자 이번에는 자신의 몸이 땅에서 붕 뜨는 게 느껴졌다. 저항할 틈도 없이 시토의 몸은 콘크리트 바닥으로 내동댕이쳐졌다. 숨이 탁 막히고, 순간 온몸이 마비됐다.

그는 이를 악물고 혼신의 힘을 다해 몸을 일으키려 했다. 여자가 사요코와 쇼코 쪽으로 가는 게 보였다. 하지만 조금 전 시토에게 보였던 민첩한 움직임과는 대조적으로 아주 고통스럽게 발걸음을 내딛고 있다.

쇼코가 비명을 질렀다. 사요코는 쭈그리고 앉아 눈을 크게 뜨고 있었다. 이렇게 떨어져 있는데도 얼마나 심하게 떨고 있는지 느껴질 정도였다.

여자는 사요코 앞까지 가서 선 채 천천히 총을 겨눴다.

시토는 자신의 총을 찾았다. 1미터쯤 앞에 떨어져 있다. 혼신의 힘을 다해 팔을 뻗는다. 안 되겠다……. 그렇게 생각했다.

사요코 옆에서 쇼코가 비명을 질렀다. 인간의 것이라고는 생각할 수 없는 소리였다. 그녀는 도망치려고 했지만 부상당한 발이 발목을 잡았다.

"살려줘. 제발 살려줘!"

쇼코는 벌레처럼 끙끙대며 사요코 뒤로 몸을 숨겼다.

사요코는 부들부들 떨고 있었다. 천장에 닿을 것만 같은 거대한 여자가 다가오는 것을 눈을 부릅뜨고 올려다보는 수밖에 없었다.

조금 전 쇼코에게 살해될 뻔했을 때와는 또 다른 공포가 그녀를 덮쳤다. 이제는 저항할 기운도 없었다.

여자는 무표정한 얼굴로 총구를 들이댔다.

'총에 맞는구나.' 사요코는 눈을 감았다. 그제야 눈물을 흘리고 있다는 걸 깨달았다. 그러나 총성이 곧바로 들리지 않았다. 사요코에게는 아주 긴 공백이 이어진 것처럼 여겨졌다. 눈을 떴다.

거대한 여자가 천천히 허리를 구부리고 있었다. 그리고 긴 두 팔을 뻗었다. 사요코는 숨을 멈췄다. 총으로 쏘는 게 아니라 목을 조르려나 보다 생각했다. 하지만 왠지 그러지도 않았다. 여자는 슬픈 듯 뭔가를 갈구하는 눈빛이었다.

그리고 여자의 입이 움직였다. 희미한 목소리가 그녀의 귀에 들어왔다.

"어……!"

사요코가 다시 되물으려 했을 때 총성이 났다. 동시에 여자의 몸이 크게 휘었다. 이어지는 또 한 발.

마치 슬로모션 필름처럼 여자가 무릎부터 무너져 내렸다. 그러나 쓰러지지 않았다. 살짝 미간을 찡그리고 입술을 깨문 채 앞으로 나아가려 했다. 그녀의 눈은 왠지 사요코를 향하고 있었다. 팔을 가득 뻗어 뭔가를 원하는 듯 손가락을 움직였다. 마침내 그녀는 기력을 다한 듯 쓰러졌다.

그 순간 땅이 울린 것만 같았다.

시토가 비틀거리며 다가왔다. 축 늘어진 오른손에 권총을 쥐고 있었다.

"다친 데는 없으세요?"

"예."

사요코는 끄덕였다.

시토는 총을 넣고 쓰러진 거구의 여자를 내려다봤다.

"이제 드디어 야마나시로 돌아갈 수 있겠네."

신음 소리처럼 그가 중얼거렸다.

사요코는 여자의 사체를 보며 자신의 배에 손을 댔다. 마치 여자가 사요코의 그것을 원하듯 팔을 뻗었기 때문이었다. 그리고 여자가 읊조렸던 그 말.

베이……비…….

베이비라고 하는 것처럼 들렸다.

왜 그녀는 마지막에 그런 말을 했을까. 아니면 그렇게 들린 걸까. 사요코는 영문을 알 수 없었다.

경찰차의 빨간 경광등이 어둠 저편에서 다가오고 있었다.

서스펜스를 선사하는 아름다운 '추격자'

　일본 작가들의 추리소설을 번역할 때마다 내심 부러운 게 하나 있다. 독자들로부터 탄탄한 지지를 얻고 있는 인기 작가들 가운데 전문직 출신이 적지 않다는 점이다. 각자의 분야에서 짧거나 길게 직장 생활을 해본 작가들의 경험은 소설의 짜임새와 세밀함을 배가하는 원동력이 된다. 구체적 경험에서 건져 올린 펄펄 뛰는 단어들이 이야기의 흡입력을 높이는 요소로 작동하게 마련이다.

　신문 기자 출신인 요코야마 히데오, 금융 기관에 종사했던 이케이도 준과 더불어 이 책의 저자 히가시노 게이고 역시 특정 분야에 대한 경험과 전문적 식견을 바탕으로 소설을 쓰는 대표적인 추리 작가가 아닐까 싶다. 이공대를 나와 엔지니어로 일했던 개인적 취향과 경험은 그의 작품을 관통하고 있는 주요 재료로 톡톡히 한몫을 하고 있다. 특히 《브루투스의 심장》은 그런 성향을 드러내는 대표적인 작품이다. 이번 작품 《아름다운 흉기》에서도 히가시노 게이고는 스포츠 과학이라는 다소 생경한 분야를 미스터리의 틀로 끌어낸다. 더 구체적으로 말하면 운동선수들의 성적을 높이기 위해 자행되는 도핑을 소설의 모티브로 삼고 있다. 도핑과 관련된 과학적 배경 지식이 이야기의 설득력을 높이는 데 효과적으로 동원되고 있음은 물론이다.

소설은 전직 스포츠 스타 네 명이 자신들의 비밀과 연루된 스포츠 과학자 센도의 집에 침입했다가 우발적인 살인을 저지르면서 시작된다. 이들이 왜 센도라는 남자를 죽였는지, 그 동기를 눈치채는 것은 어렵지 않다. 그렇다면 미스터리적 측면에서 살짝 싱거운 출발이 아닐까 싶을 즈음, 작가는 센도가 남몰래 키워온 거구의 인간 병기 '타란툴라'를 개입시키며 긴장감을 높인다.

소설의 제목처럼 이 아름다운 흉기는 이제부터 피도 눈물도 없는 복수의 여정을 시작하는데, 그녀가 네 명의 우발적 공모 살인자들을 하나하나 찾아 나서 복수를 펼치는 과정은 마치 영화 〈블레이드 러너〉나 〈터미네이터〉를 연상시킬 정도로 장면마다 손에 땀을 쥐게 만든다. 타란툴라의 집요한 추격이 이어지는 가운데, 네 인물은 그들에게 시시각각 다가오고 있는 죽음의 위협으로부터 도망치려 한다. 쫓는 자와 쫓기는 자의 사투가 계속되며 긴장감은 가파르게 차오른다. 따라서 《아름다운 흉기》는 미스터리보다는 서스펜스에 무게중심을 둔 소설로 보는 게 적절할 것 같다.

그러나 서스펜스를 만들어내는 히가시노 게이고의 방식은 전형성에서 벗어난다. 흥미롭게도 우리는 쫓는 자와 쫓기는 자의 입장에 모두 서게 된다. 공범인 유스케와 쇼코, 준야와 다쿠마 등 네 인물의 시점뿐 아니라 심지어 이들을 쫓는 추격자 타란툴라의 시점까지 오가며 이야기가 펼쳐지기 때문이다. 여기에 제3의 존재, 즉 경찰이 가세한다. 늘 뒷북만 칠 뿐 극도로 무기력한 것으로 묘사되긴 하지만, 작가는 경찰의 수사 과정을 통해 앞서 벌어진 끔찍한 범죄 현장을 객관적 시점에서 재구성하고 논평함으로써 이야기의 입체감과 박진감을 고조시킨다. 독자로서는 이미 다 알고 있는 상황을 다시 구성해보는 셈인데, 이 대목에서는 독자 스스로 마치 C.S.I의 수사원이 된 듯한 기분에 휩싸일지도 모르겠다. 그다음에는 독자들이 기대하는 바대로다. 히가시노 게이고는 뒤통수를 때리는 반전의 쾌감을 창조하는 데 게으르지 않다.

또 하나, 배신과 복수로 점철된 이 피 튀기는 혈전을 숨죽여 따라가다 보면 인간성과 모성애마저 도구화하는 비정함과, 성공 지상주의에 눈멀어 뒤엉킨 욕망의 실타래를 끝내 풀지 못하는 개인들의 일그러진 초상을 목격하게 된다. 잘

만들어진 이야기는 독자들의 호기심을 팽팽하게 가로챌 뿐 아니라 사회와 인간에 대한 묵직한 성찰까지 선사한다는 것을, 히가시노 게이고는 잊지 않고 있다.

민경욱

아름다운 흉기

1판 1쇄 발행 2016년 8월 18일
2판 1쇄 발행 2018년 3월 14일
2판 5쇄 발행 2023년 5월 11일

지은이 히가시노 게이고
옮긴이 민경욱

발행인 양원석
편집장 김건희
디자인 오필민디자인
영업마케팅 조아라, 정다은, 이지원

펴낸 곳 ㈜알에이치코리아
주소 서울시 금천구 가산디지털2로 53, 20층 (가산동, 한라시그마밸리)
편집문의 02-6443-8902   **도서문의** 02-6443-8800
홈페이지 http://rhk.co.kr
등록 2004년 1월 15일 제2-3726호

ISBN 978-89-255-6320-6 (03830)